空ノ鐘の響く惑星《ほし》で

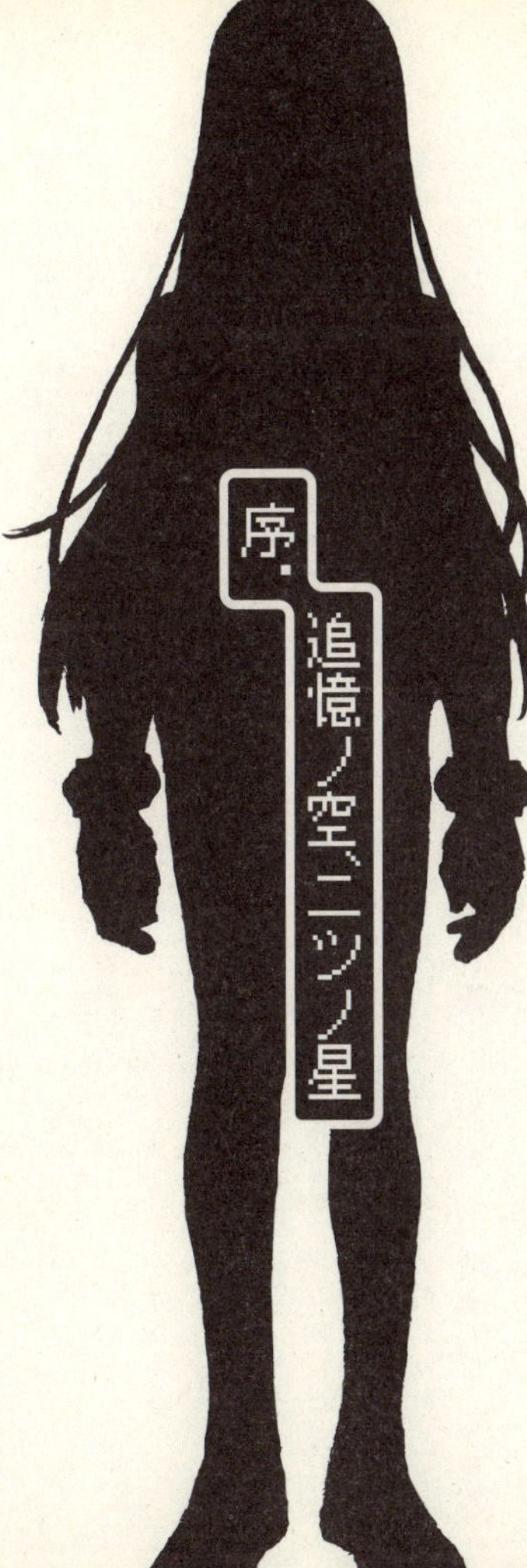
序・追憶ノ空、二ツノ星

満天の星が、夜の世界を照らしていた。

少年は独《ひと》り、草地に寝転《ねころ》んで、その空を見上げている。

ちかちかと瞬《またた》く星々の、ひとつひとつにじっと眼《め》を凝《こ》らし、その光の様子を確かめる。

星は同じように見えても、よく見れば、わずかに色が違うものもあった。

光の色が違うのは、その星の歳《とし》のせいだと言われている。

もっとも多い白色の輝きを宿す星は、人でいえば壮年期にあたるらしい。黄色っぽい星はまだ生まれたばかりの子供で、薄い赤や緑が混ざり始めた星は、もう老齢に達している――

街《まち》の占星術師《せんせいじゅつし》たちは、まことしやかにそんなことを言っていた。その真偽《しんぎ》は知れない。

星の中には、ある日、突然に強く輝き始めて、数年から数十年が経《た》つと、消えてしまうものもあるという。それらの星は、突然死ということになるらしい。

――星のひとつひとつは、それじゃあ生き物なんだろうか――

幼いフェリオは、ぼうっとそんなことを考えていた。

今、寝そべった自分の背中にも、一つの星が接している。大地は生き物とも言われるが、人のような生き物とは明らかに違う。小さな魚が、群れを為《な》して一匹の大魚に化《ば》けるようなもので、生物でないともいえないが、一つの命として星を数えるのも憚《はばか》られた。

——空の上から見たら、ここはどんなふうに見えるんだろう——

フェリオはそんなことも考えた。他《ほか》の星々と同じように白く光って見えるのか、それとも他の色を発しているのか、それとも、そもそも光っては見えないものなのか——フェリオには、わからない。

空の星々が、年を経て色を変えるという占星術師達の伝承には、異を唱える者もいるらしい。温度の違いだとか、環境の違いだとか、あるいは距離の違いと言う者もいる。

どの言が正しいのかは、それほど問題にされることもなかった。空の彼方《かなた》の事情など、地上で暮らす者達にとっては些事《さじ》でしかない。

フェリオにとっても、それは同様だった。ただ星を眺めるだけならば、知識も真実も必要ないのだ。

星空の下、今夜の王宮では、一番上の兄の誕生日を祝う宴《うたげ》が催《もよお》されていた。

その席を抜け出して、フェリオはここにいる。

宮殿の中庭に設けられた築山《つきやま》の、緩《ゆる》やかな斜面に寝そべって、星を眺めている。

そこは宴の続く広間から遠く離れていた。

舞踏会《ぶとうかい》を演出する楽隊の演奏がかすかに聴《き》こえる。

今頃《いまごろ》は、父や兄達、それに招かれた貴族らが、皇太子の誕生日を祝いつつ、退屈《たいくつ》な社交の時を過ごしていることだろう。

黙って勝手に抜け出してきたが、四番目の王子であるフェリオ一人がいなくなったところで、誰《だれ》も気にしてはいないはずだった。宴席《えんせき》どころか、この城から永遠に抜け出しても、それほど気にされないのではないかとさえ思う。

拗《す》ねているわけではない。兄達にとっても貴族達にとっても自分がその程度の存在であることを、フェリオはよく知っていた。一応は王家の人間ながら、政治的な立場にはほど遠く、取り入ろうとする者もいない。

このアルセイフという国において、フェリオは明らかに必要とはされていなかった。いずれ将来は臣籍《しんせき》に下り、兄達に仕える貴族となる道があるのみである。無論《むろん》、兄達が全員死亡すれば、フェリオに王位が巡ってくることもあるだろうが、その可能性はごく低いものだったし、またフェリオ自身も望まぬことだった。

弱冠《じやっかん》九歳の少年にとって、王位はさほど魅力的なものでもなかった。むしろ王子などという立場を捨てて、外の世界を見たいという好奇心のほうが強い。

王族などというのは、因果《いんが》な商売だと思う。

兄の皇太子を見ていると、フェリオはつくづく気の毒になる。

同格の友人もおらず、朝から晩まで取り巻きやら世話役やらに付きまとわれ、一人で街《まち》を散歩することさえ許されない。フェリオは剣術が好きで、いつも騎士団のウィスタルに稽古《けいこ》をつけてもらっていたが、兄にはそんな気散《きさん》じになりそうな趣味もなかった。

よく気が滅入《めい》らないものだと思うが、二十五歳の皇太子・ウェインは常に自らを律《りっ》し、父王や官僚達の言うことによく従っている。おそらくは、良い王になるだろう。なにをもって〝良い王〟というのか、フェリオにはわかっていなかったが、それでも兄が、この国にとって大事な皇太子であることは理解していた。

――夏の夜。

フェリオは頬《ほお》に生暖かい風を感じながら、芝生に寝ていた。

数分もして、少しうとうとし始めた頃《ころ》、築山《つきやま》の宮殿に面した側に、ふと人の気配が差した。

「――フェリオ様。こちらにおいででしたか」

涼しく感じられるほど、澄んだ声音《こわね》だった。

声だけで誰かはわかったが、フェリオは半身を起こして振りかえる。

神官《しんかん》の衣《ころも》をまとった子供が、小さな築山の上に佇《たたず》んでいた。星明かりを受けて、空色の髪がきらきらと光っている。

「なんだ、ウルクか。よくここにいるって、わかったね」

同年の友人に微笑を向け、フェリオは彼を手招きした。

幼いながら神殿の神官であるウルクは、丁重《ていちょう》に一礼をして、フェリオの側《そば》へと歩み寄る。

「フェリオ様が何処《どこ》かへ行かれるのを見つけて、失礼ながら追いかけてきました。もっとも、夜の闇《やみ》で見失ってしまいましたけれど」

「そうか。とりあえず座れよ」

フェリオは、隣の芝生をぽんぽんと掌《てのひら》で叩《たた》いた。

ウルクはすっとそこに腰を下ろす。

彼は、遠く離れたウィータ神殿の人間だった。司教《しきょう》である親の都合《つごう》で、ここしばらくこの国に滞在している。

フェリオがウルクと知り合ったのは、一年ほど前、宮廷における社交の場でのことだった。歳《とし》が近いせいもあって気が合い、それ以来、たまに会っては話をしていた。

ウルクは大人《おとな》しく、そして利発《りはつ》な子供だった。

同年代の子供のように、街中《まちなか》を駆け回るようなことはなく、いつも静かに本を読んでいた。

活動的なフェリオとは、性格がまるで違うものの、妙にうまが合っている。

フェリオは、ウルクと並んで星空を見上げた。

二人とも、しばらくは何も言わない。視線を合わせることもなく、黙っていた。

フェリオは知っていた。

ウルクはもうじき、ウィータ神殿に帰るのだ。噂《うわさ》では、神殿の上層部で政治的な動きがあり、そのことが影響しているらしい。

神官《しんかん》達の間にも、貴族達と同じような権力闘争がある。それがどういった質のものかまではフェリオも知らないが、その現実が、ウルクや自分にとっても無関係でないことは理解できた。

そう遠くない将来に、自分達もその只中《ただなか》に身を置くであろうこともわかっている。

「――いつ、向こうに帰るんだ？」

フェリオは先に問いかけた。

ウルクはぴくりと反応した。フェリオが知らないと思っていたらしい。

言いにくそうに声を潜《ひそ》めて、ウルクは答える。

「一週間後に出立《しゅったつ》いたします。フェリオ様には、お世話になりました」

丁重《ていちょう》に頭を下げるウルクに、フェリオは首を横に振って見せた。

「いまさら、他人行儀《ぎょうぎ》な挨拶《あいさつ》はよそう。ウルクと遊べたこの一年、僕も楽しかったよ。ありがとう」

「――残念です。あと数年は、こちらにいられると思っていたのですが」

ウルクの声はさばけていたが、そこには哀《かな》しげな響きが確かに籠《こ》もっていた。

フェリオとウルクは、この一年、ともによく遊んだ。遊ぶといっても、街中の子供のように駆け回ることはなく、フェリオはウルクの読書に付き合い、またウルクはフェリオの剣術修行《しゅぎょう》を見物したりと、そんな付き合い方をしてきた。そして空いた時間に、将来の国のことや、互いの立場のことについても、話を重ねてきた。

それは確かに、子供じみた会話ではあった。

しかし今では、互いが互いの理解者と呼べる存在になっている。

フェリオにしても、別離が哀《かな》しくないといえば嘘《うそ》になる。だがこのことは、とっくに覚悟していたことでもあった。

こうして共に星を眺めるのも、今宵《こよい》で最後のことだろう。これから一週間は、ウルクの周りも忙《いそが》しくなるだろうし、一週間が過ぎた後には、彼はもう旅路についているはずだった。まだ会うことがあったとしても、二人でゆっくりと話せるのは、これが最後の機会かもしれない。

しかしフェリオもウルクも、口数は少ない。話すべき言葉がないわけではなかったが、二人の間には話さずとも通じる言葉があった。

しばらくの重い沈黙の後に、ウルクは自らがつけていたペンダントを外《はず》した。

「フェリオ様に、これを――受け取っていただけますか」

それは無色透明の小さな丸い玉だった。

ただのガラス玉のようにも見えたが、フェリオはその品が何かを知っていた。

ウルクは、ペンダントを差し出した。

「神殿より下賜《かし》された、〝生命の輝石《セレナイト》〟です。フェリオ様に、どうか生命のご加護《かご》がありますよう――」

輝石《セレナイト》は、神殿から生み出される神の力を内包している。ただのガラス玉のように見えても、その価値は高価な宝石にも匹敵した。仮《かり》に手放せば、一財産にはなる。

そんな品を、フェリオはためらわずに受け取った。

その品は、ウルクなりの友情の証《あかし》だった。ならば、その価値にこだわって無粋《ぶすい》に遠慮《えんりょ》したり、また形だけでも断るような真似《まね》はしたくない。

「ありがとう——大切にする」

フェリオは、受け取ったペンダントを後生大事《ごしょうだいじ》に掌《てのひら》で包んだ。

ウルクは嬉《うれ》しそうに微笑《ほほえ》んだ。

それから夜空に視線を転じ、髪と同じ水色の眸《ひとみ》を、す——と細めた。

「——フェリオ様。私は、いつか神師《じんし》になります」

ウルクの言葉に、フェリオは頷《うなず》きを返した。

〝神師〟は、神殿における最高権力者である。無論《むろん》のこと、なろうと思ってなれる地位ではない。しかしウルクがその地位を目指すことは、神官《しんかん》として自然なことでもあった。

フェリオは、その動機についても理解している。

「がんばれよ、ウルク。〝君ならなれる〟なんて、適当なことは言えないけれど……がんばれ」

「はい」

ウルクは頷き、フェリオを見つめた。

「フェリオ様は、将来において何をなさるおつもりですか」

「僕？　僕は——」

フェリオは、一瞬だけ言葉を止めた。

「――まだ、わからないよ。何も決めていない。だけど多分、僕はずっと、このままだと思う」

答えた後で、自分に言い聞かせるように言い直す。

「このままで、いい」

フェリオは、草地へ仰向《あおむ》けに寝転《ねころ》んだ。

四番目の子供である自分が妙な野心を抱けば、国を割ることになりかねない。今のフェリオは国王の立場などには惹《ひ》かれていないが、将来においても、そうありたいと願っていた。

ウルクが何かを言おうとして、しかし口を噤《つぐ》む。

彼が何を言おうとしたのか、そして何故《なぜ》それを言わないのか、なんとなくだったが、フェリオにはわかるような気がした。

王族の血というものは、往々《おうおう》にして足枷《あしかせ》となる。権力の座についても足枷は消えないが、しかし周囲の者を動かすことができる。

だが、権力から遠い王族は、そうした影響力もあまり持たない。美食や女に関する程度の我《わ》が儘《まま》ならば、それなりにかなうだろう。しかし、もっと本質的な部分で、王族は血に縛《しば》られる。王の親族として保護されるばかりで、自らの力で出世《しゅっせ》する楽しみもない。

しばらくして、ウルクは小声に呟《つぶや》いた。

「フェリオ様。いずれ機会があれば、ウィータ神殿にもお越しください。何年でも、お待ちしております」

「うん。いつか行くよ」

フェリオは、できるだけ明るい声で応《こた》えた。

この先、この国を出ることはないだろうと思いながら、そう応えた。

見上げた空の星は、眼《め》にうるさいほどに輝いている。

ウルクはこれから、きっと輝きを増していくことだろう。

同《おな》い年《どし》の自分は、しかし老齢の星のように、これからその色を変えていくのだろうと思った。

鬱々《うつうつ》としがちな思いを振り切って、フェリオは遠い眼をした。

傍《かたわ》らのウルクも、黙って同じ方向を見つめている。互いに眼を合わせることもなく、ただただ、手の届かぬ高い空を見上げている。

その夜、宴《うたげ》が終わりに近づく頃《ころ》まで、二人はずっと、そうしていた。

一. 御柱ノ少女

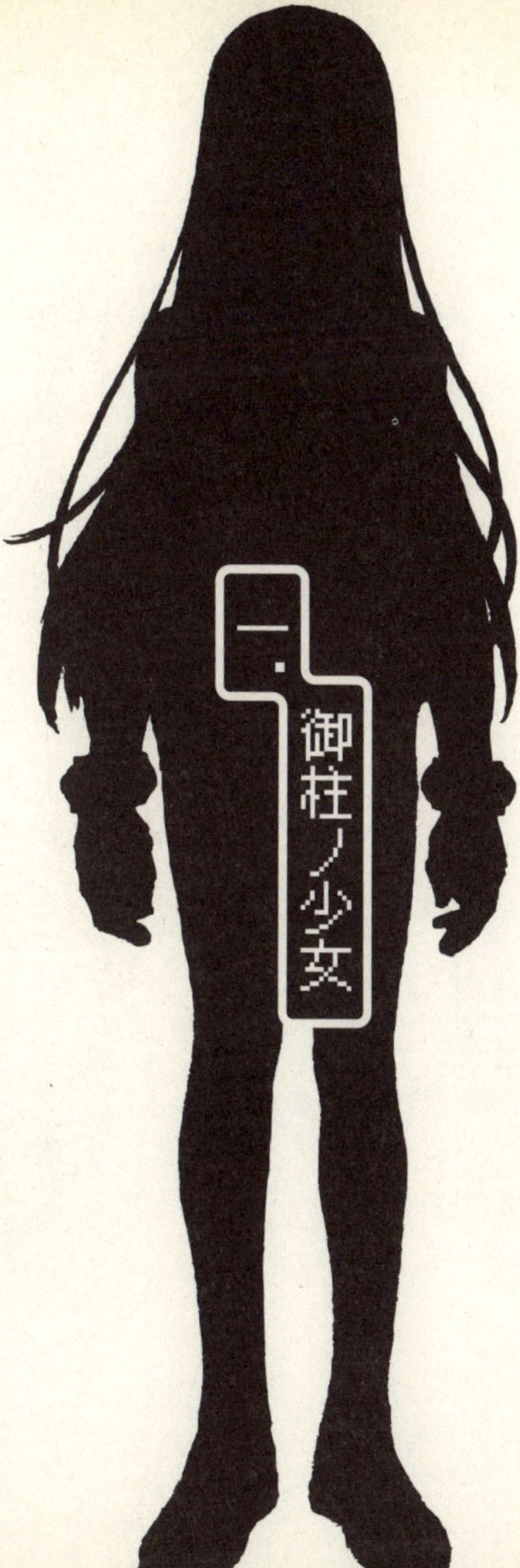

その年、夏の聖祭《せいさい》を間近に控えたフォルナム神殿には、奇妙な噂《うわさ》が流れていた。

真実か否《いな》かを別として、人の口にのぼる噂には、大別して二種がある。

真実味のある憶測《おくそく》などを母とする、世間話のような噂。

突拍子《とっぴょうし》もない嘘《うそ》や、あるいは単に話をおもしろがるための噂――

前者は時に真実に通じ、また時に誤報でもある。後者はまず十中八九が虚偽《きょぎ》だが、ごく稀《まれ》にある種の真実を内包していることもある。

この夏、フォルナム神殿に流れつつあった噂は、後者に属する質のものだった。


〝深夜をまわる頃《ころ》、『御柱《ピラー》』の一部に、若い女の姿が浮く――〟


「俺《おれ》は幽霊《ゆうれい》話なんて信じない」

フェリオ・アルセイフは、その噂を一笑に付した。

湯上がりに、深紫《ふかむらさき》色の髪をタオルで拭《ふ》きながら、その噂をもってきたお付きの少年神官《しんかん》に苦笑を向ける。

神官のエリオットは、しかし身を乗り出して声を絞《しぼ》った。

「フェリオ様！　それが本当だったのです。私も見たのですよ、たった今――」

エリオットの顔色は、蒼白《そうはく》に転じていた。走ってきたために呼吸は荒く、どこかおどおどとして落ち着かない。

フェリオは居間の椅子に腰を下ろし、エリオットにも座るよう、視線で勧《すす》めた。

「ひとまず落ち着けよ、エリオット。何があった？」

フェリオは首を傾《かし》げながら、少年に話の続きを促《うなが》した。

エリオットが善良であり、そして善良な人間の多分に漏《も》れずいたって気が弱いことは、フェリオもよく知っていた。しかし、それにしても怯《おび》え方が尋常《じんじょう》でない。

エリオットは、テーブルを挟《はさ》んだ向かいに腰を下ろしながら、その肩をぶるりと震わせた。

「た、たった今――その、祭殿の掃除をした後で、帰り際《ぎわ》に私がたまたま一人になりまして……なにやら寒気《さむけ》を覚えて振りかえりましたら、あの御柱《ピラー》の表面に、女が一人――」

ぽつぽつと言葉を詰まらせながら、エリオットはそう語った。

「自分の姿が、柱の表面に反射して映っただけじゃないのか？」

少年の女のような顔を茶化《ちゃか》してそう言うと、エリオットは必死で首を横に振った。

「いえ、間違いありません。顔は見えませんでしたが、髪の短い女でした。私は眼《め》がよいのですよ。自分の姿と見間違えるなどということは、絶対にあり得ません」

少年はぶるぶると震えながら、指を祈《いの》りの形に組んだ。

フェリオの世話役を務《つと》めるエリオット・レイヴンは、まだ弱冠《じゃっかん》十三歳の子供だった。十六歳のフェリオから見れば、どこか弟のような印象がある。

彼は、生まれてからずっとこの神殿で暮らしてきた生粋《きっすい》の神官《しんかん》であり、いってみればここは彼の家のようなものだった。そんなエリオットが、神殿内のことでこうまで怯《おび》える姿は、どこか滑稽《こっけい》にも見える。

フェリオは、それこそ弟をなだめるように呟《つぶや》いた。

「でも幽霊《ゆうれい》なら、出るのは深夜なんだろう。まだ宵《よい》の口だ」

外はもうすっかり暗いが、深更《しんこう》にはまだ間がある。

フェリオにしても、部屋に備え付けの風呂《ふろ》から、さきほどあがったばかりだった。湯上がりでさっぱりとくつろいでいたところに、いきなりエリオットが飛びこんできて、〝幽霊を見た〟と騒ぎだしたのである。

エリオットは、しきりに浮く冷《ひ》や汗《あせ》を拭《ぬぐ》いながら呟いた。

「きっと、出る時間を変えたんです。とにかく、あんなにはっきりと見えるなんて――」

「生活の不規則な幽霊なんだな」

フェリオの下手《へた》な冗 談《じょうだん》に、エリオットは笑わなかった。

「フェリオ様は、見ていないからそんなことが言えるのです！　本当に恐ろしかったのですよ！」

怒ったように言い、フェリオを恨《うら》めしげに睨《にら》んだ。そんな態度に、フェリオは苦笑するしかない。

「ごめん、ごめん。確かに俺《おれ》は、それを見ていない」

フェリオは素直に謝った。

ここ数日、噂《うわさ》の幽霊は、祭殿の柱に面した至るところで目撃《もくげき》されていると聞く。そろそろ神殿の上層部でも〝ただの噂〟とは黙殺《もくさつ》しにくい状況になりつつある。

フェリオ自身も、発端《ほったん》はただの見間違いで、それをおもしろがった誰《だれ》かが、尾鰭《おひれ》と背鰭《せびれ》を創《そう》作《さく》しているのだろうと思っていた。

しかしエリオットは、気が小さいながら、嘘《うそ》をつくような人間ではない。その彼がこうも怯えて〝幽霊を見た〟ということに、フェリオは多少の興味を覚えた。

よし、と、頷《うなず》いて、フェリオは椅子から立ち上がった。

「じゃ、見物に行ってみようか。エリオット、案内を頼む」

剣を取りながら軽い調子でそう告げた途端《とたん》に、エリオットは眼《め》を剝《む》いた。まだあどけなさを残した顔に、狼狽《ろうばい》の様子が色濃く表れる。

「フェリオ様！　それはいけません、だめです！」

予想していた通りの反応だったが、フェリオはとぼけて見せた。

「どうしてだ？」

「決まっているでしょう。怖《こわ》いからです。戻りたくありません」

素直に怖がる少年に、フェリオは苦笑を送った。

「でも、正体《しょうたい》がわからないままっていうのは、すっきりしないんじゃないかな？」

「正体ならわかっています。幽霊《ゆうれい》です。間違いありません」

エリオットは意外な頑固《がんこ》さを見せた。

「だって、御柱《ピラー》の中にいたのですよ？　あの、御柱《ピラー》の内側に——」

「それなら、幽霊なんかじゃなくて、女神様の降臨《こうりん》かもしれない」

フェリオは戯《ざ》れ言《ごと》のつもりで言ったが、エリオットは真顔《まがお》で首を横に振った。

「地の神フォルナム様は、風の神キャルニエ様と同じく人の姿を持ちませんし、化身《けしん》する際には樹木の姿を取られるとされています。それに、あの不気味な影——断じて女神様などではありません。あれが女神様なら、我々は邪教《じゃきょう》の徒《と》ということになります」

「……不気味な影、ねぇ」

エリオットの大袈裟《おおげさ》な物言いは、フェリオには眉唾《まゆつば》な話に感じられた。初めから幽霊と決めてかかれば、少女の笑顔も悪魔の嘲笑《ちょうしょう》に見えるかもしれない。それどころか、先入観は壁の染《し》みさえ幽霊にする。

「とにかく見に行こう。君の見間違いか、そうじゃないのか、俺《おれ》も確かめたい」

フェリオは有無《うむ》を言わさず、先に立って歩き始めた。

エリオットはまだ震えながらも、渋々《しぶしぶ》、その後についてくる。

二人は部屋を出て、石造りの廊下を歩き出した。廊下は三人ほどが並んで歩ける程度の幅があり、天井も高い。

通路の至るところには硝子《ガラス》窓があり、星と月の明かりを取りこんでいた。ただ、今夜の空には雲が多く、廊下はいつもより薄暗い。

不気味ともいえるその暗がりの中、ランプを片手に、フェリオは祭殿のある方角へと歩いて行く。

フェリオの部屋から祭殿までは、歩いて数分ほどの距離がある。神の奇跡を体現する〝御柱《ピラー》〟は巨大で、柱を囲むように造られた神殿もまた、一つの城に匹敵する大きさを有していた。

歩きながらもエリオットは、脇《わき》でしきりに不安がっていた。フェリオはその肩を軽く叩《たた》く。

「そんなにびくびくするな。まだ、幽霊に襲われたって人はいないんだろう?」

「はぁ……私達が、その記念すべき最初の犠牲者《ぎせいしゃ》にならなければいいのですが……」

エリオットは胸の前で、祈《いの》りの形に指を組んだ。フェリオは笑う。

「神の信徒《しんと》がそんなことでどうする。幽霊退治《たいじ》は君らの仕事だろうに」

そう言うと、エリオットは不満げに唇《くちびる》を尖《とが》らせた。

「それはフェリオ様の誤解です。フォルナムの教義では、死者の魂《たましい》はすべて冥界《めいかい》に逝《ゆ》き、この世には決して残らぬことになっています。幽霊《ゆうれい》を許容《きよよう》するのは、西のキャルニエ神殿の教義ですよ。それに幽霊退治《たいじ》などというのは伝承の中のお話で、実際には――」

その言《い》い訳《わけ》に、フェリオは呆《あき》れた。

「だったらなおさらだ。幽霊じゃなくて、しかも君の見間違いじゃないとなれば、誰《だれ》かの悪戯《いたずら》って可能性が高い。神殿でそんな悪戯をはたらく不心得者を、君はほうっておくのか？」

エリオットの眼《め》が、動揺でわずかに揺れた。

「そ、それは――しかし……」

少年神官《しんかん》を言い負かしたフェリオは、剣の柄《つか》に触れながら、小声に呟《つぶや》いた。

「俺《おれ》達で調べてみよう。それで原因がわからなかったら、上の人達に任せればいい。どうせ何もしないだろうけど」

幽霊を認めない神殿での幽霊騒動に、上層部は反応を示していない。〝風紀《ふうき》の乱れる妙な噂《うわさ》〟には腹を立てているだろうが、これといって実害があったわけでもないのだ。

石造りの廊下を、フェリオは足早に歩いていった。柱に面した件《くだん》の祭殿は、ここからいくつかの階段を登った上の階にある。

エリオットはようやく観念したように、フェリオと歩幅を合わせた。

フェリオ・アルセイフにとって、フォルナム神殿での生活は、平穏《へいおん》で満足のいくものだった。とりたてて楽しみこそないものの、王宮よりは居心地がよく、またここには妙な謀略《ぼうりゃく》の匂《にお》いも少ない。

この神殿内におけるフェリオの仕事は、ただ〝いること〟だけである。その立場も、他《ほか》の信《しん》徒《と》や司祭《しさい》達とは異なり、あくまで「王家の人間」としてのもので、そのために教義の決まりや礼拝を強要されることもない。

アルセイフの王家と、その領内において独立と自治を保障されたフォルナム神殿――

この両者が友好関係にある証《あかし》として、神殿内には王家の血縁者《けつえんしゃ》が、長期にわたって滞在する慣例があった。過去には、神殿内の動きを警戒し監視するという目的もあったのだが、長い友好の歴史によって、その目的は有名無実のものとなっている。

一ヶ月前、フェリオは亡《な》くなった遠戚《えんせき》に代わってこの親善特使に就任し、それに伴《ともな》って、神殿側からは世話役にとエリオットが付けられた。

王族とはいえ、フェリオは妾腹《しょうふく》の第四王子という身の上で、その社会的な地位は兄達よりも低い。神殿に滞在する親善特使の任は、それゆえにあてがわれた閑職《かんしょく》だったが、どうせ王宮にいてもすることのない身である。不満に思う理由もない。

人はこの任を〝左遷《させん》〟と見るが、フェリオにしてみれば、王宮という獄《ひとや》から、一時的にせよ逃れられた解放感を感じていた。

そしてこの一ヶ月、フェリオはたまに神殿内での会議に招かれつつも、王宮にいた頃《ころ》とさして変わらない、退屈《たいくつ》で平穏《へいおん》な毎日を過ごしている。違うのは、王宮よりも、フェリオに対して友好的な人間が多いことくらいだった。

そんな日々に舞いこんできた幽霊《ゆうれい》の噂《うわさ》と、それを裏付けた今夜のエリオットは、平穏な日常にちょっとした違和感《いわかん》をもたらした。

二人は今、神殿の居住区画を抜けて、〝御柱《ピラー》〟に通じる祭殿前に立っていた。

目の前には、鉄拵《てつごしら》えの頑強《がんきょう》な扉《とびら》がある。鉄扉《てっぴ》は固く閉ざされていたが、脇《わき》には日頃の出入りに使う小さな潜り戸《くぐど》も設けられており、こちらは鍵《かぎ》もかかっていない。

一般人がこの祭殿に立ち入ることはまずないが、神殿に属する者であれば、たとえ見習い神《しん》官《かん》でも自由に出入りができる場所である。暇《ひま》を見てはここに来て、個人的な祈《いの》りを捧《ささ》げる者も多いと聞く。

今回の幽霊騒ぎは、深夜に祈りに来た、そうした者達の間から生まれたものだった。

三つ年下の世話役に向けて、フェリオは目配《めくば》せをした。その手は早くも、腰に差した細剣《レイピア》の柄《つか》にかかっている。もし幽霊騒ぎが誰《だれ》かの悪戯《いたずら》とすれば、中にまだ何者かが潜《ひそ》んでいてもおかしくはない。

エリオットは露骨《ろこつ》に嫌そうな顔を見せつつ、一応は頷《うなず》いて、鉄扉の脇の潜り戸をあけた。

「——先に行ったほうがいいですか？」

エリオットが怯《おび》えた声で問う。フェリオは首を横に振った。

「いや、俺《おれ》の後から来い。背中側に気を配っていてくれ」

怯える彼に先を歩かせるのは、さすがに良心が咎《とが》めた。エリオットは神妙に無言で頷いたが、その顔は明らかにほっとしている。

フェリオは先に身を屈《かが》め、ほとんど四《よ》つん這《ば》いに近い状態となって、狭《せま》すぎる扉を抜けた。

祭殿は、神殿の四階に位置していた。

石造りの壁と床《ゆか》は年季《ねんき》こそ入っていたが、特別な部屋だけに清潔に磨き上げられている。廊下と違って窓はなく、室内は漆黒《しっこく》の闇《やみ》に閉ざされていた。祭殿として使用する際には、至るところにある燭台《しょくだい》に灯《あか》りが点《とも》されるが、今は無人ゆえにその火もない。

フェリオはランプを片手に、その奥へと踏み込んでいった。

こつこつと甲高《かんだか》い靴音が反響し、二人以上の人間がそこにいるかのような錯覚《さっかく》をもたらす。エリオットはぴたりとフェリオの背後につき、恐々《きょうきょう》と周囲の様子に神経を尖《とが》らせていた。

祭殿の先には、〝御柱《ピラー》〟がある。

神殿の中核を為《な》すそれは、神がもたらしたといわれる品だった。

ランプを掲《かか》げたフェリオの視界に、その一部が入る。

祭殿の正面を占《し》める、滑《なめ》らかな曲線を描いた黒い壁——それは、柱の側面のごく一部分だった。

フォルナム神殿の象徴《しょうちょう》たる御柱《ピラー》とは、およそ百メートルの直径をもちながら宙《ちゅう》に浮く、巨大な円柱だった。フォルナム神殿はその柱を囲んで造営《ぞうえい》されており、そしてこの祭殿は、その神聖《しんせい》な柱に手を触れるためだけに造られた部屋である。

フェリオは祭殿から、その威容《いよう》の一部を横目に眺めた。

柱に近づいてランプを掲げると、黒光りするその肌《はだ》には、フェリオの顔が薄く映りこんだ。

神殿の伝承によれば、その柱は人が現れる以前から、この地に存在していたらしい。

人々の手がこの柱に触れられたのは、建築技術が発展し、建物がこの高さに及んだ数世紀前のことである。それまで御柱《ピラー》は、ずっとこの地に浮いて微動《びどう》だにせず、下に住む人々を見下ろしていた。

この柱がいつできたのか。何者かの手による建築物なのか、自然の一部として成り立ったものなのか、あるいはそれこそ、神の御業《みわざ》なのか——誰《だれ》も真相《しんそう》を知る者はいない。

大陸には、これと似た柱が、合わせて五本あった。東西南北と中央にそれぞれ一本ずつが浮いており、その周囲にはこうした神殿が同じように建てられている。

有史以来、人々の畏敬《いけい》を集めつつ、時に乱《らん》の原因ともなってきた〝御柱《ピラー》〟——

フェリオはその柱の一部を指差しながら、エリオットを振りかえった。

「幽霊《ゆうれい》を見たのは、このあたりか？」

エリオットは、大きく首を縦に振った。

「はい。ちょうどそのあたりです。私はこの祭殿の中央付近にいたのですが、そこから柱を振り返ったところ、そこに女の姿が……」

語るエリオットの表情は、恐怖のためか硬直《こうちょく》していた。

フェリオには、まだ信じられない。

「こんな真っ暗なところで、本当にそんなものが見えたのか？」

仮《かり》にランプの灯《ひ》がなければ、そこは漆黒《しっこく》の闇《やみ》である。

エリオットは緊張の面持《おもも》ちのまま、ゆっくりと頷《うなず》いた。

「はい。薄く発光していたようにも思います。とにかく、その、見えてしまったのは確かなので……もういいでしょう、戻りましょう」

フォルナムの教義は、幽霊を否定する。死者の魂《たましい》は例外なく神の御手によって救われ、この世に残ることはないとしている。

その教義に忠実なはずの少年神官《しんかん》は、しかし怯《おび》えの様子を隠《かく》そうともしていなかった。教義とは、概《おおむ》ね建前のものである。多感な少年は、ありがたい教えを純粋には信じていないらしい。

教義に無頓着《むとんちゃく》な自分が幽霊を信じず、教義に忠実なはずのエリオットが幽霊に怯えるという現実に、フェリオはどこか滑稽《こっけい》な印象を抱いた。

フェリオは、柱の側面にそっと指を這《は》わせた。

そこはひんやりと冷たく、たちまちに掌《てのひら》の体温を奪われる。

柱の側面を軽く拳《こぶし》で叩《たた》いてみると、岩のように硬《かた》い感触だけが伝わってきた。神から賜《たまわ》った御柱《ピラー》への無造《むぞう》作《さ》な振る舞いに、エリオットが眉《まゆ》をしかめた。

身分の違いに考慮したのか、口では何も言わなかったが、非難の視線に気づいたフェリオは言《い》い訳《わけ》じみた苦笑を返した。

「何もないか。その幽霊《ゆうれい》、俺《おれ》も一度、見てみたいな。悪戯《いたずら》にしても本物にしても」

「私は二度と見たくありません」

強がることもなく、エリオットははっきりと断言した。フェリオは肩をすくめるしかない。

「また深夜にでも来てみるよ、今度は一人で」

「それはやめてください。もしフェリオ様に何かがあったら、世話役の私が責任を取らされ――」

大袈裟《おおげさ》に嘆《なげ》くエリオットの眼《め》が、不意に大きく見開かれた。

その眸《ひとみ》に、ランプとはまた違った淡い光が映り込む。

咄嗟《とっさ》に、フェリオは素早く柱を振りかえった。

祭殿に接する、黒い巨大な御柱《ピラー》――

その側面に、ほのかに青白く、柔らかい光が点《とも》りつつあった。大きさは人と同じほどで、徐々《じょじょ》にその輪郭《りんかく》がはっきりとしてくる。

エリオットが、言葉にならない悲鳴をあげた。

フェリオの眼は、その光景に釘付《くぎづ》けとなる。腰を抜かして尻餅《しりもち》をつくエリオットをほうっておき、フェリオは淡い光の側《そば》に駆け寄った。

光は、外側から照射されたものではない。明らかに柱の内側から滲《にじ》んでいる。火の赤い灯《あか》りとも、太陽の白い輝きとも異質のものだった。強《し》いていえば、水中から月を見上げたような、そんな淡い光である。

フェリオは、光りつつある場所のすぐ正面に立った。

不思議と恐怖は感じなかった。幽霊を信じていないせいもあるが、何よりもまず、今は初めての事態に心が騒いでいる。全《すべ》てを見届けたいという思いが先に立ち、逃げることも考えつかなかった。

エリオットが背後で喚《わめ》く。

「フェ、フェリオ様！　逃げましょう！　はやく、はやく！」

その声は気の毒なほどに震えていたが、フェリオは振りかえりもしない。ただ、柱の側面を観察するように見つめ続ける。

光はごく薄いものだった。もしここが暗闇《くらやみ》でなければ、見過ごしてしまいそうに弱い。その意味でも、それは月の光に似ていた。

その輪郭《りんかく》が人の姿に近づきつつある。

背後でエリオットが、早口に神の御名《みな》を唱え始めた。

そこにうっすらと浮かび上がってきたのは、一人の少女の姿だった。

フェリオは、じっと彼女を見つめた。

背を丸めて膝《ひざ》を抱《かか》え、眠っているように見える。服装や表情ははっきりとしないが、まるで水中にいるかのように、長く艶《つや》やかな黒髪がゆったりと周囲に広がっていた。

淡い光は、彼女の手元から漏《も》れている。両腕に嵌《はめ》た飾り気のない白い腕輪《うでわ》が、ほのかに発光しているのだった。

柱の内側に浮かび上がったその姿は、彫像《ちょうぞう》を思わせる整ったもので、少なくとも幽霊《ゆうれい》のようには見えない。

黒いはずの柱が、その部分だけ半透明の水に転じたような錯覚《さっかく》を覚えて、フェリオはつい、反射的に手を伸ばした。しかし触れた側面は、氷のように冷たく硬《かた》いままで、さきほどまでと何も変わっていない。

体を丸めたその少女の姿に、エリオットが震える声をあげた。

「……あ、あれ……？　さっき、見たのと違うような……」

その言葉を聞き流して、フェリオは両手を柱に添《そ》え、中に向けて声を張った。

「おい！　君！」

間近で見ると、彼女は生きた人間としか見えなかった。呼びかけながら、フェリオは片手で派手《はで》に柱を叩《たた》いた。手に拳《こぶし》をつくり、扉《とびら》を叩くようにして中に呼びかける。

腰を抜かしていたエリオットが慌《あわ》てて立ち上がり、その背に飛びついた。

「フェ、フェリオ様！　御柱《ピラー》に対して、そのような——！」

軽く叩く程度とはわけが違う。かつてあった戦乱の折には、争いの原因ともなった御柱《ピラー》を壊《こわ》そうと、剣や槌《つち》で激しい攻撃を加えた者達もいた。それらの攻撃は、しかし強固な御柱《ピラー》にはかすり傷さえもつけられなかったが、冒瀆的《ぼうとくてき》な行為には違いない。

しかし、幼い頃《ころ》から剣術で鍛えたフェリオに対して、制止する側のエリオットは非力に過ぎた。背中から押さえはしたものの、その動きを止めるには至らない。

フェリオは構わず、巨大な柱の側面を叩き続ける。

フェリオの眼《め》にはその時、その少女が、まるで柱に囚《とら》われているかのように見えていた。

何故《なぜ》そんなふうに思ったのかは、フェリオ自身にもよくわからない。しかし、目の前にいる彼女がおそらくは生きていて、そして自由とはいえない環境にあることは明らかだった。

「よく見ろ、エリオット。この子、幽霊《ゆうれい》じゃなくて人間だ。この中にいるんだよ」

「そんな馬鹿《ばか》な！　御柱《ピラー》の中に、人などいるはずが——だいたい、入り口もないのに——」

エリオットは否定したが、その視線は動揺のために揺れていた。

フェリオは、一際《ひときわ》に強く柱を叩いた。

「聞こえていたら、返事をしてくれ。君は何者だ。何故、そんなところにいる？」

少女は反応を示さない。フェリオの肩口から、エリオットも恐《おそ》る恐《おそ》ると彼女を覗《のぞ》いていた。

「フェリオ様、聞こえていませんよ。こ、ここは諦《あきら》めて――」

「エリオットは、この状況が気にならないのか？　こんなにはっきりと見えているのに」

フェリオは心持ち厳《きび》しい声を張った。エリオットは、苦しげに眉《まゆ》をしかめる。

「しかし、これではどうにも――それに、もし何か危険があったら――」

困惑《こんわく》のために歯切れの悪い口調で、エリオットはそう呟《つぶや》いた。

そんな彼の制止を振りきり、フェリオは柱の中に向け、重ねて声を張った。

「おい！　聞こえないのか！」

抱《かか》えた膝《ひざ》に顔をうずめた少女は、やはり少しも反応しない。

淡く光る彼女の腕輪《うでわ》は、壁一枚を隔《へだ》てたすぐ目の前にあった。ぼんやりとした光は、だんだんと強さを増しつつあり、姿をより鮮《あざ》やかに浮かび上がらせる。

そしてフェリオは、彼女が身に着けた衣服の奇抜さに気づいた。

細いながらも柔らかい曲線の目立つ体型は、明らかに娘のそれだった。しかし、彼女は男がはくような長ズボンに、飾り気のない長袖《ながそで》のシャツを着ていた。裾《すそ》にも袖にもまるでだぶつきがなく、きつく仕立てたように体に馴染《なじ》んでいる。シルエットだけを見れば、裸《はだか》かと錯覚《さっかく》してしまいそうな姿だったが、実際に肌《はだ》が露出《ろしゅつ》しているのは、わずかに顔と手の部分だけだった。どんな布でどんな仕立て方をすればそんな服になるのか、フェリオには想像がつかない。

エリオットは、フェリオの背にしがみついたまま固まっていた。その彼が、不意に耳元で裏返《うらがえ》った声をあげる。

「フェリオ様！　それは……？」

頭の後ろから現れたエリオットの指が、フェリオの衣服の胸元を差していた。指摘されて視線を転じたフェリオは、そこに白い輝きを見つけ、慌《あわ》ててその正体《しょうたい》を確かめる。

発光していたのは、幼い頃《ころ》にある友人からもらった、ペンダントの石だった。

初めて眼《め》にする現象に、フェリオも、そしてエリオットも、揃《そろ》って息を呑《の》んだ。

フェリオが手に掴《つか》んだ〝生命の輝石《セレナイト》〟は、小さな太陽に似た白い輝きを宿していた。しかしそれでいて、特に熱を発するということもない。

輝石《セレナイト》の輝きを受けてか、柱の中の少女が、不意にその身を震わせた。

膝《ひざ》から顔をあげた少女は、フェリオと視線が合うや、その眼を大きく見開かせる。

フェリオも、その顔をはっきりと見た。

紛《まぎ》れもなく、彼女は生きた人間だった。見たことのない娘だったが、歳《とし》の頃はフェリオに近く、神や悪魔とおぼしき要素は何もない。身につけた奇妙な衣服が、やや不思議な印象を漂わせていたが、それとて一見して服とわかる品である。

フェリオは、背に震えを感じた。恐れたわけでも、驚いたわけでもない。ただ未知の事態に心が震え、それが体にも伝播《でんぱ》した。

フェリオは彼女をじっと見つめた。少女のほうも、大きな眸《ひとみ》でフェリオを注視している。

少女はひどく疲れているようで、その双眸《そうぼう》はどこかうつろな色を湛《たた》えていた。驚きに見開かれたのはほんの一瞬で、今はぼんやりと、フェリオを見つめている。

柱の壁を隔《へだ》てた二人の間で、〝生命の輝石《セレナイト》〟が強く輝いた。

その光を求めるようにして、少女が奥からゆっくりと手を伸ばした。つられてフェリオも、柱の壁に手を添《そ》える。

壁の触感《しょっかん》が変わっていた。

少女が手を伸ばしたことに反応したのか、硬《かた》くフェリオを拒絶していた壁が、ぬるりとフェリオの手を飲み込んだ。淀《よど》んだ水に似た感触が、腕の中ほどまでを包みこむ。

フェリオは驚きながらも、そのまま少女に向けて手を伸ばした。

一瞬の間を置いて、その掌《てのひら》に少女の手が重なった。

背後のエリオットが、うろたえてまた悲鳴をあげたが、フェリオはそれを無視して、少女の手を強く摑んだ。柔らかい肌は少し冷たかったが、確かに人の体温を備えている。幽霊《ゆうれい》などではない。

摑んだ彼女の手を引っ張ると、少女は抵抗もせずに、そのまま柱の外へと抜け出してきた。

壁面はあっさりと彼女の身を解放する。

出てきた少女の足取りはひどくふらついており、フェリオは咄嗟《とっさ》に彼女を支える羽目《はめ》となった。

倒れかかってくる彼女を、体全体で抱きとめた瞬間に——少女の唇《くちびる》が、かすかに動いた。

「——殺さないで——みんなを——」

少女は確かに、消え入りそうな小声でそう言った。

フェリオは訳《わけ》がわからずに、抱きとめた彼女を揺さぶる。

「おい！ 大丈夫か⁉ しっかり……」

少女は、もう眼《め》を閉じていた。どうやら気絶したらしく、起きる気配はない。

輝石《セレナイト》の光は消え、少女の腕輪《うでわ》も光を失い、柱は元の通りの黒く硬《かた》い壁面に転じていた。

辺りが静寂《せいじゃく》に包まれる。祭殿はあくまで暗く、数瞬《すうしゅん》前に起きた異変の名残《なごり》をたちまちに消し去っていた。

少女を抱《かか》えて揺すったフェリオの腕に、ぬるりと嫌な感触が流れてきた。

その正体《しょうたい》に気づいたフェリオは、たちまちに険《けわ》しく眉《まゆ》をひそめる。

「エリオット！ 施療師《せりょうし》を呼んでこい！ この子は俺《おれ》の部屋に運ぶ」

「……え？ えぇ⁉」

いつのまにかまたへたりこんでいたエリオットは、頓狂《とんきょう》な声をあげた。

フェリオはいらついて声を張る。

「この子は怪我《けが》をしているんだ！　出血が多い。早く手当てしないと……」

フェリオは少女の身を抱え、暗い中に傷口を探しながら言った。

フェリオの手を汚したのは、少女の体から溢《あふ》れた生温かい血の感触だった。

奇妙な服の脱がし方がわからずに、フェリオは傷口の見当だけをつけて、彼女の身をそっと抱えあげる。傷は腹部のどこからしい。血が溢れ、浅黒く服に染《し》みていた。

ランプの明かりでよくよく見れば、少女の顔や服には、いたるところに返り血らしきものもついている。まるでついさきほどまで、戦場にでもいたかのようだった。

フェリオは、まだ動けずに震えているエリオットを睨《にら》みつけた。

「エリオット、座りこんでいないで急いでくれ。施療師を俺の部屋に連れて来い。それから、ここで見たことは他言無用だ。施療師にも俺から話すから、それまでは黙っていろ」

エリオットは無言でこくこく頷《うなず》くと、ようやく立ちあがり、転げるようにして駆けていった。

フェリオは気絶した少女を慎重《しんちょう》に抱え、急ぎ足に歩き出した。

祭殿を出る間際《まぎわ》になって、ほんの数瞬、柱を振りかえる。

少女を抱えたために持てなくなったランプが、薄ぼんやりと柱の一角を照らしていた。

腕の中にある彼女を解放した御柱《ピラー》は、まるで何事もなかったかのように、ただの壁へと戻っていた。

その日、フォルナム神殿の神師《じんし》レミギウスは、常より少し早めに床《とこ》につこうとしていた。

もうじき、例年のごとくに聖祭《せいさい》の季節が巡ってくる。ひとたび祭りの準備に入れば、神殿の関係者には眼《め》の回るような忙《いそが》しい日々が待っていた。レミギウスもゆっくりと休めるのは、あと数日のことである。

神師である彼は、フォルナム神殿における最高位にある。

好々爺然《こうこうやぜん》とした穏《おだ》やかな性質で、神殿の内外を問わず、人々の信望も厚い。神師の職についてから五年が経《た》ち、すでに高齢の身だが、老いてなお矍鑠《かくしゃく》として日々の執務《しつむ》をこなしていた。

それでもここ数年は、自身の老いを自覚している。執務の疲れがなかなか抜けない。

レミギウスが床に入ってしばらくすると、従者が寝室の扉《とびら》を叩《たた》いた。

「レミギウス様、お休みのところ、失礼をいたします」

女神官《おんなしんかん》の声に、レミギウスは閉じていた瞼《まぶた》を開けた。まだ眠ってはいなかったために、すぐに身を起こす。

「何か、ありましたか」

レミギウスは、穏やかなしわがれ声を扉の向こう側に投げた。

一度は床についた神師をわざわざ起こすというのは、尋常《じんじょう》なことでない。

扉越しに、女神官が申し訳なげに応《こた》えた。

「たった今、柱守《はしらもり》のコウ司教《しきょう》がお見えになりまして、至急、レミギウス様にお会いしたいと――」

レミギウスは眉《まゆ》をひそめた。その名は、この神殿の誰《だれ》もが知る高位の聖人《せいじん》のものである。役職としてはレミギウスのほうが上だが、実質的には頭のあがらない存在だった。

「コウ司教が……わかりました。すぐに着替えますので、手伝ってください」

レミギウスがベッドから立ちあがるのと同時に、部屋の扉が開いた。入室してきた女神官のメイヤーは、慣れた手つきできぱきと、老いた神師の身支度《みじたく》を手伝い始める。

彼女はレミギウスの従者であると同時に、その孫娘でもあった。今年で十七歳になったが、すでに正式の神官として役職を得ている俊才《しゅんさい》である。その出世《しゅっせ》の背景には、神師であるレミギウスの影響もあったが、そのことを抜きにしても、彼女は敬虔《けいけん》なフォルナムの神官だった。

きらびやかな金髪を頭の後ろで束ねた少女は、服を着る祖父の髪を器用に櫛《くし》で整える。

「メイヤー、コウ司教は、どんなご用向きとおっしゃっていましたか？」

祖父の問いに、メイヤーは利発《りはつ》な眼差《まなざ》しをわずかに曇《くも》らせた。

「それが、私には何も――内々《ないない》のお話のようなのです。まずはレミギウス様にお会いしてからと仰《おお》せでした」

着替えを終えながら、レミギウスは鷹揚《おうよう》に頷《うなず》いた。

寝室を出ると、廊下を抜けた執務室《しつむしつ》から明かりが漏《も》れていた。神師《じんし》の住む一隅《いちぐう》は、神殿の中にありながら、一つの家のような体裁《ていさい》をもっている。執務室に入るのにも、外の廊下で衛兵の制止を受ける。コウ司教《しきょう》を先に通したのは、従者であるメイヤーの機転《きてん》らしい。

レミギウスが執務室に入ると、そこには背の高い見慣れた影が佇《たたず》んでいた。

神官衣《しんかんい》のフードを目深《まぶか》におろし、影はゆっくりとレミギウスに向き直る。

「――お休みのところ、申し訳ありません。レミギウス司教」

澄んだ青年の声だった。声音《こわね》は極めて優《やさ》しいが、それでいて不思議な威厳《いげん》を感じさせる。

レミギウスは、畏《かしこ》まって一礼をした。メイヤーは傍《そば》に控える。

「いえ、まだ眠ってはおりませんでしたから――それより、何かございましたか」

影の主であるコウ司教は、フードで顔を隠《かく》したまま、ゆっくりと頷いた。

「ついさきほど、御柱《ピラー》の響きを感じたのです。おそらくは、来訪者《ビジター》の方《かた》が参られたものかと」

「……来訪者《ビジター》？」

レミギウスは問い返し、数秒ほども経《た》ってから、大きくその眼《め》を見開かせた。

「来訪者《ビジター》ですと⁉　確かなのですか⁉」

年甲斐《としがい》もなく、声が裏返《うらがえ》った。コウ司教が、殊更《ことさら》にゆっくりと頷く。

「その可能性が高いかと思われます。ここしばらく、件《くだん》の幽霊《ゆうれい》の噂《うわさ》を受けて、注視しておりましたところ――ついさきほど、人には知覚できぬ響きと光が、私達の一族には感じられました」

コウは密談《みつだん》をするように、その声音を低く落とした。

「ですがレミギウス様、落ち着いてくださいませ。貴方《あなた》にとっては初めてのことでしょうが、これはこの世の理《ことわり》のようなもの――平静に、言い伝えの通りに対処《たいしょ》すればよいのです。私も柱《はしら》守《もり》の一族として、そのお手伝いをいたします。ただ――」

「ただ……？」

レミギウスは息を呑《の》んで、次の言葉を待った。傍《かたわ》らのメイヤーは訳《わけ》がわからない様子だったが、立場上、口を挟《はさ》むこともできずに押し黙っている。

コウ司教は温和な声で続けた。

「肝心《かんじん》の来訪者《ビジター》の方《かた》が今、どこにいるのかがわからないのです。私は異変を感じてすぐに柱の元へ急いだのですが、すでにどなたもおられませんでした。しかし、何者かがいたらしく、ランプと血の跡《あと》が残っておりまして」

「血の跡……」

レミギウスは呻《うめ》いた。

「では、衛兵の誰《だれ》かが、来訪者《ビジター》に剣を向け……？」

コウは、フードに隠れた頭を小さく左右に振った。

「わかりません。ですが死体もありませんし、おそらくは神殿の中で、迷子《まいご》になられているのではないかと思うのです。ランプのことはよくわかりませんが、誰《だれ》かが置き忘れたものか、来《ビ》訪者《ジター》の方《かた》が持っていたものか——ともあれ、取り急ぎ衛兵のご協力をお願いしたく思います」

コウ司教《しきょう》の依頼に、神師《じんし》レミギウスは力を込めて頷《うなず》いた。

「承《うけたまわ》りました。では、コウ司教はここでお待ちください。見つかり次第《しだい》、ご連絡いたします」

「よろしく頼みます」

頷くコウに一礼を残して、レミギウスは足早に執務《しつむ》室《しつ》を出た。

部屋を出るなり、メイヤーが小声に囁《ささや》く。

「レミギウス様、あの——」

「何も聞かないでください、メイヤー。今の貴方《あなた》には、まだ詳《くわ》しくは話せません」

レミギウスは緊張した声でそう告げた。

「神の御心か、それとも気まぐれか……いずれにせよ、これは神殿の機密《きみつ》に関《かか》わることなのです。位《くらい》があがれば、貴方もいずれ、知ることになるかと思います。それまではお待ちなさい」

祖父のかたくなな言葉を受けて、メイヤーは小さく首を縦に振った。

「そう、これは——昔から、稀《まれ》にあることなのです。とりたてて、騒ぐほどのこともない……」

レミギウスは、自分に言い聞かせるように呟《つぶや》いた。

そして、衛兵達に不審者《ふしんしゃ》の〝保護〟を直接命ずるべく、その脚《あし》を詰所《つめしょ》へと向けた。

得体《えたい》の知れない少女を寝台《ベッド》に横たえると、フェリオはまず、彼女の傷口を確かめようとした。ズボンと長袖《ながそで》からなる白い衣服は、しかし腰の部分でも分かれておらず、上下が一つながりになっている。脱がし方もよくわからない。

素材は縮緬《ちりめん》に似ていたが、表面は水を弾《はじ》く性質があるらしく、血があまり染《し》みていなかった。その代わりに、血は服に吸われず外へ流れ、たちまちにシーツを黒く染めていく。どうやら服の中に溜《た》まっていた血が、寝かせたことで外に溢《あふ》れたらしい。

少女を担《かつ》いできたフェリオの体にも、その血は付着していた。

少女の両腕には、柱の中で光っていた腕輪《うでわ》がある。間近で見れば、飾《かざ》り気《け》のない、ごくシンプルな白い腕輪だった。金属のような光沢《こうたく》はあったが、それ単体で光を発しそうには見えない。

施療師《せりようし》を呼びにやらせたエリオットは、まだ来ない。

フェリオは腕輪を気にしながら、部屋に備え付けのランプを一つ取り外し、少女の身を照らした。

仰向《あおむ》けにさせた少女の体に視線を据《す》え、傷のありそうな場所を探す。

一際《ひときわ》に血の多い腹部を探ると、その部分で服が薄く切り裂かれているのがわかった。鋭利《えいり》な刃物で真一文字に裂かれたそこが、出血の元と見て間違いない。

フェリオは服の切れ目に短剣《ダガー》を這《は》わせ、傷を広げないよう、慎重《しんちょう》に服だけを裂いた。ランプを傍《そば》に置き、布で血の汚れを拭《ぬぐ》いながら、薄暗い中に傷口を探す。

少女の白い肌《はだ》は、目を見張るほどに滑《なめ》らかだった。

――滑らかすぎて、〝傷口〟がまるで見当たらない。

フェリオは眉《まゆ》をひそめた。

他に衣服の裂けている場所がないかと探したが、血の染《し》みからしても、腹部のそこ以外に大きな傷があるとは考えにくかった。しかし、実際の少女の身には傷口らしきものがない。

フェリオは衣服の裂き目をさらに広げて、その肌に眼《め》を凝《こ》らした。

脇腹《わきばら》に、かすかに細い古傷の跡はあった。だが、すでに傷口としては塞《ふさ》がって久しいものである。血など出ているはずもない。

首を傾《かし》げるフェリオの耳に、廊下側からの足音が聞こえた。

「フェリオ様。施療師《せりょうし》のクゥナ様をお連れいたしました」

エリオットの声が響いた。連れられてきたのは、フェリオも顔を知る神殿の施療師である。

フェリオは、すぐに声を返した。

「ああ、お通ししてくれ」

「はい。クゥナ様、では、こちらへ」

エリオットが寝室の扉《とびら》を開けるや、施療師の娘が会釈《えしゃく》と共に入ってきた。

柔和《にゅうわ》な微笑を湛《たた》えた、人の好さそうな顔立ちの娘である。

身にまとった白く清浄《せいじょう》な衣《ころも》は施療師の仕事着で、神官《しんかん》が着る長衣《ローブ》とは異なっていた。上は長《なが》袖《そで》だが、腕が動かしやすいよう、肩の部分だけが露出《ろしゅつ》している。下は左右に深く割れたスカートで、動きやすさと清潔感を重視した意匠《いしょう》となっていた。

緩《ゆる》やかな曲線を描くその胸には、施療師の証《あかし》である星十字《ほしじゅうじ》をあしらった紋章《もんしょう》が縫《ぬ》い付けられている。

呼び出された施療師、クゥナ・リトアールは、フェリオに優美な一瞥《いちべつ》を送ると、足早に寝台《ベッド》の傍へと歩み寄った。

まだ二十代の半《なか》ばと歳《とし》は若いクゥナだが、腕のいい施療師として、神殿内でも評価が高い。

フェリオは場所をゆずって、施療師を少女の傍に座らせた。

すぐにクゥナは、ランプを頼りに少女の体を診《み》はじめる。

「怪我人《けがにん》は、こちらの方《かた》ですね。どのような素性《すじょう》の方でしょう？」

傷口を探しながら、クゥナが問う。エリオットはフェリオの言いつけ通り、何も知らせていないらしい。

フェリオはすらすらと、用意していた嘘《うそ》を並べた。

「神殿の外で倒れていたのを、私が見つけて拾ってきたのです。街《まち》の施療院に運ぼうかとも思ったのですが、もう夜でしたし、出血が多かったので急いでここへ——」

エリオットの前では一人称が〝俺《おれ》〟だが、年上のクゥナの前では、公人としての立場を意識せざるを得ない。自然とその言葉遣《づか》いも相応《そうおう》のものとなる。

クゥナは頷《うなず》きながら、さきほどのフェリオと同様に首を傾《かし》げた。

「なるほど。確かに出血が多いようです。ですが——」

ランプの火を動かして、少女の衣服を切り口からめくり、慎重《しんちょう》にその肌《はだ》へ指を這《は》わせていく。

「……肝心《かんじん》の傷口が、見当たりません」

いぶかしげに、彼女はそう呟《つぶや》いた。

クゥナは眠る少女の額に手をあて、脈をはかり、さらにはランプの光で瞳孔《どうこう》の動きを確かめた。

フェリオはじっと、診察の様子を見守る。

「気絶しているようですが、この血は吐血《とけつ》によるものなのでしょうか？　体の方には、傷らしい傷が見当たりませんわ」

施療師《せりょうし》クゥナは、そう結論づけた。

フェリオは困惑《こんわく》しつつ、寝台《ベッド》を染めた大量の血の跡《あと》を指差した。

「でもクゥナさん、この血は、服の内側に溜《た》まっていたんです」

クゥナがまた首を傾げた。

「確かに、まだ服の内側には血が溜まっていますね。でも傷口が見当たりません。脈も正常ですし、まるで……服の中に、血を注いで着ていたようですわ」

フェリオは何も応《こた》えられなかった。大怪我《おおけが》と思って慌《あわ》てたが、肝心《かんじん》の少女が無傷《むきず》では、施療師を呼んだ意味もない。

だがそれでも、フェリオには彼女が無傷ということが信じられなかった。無傷ならば何故《なぜ》、気絶などしているのか、その原因も気にかかる。

フェリオが裂いた少女の服に、クゥナがそっと細指を添《そ》えた。

「フェリオ様。この血のことも不思議ですが……この服も、不思議な品に見えますね。とても珍しいものですが、いずこの織物でしょうか」

クゥナのその疑問は、フェリオにも通じるものだった。少女の着ている服は、明らかにこの辺りの文化からは外《はず》れている。

この広大なソリダーテ大陸には、さまざまな文化が混在していたが、フェリオの知る限りでは、彼女の服はそれらのいずれとも合致しない。

フェリオの知らない異文化も多いはずだが、少女の服は明らかに、高い技術力によって作られていた。交易《こうえき》商人達が喜んで扱いそうな布なのだが、フェリオはもちろん、クゥナも見たことがないという。

クゥナの疑問を受けて、背後からエリオットも少女を覗《のぞ》きこんできた。しかし血の跡に怖《お》じ気《け》づいて足元を震わせ、すぐに部屋の隅《すみ》へと下がってしまう。気の弱いエリオットに、大量の血は刺激が強すぎるらしい。剣術修行《しゅぎょう》の怪我《けが》で血に慣れているフェリオでも、あまりいい気はしない。

「エリオット、悪いけれど、この子の着替えを用意してきてくれないか」

血の苦手《にがて》な優《やさ》しい神官《しんかん》を気遣《きづか》って、フェリオは用事を言いつけた。

「は、はい。では、取り急ぎ……」

血の臭《にお》いにあてられたか、エリオットは少しよろめきながら、寝室の外へと出ていく。

フェリオは改めて、眠る少女の顔をじっくりと見つめた。

ひどく肌《はだ》の白い、美しい少女だった。黒髪も滑《なめ》らかに長く、毛の先まで手入れが行き届いている。おそらくは、日向《ひなた》で農作業をしたこともないのだろう。

地位が高いのか、それともどこかの商人の箱入り娘か、さもなくば——女神のような、人ならぬ存在か。

自分の現実離れした妄想《もうそう》を、フェリオはすぐさまに内心で否定した。そもそもフェリオは、神の実在を信じていないし、少女の体は確かに人間のものに見えた。

眠る少女の顔に一条《ひとすじ》の光がかかり、それに合わせて部屋の中が急に明るくなった。

窓の向こうで、雲に隠《かく》れていた月が、ちょうどその顔をだしつつある。

真《ま》っ青《さお》な、それこそ空の色に近い青さを湛《たた》えたこの星の衛星が、闇夜《やみよ》を優しく照らした。じゃがいものような形をしたいびつな月は、この国では古くから〝空《そら》ノ鐘《かね》〟と呼ばれている。年に一度、ちょうど聖祭《せいさい》の頃《ころ》に、その月は鐘に似た音を鳴らすのだ。

本当に月が鳴っているわけではなく、音の原因は誰《だれ》も知らないのだが、その不可思議《ふかしぎ》な音は必ず空から降ってくる。そのために、月が鐘となって鳴らしているのだと古くから言われていた。

青白い月光と、ランプの柔らかい光とが混在する部屋で、フェリオはクゥナに向き直った。

「怪我のことは、私の早とちりだったようです。クゥナさん、ご足労《そくろう》をおかけして、すみませんでした」

「いいえ。これだけの血を見れば、普通は傷があるものと思いますわ」

クゥナは柔らかく微笑して応《こた》えた。

「では、意識が戻るまで、この行き倒れの子はフォルナム施療院《せりょういん》に預けましょう。まさか、このまま放り出すわけにもいきません」

クゥナは優しげな笑みを浮かべ、そう提案してきた。

神殿の経営する施療院は、貧しい者達にも安価で治療を施《ほどこ》している。それは神殿の権威《けんい》を守るための人気とりという側面もあったが、現場で実際の治療にあたる施療師達には、患者《かんじゃ》のことを真に憂《うれ》える人格者も多い。クゥナは神殿に住み込む〝神殿の〟施療師だが、彼女もまた、フォルナム施療院から派遣《はけん》される形でここに滞在していた。

まだ付き合いは浅いが、フェリオの眼《め》には、信頼に足る人物として映っている。

「そうしていただけると、私も助かります」

そう応じながら、フェリオは交渉用の柔らかい微笑をつくった。

「私がこの子を拾ったのも、何かの縁《えん》でしょう。この子は私の名を使って施療院《せりょういん》にいれてあげてください。治療費も私が負担いたします」

それは、〝身柄《みがら》を預かりたい〟という意味でもあった。

クゥナはかすかに首を傾《かし》げた。王族が〝行き倒れ〟の身許《みもと》引受人になるなど、前例がない。そもそも、この神殿内でのフェリオは客分の身である。見ようによっては、ですぎた真似《まね》ともいえた。

「いえ、それには及び……」

クゥナが穏《おだ》やかに拒絶するより早く、フェリオは続けて言葉を発した。

「この子は、ただの行き倒れとも思えません。衣服も変わっていますが、様子を見る限り、それなりに地位のある方の娘御《むすめご》かと思います」

フェリオは、娘の髪や肌《はだ》が日に焼けていないことを暗に示唆《しさ》した。細い四肢《しし》といい整った顔立ちといい、労働層の民には見えないのも事実である。

クゥナの眼《め》が、微妙な揺らめきを宿した。フェリオの言葉の裏を敏感《びんかん》に察したらしい。

この少女には、もしかしたら政治的な利用価値があるかもしれない——フェリオの言は、そんな意味を内包していた。

仮《かり》に価値がなければないで、王族が民を助けたという〝慈悲《じひ》深い〟話になる。どう転んでも、フェリオの損にはならない——あまり気は進まなかったが、フェリオはそうした形でクゥナを説得《せっとく》することにしたのだった。

本音《ほんね》をいえば、単に少女の素性《すじょう》が気にかかり、ここで他人に預ける気にはなれなかっただけのことである。御柱《ピラー》から出てきたなどと言って信じられるはずもないし、もし気がついた彼女がそのことを下手《へた》に主張すれば、精神を病《や》んだ者として扱われかねない。

だからフェリオは、彼女が起きた時にまず話を聞くのは、あの場に立ち会った自分の役目だと思った。そのためには地位を利用し、クゥナに誤解されてでも、我《が》を通す必要がある。

身柄を預かることにしておけば、彼女が目覚め次第《しだい》、必ずフェリオの元へ連絡がくる。また、その処遇《しょぐう》を巡っても、フェリオの意向《いこう》がものを言うはずだった。

クゥナは反論せずに、小さく頷《うなず》いた。

「……わかりました。そのように手配いたします」

声には、わずかに不快感があった。

彼女はおそらく、フェリオの本心を曲解していた。しかしこの際、フェリオにとっては、そのほうが都合《つごう》がいいのである。俗物と思われたな、と、フェリオは内心で苦笑したが、それだけのことだった。

エリオットの幽霊《ゆうれい》話には、ただの好奇心で乗った。しかしこの少女の身に関しては、好奇心もさることながら、もっと切実なものを感じている。

フェリオはこのことが、ただの不可思議《ふかしぎ》な現象ではなく、何かのきっかけであるような予感を持っていた。それは根拠《こんきょ》のないことではない。柱の中の少女を見たとき、エリオットは「自分が見た幽霊《ゆうれい》とは違う」と言っていた。後で詳《くわ》しく問う必要もありそうだが、普通に考えれば、柱の中に他の人間もいるということである。

そして少女は、気を失う寸前、フェリオを何者かと勘違《かんちが》いし、〝殺さないで〟〝みんなを〟と、うわ言のように呟《つぶや》いた。〝みんな〟というからには、彼女には仲間がいるはずである。殺さないで、というのも穏《おだ》やかではない。

あの柱の中から、この少女と同じように、また別の何者かが現れる可能性も否定できなかった。

内心でそんな思案《しあん》を巡らすフェリオに、クゥナが声を投げた。

「フェリオ様。ひとまず、この子の服を脱がして、体についた血を拭《ふ》きます。部屋の外へ出ていていただけますか」

さきほどのやりとりのせいか、声には多少の険《けん》が籠《こ》もっていた。

「あ——そうですね。うっかりしていました。よろしくお願いします」

フェリオは言《い》い訳《わけ》もそこそこに、すばやく退散《たいさん》することにした。ここはフェリオの寝室だったが、今だけは眠る少女の寝室である。ついでに、クゥナの機嫌も損ねてしまった今は、そんなことで抵抗する気もない。

寝室を出て扉《とびら》を閉じ、フェリオはその前にしばらく立ち尽くした。

なにはともあれ、少女が意識を取り戻さなければ、話を聞くこともできない。

やがて扉越しに、衣《きぬ》ずれの音が聞こえてきた。

フェリオは眼《め》を閉じる。

——遠い昔。幼い頃《ころ》。

部屋に入ることを許されず、ただ扉の前で、今と同じように衣ずれの音を聴《き》いていたことがあった。

その頃の記憶を、不意に思いだす。

それは聖祭《せいさい》の式典を目の前に控えた、準備の最中のことだった。

三人の兄達は式典に出席するため、それぞれに別の部屋で着替えをしていた。

遊び相手もいなかった当時のフェリオは、ただ一人、扉の前で兄達を待っていた。

それはただ、待っていただけだった。

兄達が出てきたところで、その後についていくこともなく、そのままフェリオは扉の前で、
今度は兄達が式典から戻ってくるのを待つことになるはずだった。

フェリオは王族の身ながら、その式典への出席を許されていなかった。

まだ彼が幼かったこと、そして第四子という立場であることが表向きの理由だったが、実際

のところ、フェリオは王子にして、身内には王族と認められていなかったのだ。

側室《そくしつ》の末席にいた母親は、フェリオを生んですぐに亡《な》くなってしまった。その母の実家はとうに零落《れいらく》した貴族で、その両親、つまりフェリオの祖父母も、フェリオが生まれる遙《はる》か前に、馬車の横転事故によって命を落としていた。

したがって、王宮での後ろ盾《うしろだて》となる母方の実家もなく、また第四子という立場のために貴族達からも軽視され、王宮にフェリオの居場所はなかった。

父のラバスダン王は、そんなフェリオを憐《あわ》れがって王宮に置いたが、あまり言葉を交わした記憶もない。兄の母達からは、王の寵愛《ちょうあい》を奪った妾《めかけ》に対する嫉妬《しっと》から疎《うと》まれ、〝下賤《げせん》の子〟と、面と向かって侮辱《ぶじょく》されることさえあった。

そんなフェリオを育ててくれたのは、世話役の乳母《うば》と、そして現騎士団の長である重臣、ウィスタル・べヘタシオンである。

幼い頃《ころ》のフェリオが、することもなく、ただ扉《とびら》の前でぼうっと兄達を待っていた時——

不意に太い腕が、背後からフェリオを抱《かか》えあげた。

それが壮年の頃のウィスタルだった。

当時はまだ王宮騎士団の小隊長で、剣腕《けんわん》は随一《ずいいち》と知られていたが、重職には就《つ》いていなかった。フェリオも彼のことは知っていたが、それまでは特に親しかったわけでもない。

そして彼は、式典の最中にフェリオを高い塔《とう》の上にまで連れていった。

フェリオは今も、そこから式典の様子を見下ろしたことを、よく憶《おぼ》えている。

式典は豪奢《ごうしゃ》なものだった。王宮の中庭に、きらびやかな衣装をまとった王族と貴族が集《つど》い、楽団の演奏の中で、よくわからない形式ばった儀礼《ぎれい》を進めていた。

その中には、兄達の姿もあった。

一番上の兄は、フェリオと口をきいたことがなかった。正式な皇太子で、貴族の誰《だれ》もが一目《いちもく》を置く存在だった。

二番目の兄は、放蕩癖《ほうとうへき》のある、貴族趣味の遊び人として名を馳《は》せていた。話したことはあるのだが、会話の内容は手ひどいものだった。彼はフェリオの存在を、王の〝遊び〟の結果といい、誰にも望まれない人間だと明言した。

三番目の兄は、唯一《ゆいいつ》、フェリオとも遊んでくれた兄だった。王位継承権《けいしょうけん》がやや遠いことと、それから歳《とし》が近いせいもあって、フェリオにとっては唯一の〝兄〟だった。それでも、彼の母親がフェリオを疎い、兄もそれを慮《おもんぱか》って、人前ではフェリオに関《かか》わろうとしなかった。

幼い頃のフェリオにとって、王宮は居心地のいい場所ではなかった。いつも疎外《そがい》され、寂《さび》しい思いにも慣れ、そしてフェリオは笑わない子供になりつつあった。

ふらりと現れたウィスタルが、フェリオを塔に連れて行ったのは、ちょうどそんな頃のことだった。

「フェリオ様。あれを御覧《ごらん》ください」

ウィスタルはそう言って、たくましい腕を窓の外に突き出し、中庭の式典を通り越して、遠くの街並《まちな》みを指差した。

色とりどりの屋根の間を、幾本もの細い道が縦横に走り、その道を人や馬車がせわしなく行き交っていた。

塔《とう》の窓から見える城下の街は、フェリオにはまるで、物語にある異世界のように見えていた。そこに大勢の人が暮らしていることは知っていても、そのことが実感としては摑《つか》めない。

そしてフェリオを胸に抱《かか》えたウィスタルは、野太い声で呟《つぶや》いた。

「――今、貴族や官僚達の多くは、式典を無事に済ますことだけで頭が一杯です。兄君《あにぎみ》達も、おそらくはそうでしょう。ですが王宮での式典などは、この国の多くの人間にとって、ごく小さな、どうでもよい些事《さじ》なのです」

ウィスタルは、その立派《りっぱ》な体軀《たいく》に不似合《ふにあ》いなほどの優《やさ》しい眼《め》をしていた。その眼で塔の上から国を見つめ、そしてフェリオを見つめた。

ウィスタルの指は、街を指し、霞《かす》む山々を指し、そして雲の漂う遙《はる》かな蒼天《そうてん》を指し示した。

「フェリオ様。この国は、広いでしょう？」

フェリオは頷《うなず》いた。塔から見える範囲の全《すべ》てが、アルセイフという国だった。そしてさらにその先には、まだ見たことのない他の国々と、広大な海が広がっている。

ウィスタルは、心持ち声を潜《ひそ》めた。

「官僚達には、この光景が見えておりません。おそらく、兄君《あにぎみ》達にも——フェリオ様。僭越《せんえつ》ながら貴方《あなた》には、王宮のことよりも、この国のことを、この視点で見ていただきたいと願っております」

そう言ってウィスタルは、分厚い掌《てのひら》でフェリオの頭を撫《な》でた。

「王宮などは、この国の中における、ごく小さな閉じられた世界なのです。世界は内《うち》に籠《こ》もるのではなく、外へと広がっていくべきもの——そのことをどうか、お忘れなきよう」

ウィスタルの言葉の半分以上は、当時のフェリオには意味がわからなかった。だが、その言葉だけは記憶に刻《きざ》み、数年もしてから、その意味を多少は理解したつもりになった。

その数年の間に、フェリオはウィスタルから護身《ごしん》のための剣を習い、すくすくと成長していった。

そして今は、その元を離れ、こうしてフォルナム神殿に独《ひと》り滞在している。

フェリオはまがりなりにも王子で、ウィスタルは騎士である。二人の関係は、傍目《はため》には主《しゅ》と従《じゅう》だった。しかしもし、ウィスタルが自分に眼《め》をかけてくれなかったら——フェリオは思う。自分はきっと、今のようには育っていなかっただろう。

この神殿に来て日々を過ごす中で、フェリオは時折、そんなことを考えていた。

フェリオが寝室を追いだされてしばらくが経《た》つと、廊下に面した別の扉《とびら》から、ノックの音が響いた。

親善特使にあてがわれた部屋は、廊下に面した居間を中心に、執務室《しつむしつ》や寝室、風呂《ふろ》などが配されている。

＋

その居間の扉を小さく叩《たた》く音に、フェリオはそっと歩み寄った。

「フェリオ様、お休みのところ、申し訳ありません」

響いたのは、顔見知りの衛兵の声だった。

フェリオは安心して扉を開け、自ら廊下に歩み出る。

「どうした。なにかあったか？」

そう問うと、若い衛兵は恐縮《きょうしゅく》したように頭を下げた。

「はい。実は神殿内に、不審者《ふしんしゃ》がまぎれこんだ可能性があるとのことで――神師様《じんし》からじきじきに、ついさきほど捜索《そうさく》命令が出たのです」

フェリオはぎくりとした。眠る少女の姿が脳裏《のうり》に浮いたが、しかし顔では平静を装《よそお》う。

「不審者だって？　泥棒《どろぼう》でも入ったのか？」

「いえ、どうもよくわからないのですが、怪《あや》しい人物を見つけたら、できるだけ丁重《ていちょう》に保護するようにと指示されておりまして。フェリオ様も、もし何者かを見つけましたら——」

応《こた》える衛兵の言葉を、甲高《かんだか》い女の悲鳴が唐突《とうとつ》に遮《さえぎ》った。

不意のその声は、フェリオの寝室から響いたものである。

フェリオは衛兵と顔を見合わせ、ほんの数瞬《すうしゅん》、固まった。しかし次の瞬間には、二人揃《そろ》って反応し、勢い込んで寝室へと駆け込む。

扉《とびら》を蹴ったフェリオは、悲鳴と同時に連想した通りの光景を眼《め》にして、その唇《くちびる》を噛《か》んだ。

血に汚れた半裸《はんら》の少女が、施療師《せりょうし》クゥナを羽交《はが》い締《じ》めにし、その首筋をきつく押さえていた。

寝台《ベッド》の上、クゥナは困惑《こんわく》した様子で、悲鳴だけはあげたものの抵抗もできずに固まっている。

少女はクゥナに服を脱がされる途中だったらしく、上半身だけが裸《はだか》だった。飛びこんできたフェリオ達を怯《おび》えた眼で睨《にら》み、掠《かす》れがちな声を張り上げる。

「う、動かないでください！　動いたら、この人を……」

首を押さえた指に、少女が力を込めるのがわかった。

身構える衛兵を手で制し、フェリオは努《つと》めて軽く声をかけた。

「待て待て。よくわからないけど、人質《ひとじち》が欲しいなら俺《おれ》と交換しよう。その人、身重《みおも》なんだ。いま大事な時期だから、荒っぽいのはちょっと……」

相手の威勢《いせい》を削《そ》ぐつもりで、フェリオは声質を優《やさ》しくした。内心の焦《あせ》りは隠《かく》し通している。

その言葉を受けて、少女の眼がびくりと震えた。同時に、当のクゥナと衛兵も眼を剝《む》く。

クゥナが身重というのは、フェリオが咄嗟《とっさ》に思いついた嘘《うそ》だった。もし相手が悪人ならば、そんなことは気にもしないだろうが、仮《かり》に良心のある人間であれば、そうと聞かされて乱暴な真似《まね》はできない。

案《あん》の定《じょう》、少女は目に見えてうろたえ、せわしなく辺りを見まわすと、窓にその視線を据《す》えた。

意図《いと》はフェリオにも読めたが、クゥナが囚《とら》われている以上、まだ迂闊《うかつ》には動けない。

少女はクゥナを押さえたまま、寝台から立ちあがり、じりじりと窓の傍《そば》へ寄った。

外の様子を確認し、その腕からクゥナを離す。間髪《かんはつ》をいれず、自らは窓を開け、月明かりの下へと身を躍《おど》らせた。

フェリオは息を吞《の》んだ。ここは二階で、窓の外には堀《ほり》がある。数瞬の間を置いて、派手《はで》な水音が響いた。

呆然《ぼうぜん》とするクゥナと衛兵を置いて、フェリオも腰の剣を外《はず》し、少女の後を追う。

「フェリオ様!?　いけません!」

クゥナの悲鳴じみた声を背後に聞きながら、フェリオは足から堀に飛び降りた。

暗闇《くらやみ》の中での落下は、瞬間的に背筋を凍《こお》らせた。すぐにその身は冷たい水面へと落ち、フェリオは一瞬だけ方向の感覚を失う。

青白く月の光が照らす中に、フェリオは少女を探した。その姿を眼が見つけるよりも早く、少し先を泳ぐ水音に耳が気づく。

見れば、少女の泳ぎは存外《ぞんがい》に速かった。

泳いで後を追いながら、フェリオは、内心で歯噛《はが》みしていた。

少女がおとなしくさえしていれば、いくらでもごまかしようはあったのだ。何かに怯《おび》えている様子だったが、軽率《けいそつ》な真似《まね》をしたものだと思う。

少女は堀《ほり》の端にたどりつき、石垣《いしがき》に打ち込まれた鉄の梯子《はしご》をのぼり始めた。神殿内の堀は、円を描くようにして内部を巡っており、小規模な運河《うんが》としても用を為《な》している。防犯の意味は薄いため、ところどころに上へ通じる梯子や階段が設けられていた。

「――ったく、ついさっき、風呂《ふろ》に入ったばかりだってのに」

ずぶ濡《ぬ》れになったフェリオはぼやきながら、その後に続き、梯子に手をかける。月明かりの中、少女が上から振り向いた。

「来ないで！　私に近づかないでください！」

その悲鳴に、フェリオは違和感《いわかん》を覚えた。声は澄んでいたが、発音がやや狂っている。御柱《ピラー》から出てきた時点で、この国の人間ではないだろうと予想してはいたが、改めてそのことを確信した。

フェリオは少女に向けて声を張った。

「なぜ逃げる!?　君は、ここがどこだか、わかっているのか？」

フォルナム神殿の周囲は、高い壁に囲まれている。四方の門以外に出口はなく、手続きをしなければ、侵入も脱出も容易《ようい》ではない。

このまま少女が無理に逃げようとすれば、事態がややこしくなるのは眼《め》に見えていた。少女のためにことを穏便《おんびん》に運びたい一心で、フェリオは彼女の後を追った。

堀を囲む石垣を越え、少女は中庭に生える木々の中へ逃げ込んだ。枝はよく茂り、その下では月光も遮《さえぎ》られてしまう。ともすれば見失いそうにもなったが、木々の根が張りだした森では、少女も上手《うま》く走れない様子だった。その隙《すき》をついて、フェリオは彼女のすぐ背後にまで迫る。

追いつかれたと察した少女は、一本の木の幹を背にして、フェリオに向き直った。

「来ないでください！」

悲痛な声で、再度叫ぶ。その声に、フェリオはいたたまれない思いを感じた。

「――落ち着いてくれ。別に何もしやしない」

フェリオは穏《おだ》やかに声をかけた。

「なぜいきなり逃げたんだ？　俺《おれ》達には、君をどうこうするつもりはないよ」

「だめ……ち、近づかないで……やだ……」

少女の声が震えた。

「……お願いです。あなたがどういう人かはわからないけれど、私のことはほうっておいてください。でないと……でないと、私……」

少女の声が、くぐもったものに転じた。

フェリオの背筋に、不意の悪寒《おかん》が走る。

森がつくる暗闇《くらやみ》の中に、まるで獣《けもの》が潜《ひそ》んでいるかのような錯覚《さっかく》を覚えた。獣の気配の正体《しょうたい》は、明らかに目の前の少女である。濡《ぬ》れそぼった体に痛《いた》んだ服をまとい、黒い長髪を垂らしたその娘が、今はひどく凄惨《せいさん》な気配を放ちつつあった。

何かが切り替わった——そんな印象を受ける。

相手は、歳《とし》の近いただの少女のはずだった。しかし、突然に湧《わ》き出した冷《ひ》や汗《あせ》は止まらない。

無意識のうちに、フェリオは腰に手をやった。そこにいつもあるはずの細剣《レイピア》は、しかし堀《ほり》に飛びこむ前、部屋に置いてきてしまった。いまさらに、そのことが悔《く》やまれる。

「……こっちには、害意はないつもりだけど？」

フェリオは低く呟《つぶや》いた。

少女の返事はない。無意識のうちに、四肢《しし》に力が籠《こ》もった。

たかが少女を相手に、何を弱気になっているのか、フェリオも自分の臆病《おくびょう》を不思議に思った。

しかし、理屈《りくつ》を伴《ともな》わない勘《かん》が、頭の中で警鐘《けいしょう》を鳴らしている。

少女が、どこか獣じみた唸《うな》り声を漏《も》らした。

フェリオは、その声に聞き覚えがあった。幼い頃《ころ》、お忍《しの》びで入った見世物《みせもの》の天幕《テント》で、山奥に住むはずの虎《とら》を見たことがある。少女の声は、その虎の唸りによく似ていた。

その虎は飼《か》い馴《な》らされてはいたが、多分に野性も残しており、まるで餌《えさ》を見るような眼《め》でフェリオを見ていた。今、暗闇にまぎれて少女の顔は見えないが、気配としては近いものを感じる。

互いの顔が見えないまま、じりじりと睨《にら》み合いが続いた。

やがて神殿内から、異常を知らせる鐘《かね》の音が甲高《かんだか》く鳴った。続けて三回鳴らし、これを繰り返す。

それは不審《ふしん》人物の侵入を知らせる合図《あいず》だった。

その音に反応して、少女の気配が動いた。フェリオから離れる方向へ、森の中を一散に駆けだす。

跳《は》ねるように遠ざかっていく足音を、フェリオは追えなかった。

足が硬直《こうちょく》していた。

今、この場にいたのが、あの可愛《かわい》らしい黒髪の娘だったとは思えなかった。ある瞬間を境《さかい》に、まるで別人のように……あるいは、別の生き物のように、気配が一変した。

額に浮いた汗を拭《ぬぐ》い、フェリオは口の端に微笑を漏らした。

何故《なぜ》笑っているのか、自分でもわからない。ただ、自分が今、確かに〝恐怖を感じたこと〟

そして今、その恐怖から解放された安堵《あんど》が、笑みとなって表情に表れた。

フェリオは、大きく深呼吸をすると、闇に消えた少女の後を再び追い始めた。

方向に見当をつけて、とりあえず中庭の森を抜けるべく足早に駆ける。

フェリオは、自覚していた。

今、恐怖を感じると同時に――わずかに、心が躍《おど》ったのだ。未知なるものへの好奇心が、フェリオの中で大きく膨《ふく》らみつつあった。

「ただの女の子じゃない、か……」

フェリオは小さく独《ひと》りごち、木の下の闇《やみ》に脚《あし》を急がせた。

✦

侵入者を知らせる鐘《かね》が鳴った時、神師《じんし》レミギウス・バルトレーは我が耳を疑った。できるだけ事を荒立てずに、謎《なぞ》の侵入者を保護するよう、詰所《つめしょ》の衛兵達に通達したはずだった。それでも鐘が鳴ったということは、何らかの非常事態が起きてしまったことを示唆《しさ》している。

同室で待機《たいき》していたコウ司教《しきょう》もまた、鐘の音を聴《き》き、思案《しあん》げに頭を窓へ向けた。コウは室内でも、フードを目深《まぶか》に被《かぶ》っている。その表情はレミギウスの位置からうかがえなかったが、困惑《こんわく》する気配だけは伝わった。

「レミギウス司教。どうやら、何か変事が起きたようですが」

思慮《しりょ》深く落ち着いたコウ司教の言葉に、レミギウスは頷《うなず》きを返した。

「あるいは、連絡の不備《ふび》かもしれませんが……」

レミギウスがそう言うと、コウはかすかな溜《た》め息《いき》を吐《つ》いた。

「〝あちら側〟の世界から来る人間は、さまざまなのです。過去には荒っぽい者や悪人もいたでしょう。記録にも残されず、処分《しょぶん》された者もいたはずですが——今回の来訪者《ビジター》が、仮《かり》に危険な人物であった場合、残念ですが、自衛のために——」

「……やむを得ない処置をとることも、仕方がないでしょうな」

コウの言い淀《よど》んだ後を、レミギウスが引き取った。

「前回の来訪者《ビジター》は、百五十年前の方《かた》でしたか……むろん、我々は生まれてすらおりませんが、記録によれば、まともな良識のある方だったそうですな」

レミギウスは、書物による曖昧《あいまい》な記憶を引きだした。コウ司教もフードの下で頷く。

「はい。エアル交易《こうえき》の祖《そ》となられた方ですね。彼のもたらした知識には、危険なものもありましたが——彼個人は、上手《うま》くこの世界の人々と折り合っていたようです。今度の来訪者《ビジター》の方は、どうかわかりませんが……どんな人物であるにせよ、急いで保護するか、場合によっては神殿の責任において処理しなければなりません」

「左様《さよう》ですな。野に放つには、少々危《あや》うい——」

レミギウスの言葉の最中に、執務室《しつむしつ》の扉《とびら》にノックの音が響いた。

レミギウスは、最悪の事態も想定しつつ声をかける。

「お入りなさい」

声に応じて入ってきたのは、若い衛兵だった。レミギウスは、内心の不安を隠《かく》していつもと変わらぬ様子で問う。

「どうしましたか」

「は。ただいま、不審《ふしん》人物とおぼしき若い娘を、西の一隅《いちぐう》で確認いたしました」

声は緊張に固まっていた。

「現在、なお逃亡中なのですが……その、少しややこしいことに……」

衛兵の言葉が、歯切れの悪いものになった。

レミギウスは顔をより険《けわ》しくした。

衛兵は、困惑《こんわく》しつつも言葉をつなぐ。

「実はその不審者を、我々より先に、フェリオ様が保護されていたようなのです。その後、不審者の娘は施療師《せりょうし》を人質《ひとじち》にして逃亡し、現在は人質を解放したものの、フェリオ様がその後を独《ひと》りで追っているとのことで——」

報告を受けた瞬間、レミギウスの顔色は蒼白《そうはく》に転じた。

フェリオ・アルセイフは、このフォルナム神殿ともっとも関係の深い国、アルセイフの王子である。客人であると同時に、彼は神殿と国との友好の証《あかし》でもあった。

自治権をもつ神殿は、もともと一つの小国に近い体裁《ていさい》を持っている。もし彼の身に何かがあれば、そのまま国際問題にも発展しかねない。

部下の前にも関《かか》わらず、レミギウスはつい呻《うめ》きを漏《も》らした。

「フェリオ様が……なんと……今の鐘《かね》は、そのためですか？」

「は――」

衛兵は畏《かしこ》まって応《こた》えた。

レミギウスは眉根《まゆね》を寄せた。

鐘を鳴らすに足る事態だけに、現場の判断を咎《とが》める気はなかった。ただ、フェリオ王子が単身で追うのを止められなかったことは、悔《く》やまれてしかるべき問題である。どういった事情かはまだわからないが、不審者をフェリオが保護した経緯《いきさつ》も気になった。

衛兵の退出した後もしばらく、レミギウスとコウは無言で向かいあっていた。

やがてコウが、フードの下から澄んだ声を漏らす。

「来訪者《ビジター》の娘を保護したのが、よりにもよって、王族のフェリオ様とは――」

「――はい。困ったことになりました」

レミギウスは沈んだ声で応じた。

逃げた娘を追って行ったというフェリオの身も不安だが、問題はもう一つある。〝来訪者《ビジター》〟の存在は、神殿における重要な機密《きみつ》だった。神殿の奥深くにある史書編纂室《ししょへんさんしつ》に、それらの記録は眠っている。詳《くわ》しい内容を知るのは、神師《じんし》であるレミギウスやコウのような高位の者だけだが、彼らの間にさえ、〝来訪者《ビジター》〟などはおとぎ話の一種だと解釈する者もいた。

レミギウス自身、自分が神師の役に在《あ》る間に、そんな事例に巡りあってしまうとは予想もしていなかった。前例は過去の記録のみで、それも生まれる前のことである。〝柱守《はしらもり》〟の一族である司教に言われなければ、とても事態を把握《はあく》できなかったに違いない。

否《いな》――今でも、事態を把握できてはいない。そもそも何故《なぜ》、柱の中から不定期に来訪者《ビジター》が現れるのかさえも、明らかにされてはいなかった。その理由は、〝向こう側〟の世界の事情に拠《よ》っているためである。

そして、柱を通って〝来る〟者はあっても、こちら側から他の世界に行った者はおらず、またこちらに来た後、元の世界に帰れた者もいない。もっとも、それも伝承と記録の中だけの話ではある。

レミギウスは間を置いてから、ぽつりと呟《つぶや》きを漏《も》らした。

「フェリオ様が仮《かり》に、その娘と話をしていた場合――いささか厄介《やっかい》なことになりそうです」

神殿の機密《きみつ》を外部に漏らされるのは好ましくない。しかしコウは、わずかに笑った様子だった。

「フェリオ様は情に厚く、賢《かしこ》い御方《おかた》です。我らが誠意をもって願えば、無下《むげ》にはなさいませんでしょう。それに――漏れたところで、世間は信じないはずです。万が一に信じられても、数百年の時を経て、〝おとぎ話〟になるだけ。何も、変わりません」

達観《たっかん》したコウ司教の言葉に、レミギウスは深々《ふかぶか》と頷《うなず》いた。

少しだけ、気が楽になった。コウの言うとおり、たいしたことではないのだ。別の世界に住む人間が独《ひと》り——こちら側に迷いこんだだけのことである。しかも若い娘となれば、そう神経質になる必要もないはずだった。

しかし、頭ではそうわかっているのだが、レミギウスはしきりに根拠《こんきょ》のない胸騒《むなさわ》ぎを感じていた。虫の知らせともいうべき直感である。

その胸騒ぎを裏付けるように、扉《とびら》がけたたましく鳴った。

「御爺様《おじいさま》！　大変です！」

従者であるメイヤーの慌《あわ》てた声に、レミギウスはびくりとした。仕事中はレミギウスを名で呼ぶ約束だったが、孫娘の声はそんなことに構っていられない様子だった。

「お入りなさい。何がありましたか？」

扉を開けたメイヤーは、勢いこんで走ってきたらしく、肩で息をしていた。

レミギウスは嫌な予感に眉根《まゆね》を寄せる。

「た、大変です。不審者《ふしんしゃ》の少女が、衛兵達をまいて門を越え、街《まち》に！」

メイヤーの報告に、レミギウスは耳を疑い、ついで眩暈《めまい》を覚えた。

よろめきかけたその身を、コウ司教が背後からすばやく支える。

レミギウスは呆然《ぼうぜん》たる声を発した。

「あの門を抜けたのですか？　いったい、どうやって――」

コウ司教《しきょう》から不審者《ふしんしゃ》の可能性を示唆《しさ》された際、門には最初に手をまわした。厳重に衛兵を配し、しっかりと鍵《かぎ》を閉じさせたはずだった。

メイヤーは、心持ち早口に答える。

「詳《くわ》しい報告はまだなのですが、信じがたいことに、とにかく逃げられたと――」

彼女自身も、困惑《こんわく》を隠《かく》せない様子だった。

「衛兵の方々に被害はないようです。ですが、少女が街《まち》に出てしまったことは確実なようで――どういたしましょう？」

メイヤーは神に祈《いの》るような声でそう報告をした。

レミギウスは一瞬の躊躇《ちゅうちょ》の後、深く頷《うなず》いた。

「街にまで出られては、いたしかたありません。神殿騎士団に招集《しょうしゅう》を。彼らの力を借りましょう」

その眼《め》にある種の決意をみなぎらせながらも、レミギウスは溜《た》め息《いき》を吐《つ》いた。

フォルナム神殿が擁《よう》する神殿騎士団は、特殊な戦闘力に長《た》けた騎士達で構成されている。仮《かり》に少女が抵抗すれば、五体満足では戻ってこないかもしれないが、だからといって、このまま逃がすわけにはいかなかった。

できれば、騎士団の手までは煩《わずら》わせたくなかった。身内《みうち》ではあるが、扱いに難しい連中である。

「メイヤー、私の名で、彼らへ出動の指示を伝えてください。不審者の捕獲《ほかく》を最優先とするよう――できるだけ殺さずに、捕まえさせてください」

レミギウスの言葉に、メイヤーは「はい」と頷き、急ぎ足に再び執務《しつむ》室《しつ》を出て行った。

後に残ったレミギウスとコウ司教とは、互いに長い沈黙を迎えた。

やがてコウが、寂《さび》しげな声で呟《つぶや》いた。

「――あの門を突破するということは――来訪者《ビジター》は、戦闘技術に長けた方《かた》でしょうか」

「その可能性は高いかと思われます。最悪の事態だけは――知識の流出だけは、避けなければなりません」

レミギウスは応《こた》えて、また深く溜め息を吐いた。

✦

不審な少女からだいぶ遅《おく》れて、フェリオは無事に中庭の森を抜けた。

途中で幾度《いくど》か、闇《やみ》のために方向を失ったが、しかしどうにか思ったのと近い場所に出る。

そこはすでに混乱の只中《ただなか》にあった。

衛兵達の張り上げる声が、神殿を囲む石壁に反響している。

「包囲を抜けられた！　街《まち》のほうに逃げたぞ！」

その声に、フェリオは耳を疑った。閉じられた神殿の門は、娘一人の力で抜けられるようなものではない。馬車が通ることを前提とした鉄扉《てっぴ》は極端に重く、慣れた衛兵達でも数人がかりでなければ動かすことができない。錠《じょう》もかけられていれば、それに対する鍵《かぎ》も必要となる。

門の付近での騒ぎに、フェリオは駆け寄った。濡《ぬ》れそぼったフェリオを見つけた若い衛兵の一人が、驚いて声をよこす。

「フェリオ様!?　ご無事でしたか！」

「ああ、こっちはな。あの女の子は？」

衛兵は憤然《ふんぜん》と顔を険《けわ》しくした。

「信じられますか!?　あの娘――」

衛兵が、その〝門〟を指差した。

フェリオは目を凝《こ》らして、篝火《かがりび》に照らされた鉄扉を見やる。

その高さは、大人《おとな》の身長の数倍もある。馬車が通るために幅も広く、重さも相当なものだった。今、衛兵達は数人がかりで取《と》っ手《て》に結んだ縄《なわ》を引き、ゆっくりと門を開けつつある。

その様子を見て、フェリオは眉《まゆ》をひそめた。

「おい、門は開いていないじゃ――」

「あの娘！　あの高さを、飛び越えていったんですよ！」

若い衛兵の声が裏返《うらがえ》った。

フェリオは聞き違いかと思い、その顔に視線を移す。

「……飛び越えた？　あの門を？」

「門ではなくて、そのすぐ脇《わき》の石壁をです！　まるで、羽《はね》でも生えたみたいに……」

よく見れば、衛兵の指はわずかに門をはずれ、門よりもさらに高い石壁を差していた。フォルナム神殿を囲む石壁は、下手《へた》な城の城壁《じょうへき》よりも遙《はる》かに高い。神殿内では、陽光を遮《さえぎ》る無意味な高さと言われることさえあったが、貴重《きちょう》な輝石《セレナイト》を産出する要所《ようしょ》である。その防備は、砦《とりで》や城よりも固い。

フェリオは月夜にそびえた壁を見上げ、首を捻《ひね》った。鳥でもなければ越え難い高さである。

「いくらなんでも――」

「嘘《うそ》ではありません。あの娘、急に恐ろしい速さで走ってきたかと思ったら、そこの壁に四肢《しし》をついて駆け上がり、そのまま向こう側へと消えたのです」

衛兵の主張に、フェリオは背筋を寒くした。虎《とら》でもおそらく、そんな真似《まね》はできない。石壁は下側こそ多少の角度がついているものの、上にいくほど垂直に近くなり、頂点には鼠返《ねずみがえ》しのような突起《とっき》も設けられている。また、仮《かり》に越えたところで、今度は壁の向こう側に降りなければならない。

だが、現実に少女の姿はここになく、衛兵達はその後を追うために、必死で門を開けようとしていた。

フェリオは、常識に囚《とら》われるのをやめた。あの少女のことを、フェリオはまだ何も知らない。彼女にしてみれば、あるいはこの壁を越えることなど簡単なことなのかもしれなかった。

フェリオは開きつつある門に向けて、足早に歩いた。すでに人が通れる程度には開いており、狭《せま》い出口に追《お》っ手《て》の衛兵達が殺到《さっとう》しつつある。

歩き始めたフェリオの前に、衛兵が素早く回り込んだ。その顔色はひどく渋《しぶ》い。

「フェリオ様、不審者《ふしんしゃ》は我々が追いかけます。どうか部屋にお戻りください。貴方様《あなた》に何かがあったら、この神殿にとっての大問題に発展します」

「神殿のせいにはならない。何がどうなっても、俺《おれ》のせいだ」

フェリオは確信をもってそう言った。フェリオに何かがあった場合に、神殿は王宮との関係が悪化することを恐れているのだろうが、逆に王宮の側からしてみれば、フェリオ如きのために、神殿との蜜月《みつげつ》を終わらせたくはないはずだった。もともとフェリオは、王宮で邪魔者《じゃまもの》扱いされていた身である。

両者のくだらない政治的な思惑《おもわく》よりも、今のフェリオには少女の無事が気にかかった。

「許可してくれとは言わないよ。勝手に行く。俺はあの子のために、わざわざ水の中にまで飛びこんだんだ。ここで手ぶらで帰ったら、ただの間抜《まぬ》けじゃないか」

「しかし、フェリオ様の身になにかあれば――」

フェリオは衛兵の説得《せっとく》を手で制した。

「それに俺は、あの子の顔を憶《おぼ》えている。

衛兵は言葉に詰まった。あっという間に少女に逃げられてしまった彼らは、その顔もよく確認してはいないはずだった。

渋りきった若い衛兵を置いて、フェリオは神殿と街《まち》を分ける鉄扉《てっぴ》を抜けた。周囲を他の衛兵達も駆けて行く。

神殿の外周には、広い範囲にわたって外堀《そとぼり》がつくられていた。街を流れる川から引いたものだが、壁を越えた少女も、一度はそこに降りたものと見ていい。その後、どの方向へ逃れたかは、勘《かん》に頼るしかなかった。

扉《とびら》を抜け橋を渡った衛兵達は、松明《たいまつ》を片手に街の随所《ずいしょ》へと散って行った。

フェリオは神殿と街の境界《きょうかい》から、夜に包まれた街を見つめる。

そこは〝神域《しんいき》の街《まち》〟と呼ばれていた。住民層はよその街とさほど変わらないが、高い経済力を持つ神殿の影響で、その恩恵《おんけい》を得る街もまた、発展し潤《うるお》っている。

少女は今、この広い街の何処《どこ》かにいるはずだった。

フェリオは一度、大きく息を吸うと、その眼差《まなざ》しをやや険《けわ》しくした。

気に食わないことが一つある。

〝ただの不審者《ふしんしゃ》〟を追うにしては、神殿の対応は早すぎ、そして衛兵達の動員も多すぎた。フェリオは神殿にとっては部外者である。知らない事情が背景にあっても不思議はないが、どうにも解《げ》せない。

背後に何かがあるらしいことを薄々《うすうす》と察しつつ、フェリオはずぶ濡《ぬ》れのまま、夜の街《まち》に出た。

✦

メイヤー・バルトレーは、フォルナム神殿の一隅《いちぐう》、神殿騎士団の宿舎にいた。

背後には、護衛として数人の衛兵を従えている。

「あん？　団長に用？　団長はもうお休みだぜ。朝になってから来な」

そう言ってメイヤーを出迎えたのは、名も知らない若い騎士だった。

下卑《げび》た笑いを見せるその騎士に、メイヤーは鋭《するど》い嫌悪《けんお》の視線を向けた。騎士は少しも動じない。

「もっとも、夜這《よば》いだってんなら通してやってもいいぜ、お嬢ちゃん？」

その無礼な言《い》い様《よう》に、メイヤーの背後に控えた五人の衛兵が色をなした。

しかし当のメイヤーは、静かに彼らを手で制する。

「私は神師《じんし》レミギウス様より、直接のご指示を承《うけたまわ》っております。あえて通さぬとなれば、いささか煩雑《はんざつ》な手順を踏んでからまた参りますが――」

レミギウスの名を聞くと、若い騎士は〝仕方ない〟とでも言いたげに肩をすくめた。

「入りな。ただし、団長が寝てるってのは本当だ。いい具合に酔《よ》っ払《ぱら》って寝ついちまったから、起こすわけにはいかんぞ。〝起こしたら殺す〟って言われてるし、俺《おれ》はまだ死にたくはない」

若い騎士はそういって扉《とびら》を譲《ゆず》った。

メイヤーは会釈《えしゃく》もせずに、つかつかとその奥に進む。

神殿騎士達の宿舎は、神殿の内部にありながら、独立した屋敷のような体裁《ていさい》をなしていた。

ただし、そこで寝起きする大勢の騎士達は、決してフォルナム神殿に仕える者達ではない。

神殿騎士と呼ばれる彼らは、基本的には中央のウィータ神殿に所属し、そこから出向《しゅっこう》する形で、各神殿の守備隊となっていた。その指揮権こそ各神殿の神師に委《ゆだ》ねられているが、当の騎士達は中央の威光《いこう》をかさに着て、傍若《ぼうじゃく》な振る舞いに慣れてしまっている。また、戦闘力に特化して整備された組織だけに、神殿の教義から著しく逸脱《いつだつ》した者も多く、そのことが他の神官《しんかん》達との間に軋轢《あつれき》を生んでもいた。

しかし、メイヤーが腹立たしく思うことに――彼らには、確かな実力が備わっていた。衛兵達が束《たば》になっても敵《かな》わないだけの力を持ち、勇猛果敢《ゆうもうかかん》なことでは王宮の騎士団にも勝《まさ》る。それに加えて、多少の無頼《ぶらい》じみたところを黙認《もくにん》させてしまうだけの過去の実績もあった。

宿舎の奥はひどく殺風景《さっぷうけい》だった。調度品《ちょうどひん》も何もない無骨《ぶこつ》な石造りの廊下の先に、食堂として使われるホールがある。

メイヤーと衛兵達は、ひとまずそこで待たされた。ホールよりさらに奥には、団員達の寝室が並んでいるはずだったが、メイヤー自身、そこまで奥に入ったことはない。

さして時間も経《た》たないうちに、すぐに一人の青年騎士が現れた。

光沢《こうたく》のある鳶色《とびいろ》の長髪を手櫛《てぐし》で整えながら、メイヤー達に微笑《ほほえ》みかけ、まるで旧知《きゅうち》の友人に会ったように片手をあげる。ややにやけた顔のその優男《やさおとこ》に向けて、メイヤーは顔をこわばらせた。

騎士団長ではない。副団長のリカルド・バーゼスという男である。まだ二十代の半《なか》ばと若いが、家柄と腕は悪くないらしく、騎士団の要職《ようしょく》についていた。

女を誑《たぶら》かすことに人生を賭《か》けているという、メイヤーから見れば悪魔のような生き物である。本来ならば口をきくのも嫌だったが、そんな我《わ》が儘《まま》を言える状況でもない。

リカルドは大仰《おおぎょう》な手ぶりで両手をひろげ、歓迎の意を態度で示した。ただし、その眼中にメイヤーが連れた衛兵達は入っていない。

「これはこれは、麗《うるわ》しのシスター・メイヤー。こんな夜分に、こんなむさくるしいところへどのようなご用件でしょうか？」

ほうっておけば、手の甲にキスでもされかねないほど馴《な》れ馴《な》れしい口調だった。

メイヤーは声を硬《かた》くして、できるだけ事務的に用件を述《の》べる。

「神師《じんし》レミギウス様よりの御指示です。神殿騎士団の皆様に、至急、出動を願いたくうかがいました」

リカルドは薄く微笑《ほほえ》んだ。

「左様《さよう》でしたか。メイヤー嬢のご依頼とあらば、喜んでこの身命《しんめい》を捧《ささ》げましょう」

まともな内容も告げぬうちに、リカルドは芝居《しばい》がかった返答をした。相手の軽薄な調子を無視して、メイヤーは冷たく言い放つ。

「重ねて言いますが、〝私の〟ではなく、神師レミギウス様よりの御指示です。ついさきほど、当神殿内に不審者《ふしんしゃ》が侵入いたしました。現在、その人物は街《まち》へと逃亡しているのですが、これを捕らえ、神殿内に連れてきていただきたいのです」

リカルドが小さく首を傾《かし》げた。

「相手は一人、ですか？」

「おそらくは」

「泥棒《どろぼう》？」

「いえ、何も盗《と》られてはおりません」

「――失礼ですが」

リカルドは肩を揺らして笑った。

「それは果たして、我々の手を煩《わずら》わせるようなことなのでしょうか」

嗤《わら》うリカルドを、メイヤーは冷たく見据《みす》えた。その視線を受けて、リカルドは慌《あわ》てて首を横に振る。

「いえいえ、私は貴方《あなた》のために動くことに否《いな》やはありません。ただ、神殿騎士というものは、あくまで防衛のための集団です。たった一人の不審者《ふしんしゃ》を追いかけて捕えるのは、衛兵の皆様のお仕事でしょう。分を越えて、その任を横取りするような真似《まね》はいささか――」

言《い》い訳《わけ》をするリカルドに、メイヤーは作った微笑を向けた。

「――貴方では話にならないということでしょうか。団長のベリエ様に、お取次ぎを願えますか？」

リカルドは肩をすくめた。

「無理です。団長は寝つきを起こすと機嫌が悪くなります。これはメイヤー様のために申し上げておきますが、寝起きの団長は野獣《やじゅう》と変わりません。近づいてはいけませんよ」

「近づく機会のないよう、祈《いの》っておりますわ」

野獣といえば、リカルドも似たようなものである。団長のベリエは単に暴力的な意味での野獣だが、目の前の男は、女の敵という意味での野獣だった。メイヤーの知人の女官《じょかん》も、彼に誑《たぶら》かされたのだ。

リカルドは声を潜《ひそ》めた。

「団長を起こせば、貴方がたはここから追い出されますよ。しかしおかしな話だ。自慢《じまん》ではありませんが、我々が貴方がたに嫌われていることはよく知っているつもりです。どうして、そんな些事《さじ》に、我々の力を借りにきたのですか？　できるだけ借りをつくりたくはないはずだと推察いたしますが——」

　多少はまわる頭をお持ちですのね、とは、さすがに言わず、メイヤーは小さく頷《うなず》いた。

「不審者が、ただの不審者ではないからです。神殿の機密《きみつ》に関《かか》わる事項を知っています。しかも衛兵達の話では、この神殿の外壁を飛び越えたとか——」

　リカルドが笑った。

「外壁を？　それは何かの比喩《ひゆ》でしょうか？」

「いいえ。言葉どおりの意味です。その少女は、あの高い石壁を一瞬で昇り、反対側に降りて、街《まち》に逃亡いたしました」

「少女？　少女とおっしゃいましたか？」

　リカルドの眼《め》が据わった。

「少女が一人、この神殿に侵入し、機密に触れた挙句《あげく》、あの外壁を越えて逃げ出したと？」

「左様《さよう》です」

　メイヤーは深々《ふかぶか》と頷いた。

「機密とは？」

「申し上げられません。私にも知らされていないことです」

メイヤーが応《こた》えると、リカルドの唇《くちびる》に、引きつるような笑みが浮いた。なまじ二枚目だけに、内面の酷薄《こくはく》さが表情に浮くと、ひどく凄惨《せいさん》な印象を醸《かも》しだす。

リカルドは、どこか寒気《さむけ》のする声を漏《も》らした。

「なるほど——ご注文は？」

「注文？」

メイヤーは首を傾《かし》げた。リカルドは席を立ちながら、問い直してきた。

「死体でも構いませんか」

その問いに、メイヤーは明確な不快感をもった。

「——できるだけ、生かして捕えてください」

「では、死体で捕えるのと、生かして逃げられるのと、どちらがよろしいですか？」

リカルドはその頬《ほお》に微笑を湛《たた》えて問う。

「——できるだけ、生かして捕えてください」

メイヤーは再度、同じ言葉を繰り返した。

背筋がぞっと粟立《あわだ》っていた。リカルド・バーゼスという男の本性《ほんしょう》を垣間見《かいまみ》た気がする。

リカルドは嗤《わら》っていた。心底《しんそこ》、楽しそうな笑みである。

「では、騎士団は私の権限で動かしましょう。団長には明日、報告することにします。ああ、そうそう——」

背を向けながら振りかえり、いかにも大事なことを思いだしたかのように言った。

「逃げたというその娘は、美人でしたか？」

「——存じ上げません。今、目撃者《もくげきしゃ》に手伝っていただき、似顔絵を描かせています」

「そうですか。では、自分の眼《め》で確かめるとしましょう」

リカルドは嗤った。

奥へ去っていくその背から、メイヤーはふと、血の匂《にお》いを嗅《か》いだような気がした。

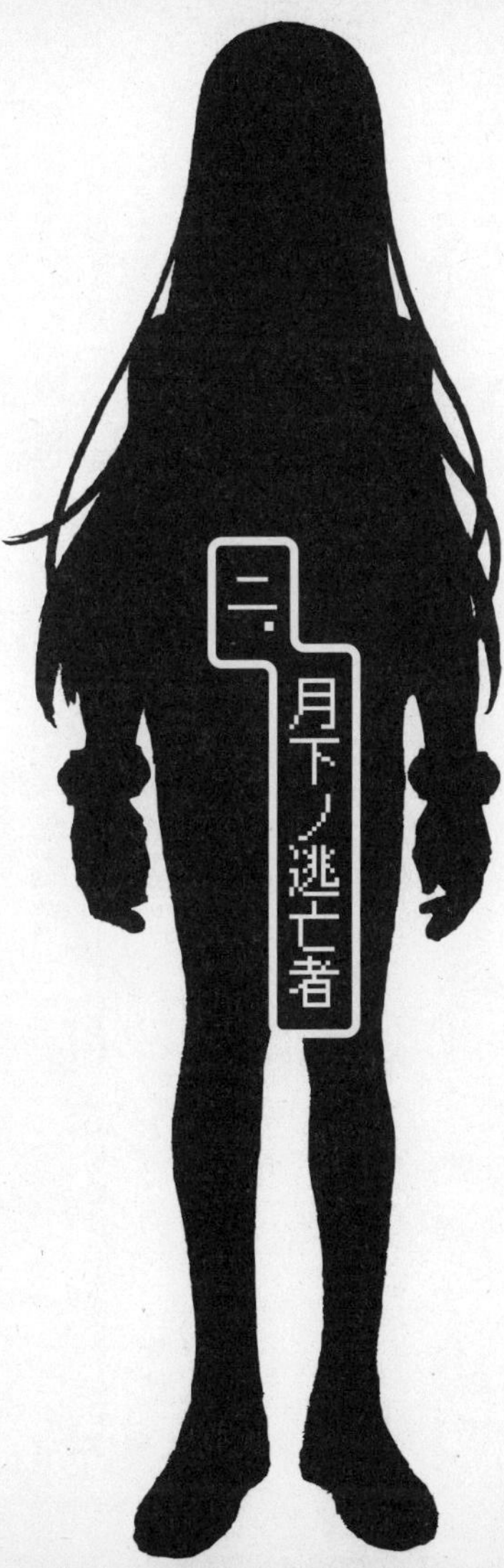

二、月下ノ逃亡者

夜も更《ふ》けた街《まち》の一隅《いちぐう》に、少女は独《ひと》り、身を潜《ひそ》めていた。

月の光も届かぬ暗い路地裏には、人の暮らす匂《にお》いが満ちていた。その匂いに妙な懐《なつ》かしさを覚えながら、少女は壁伝いに屋根へと跳《は》ね上がる。

そっと顔を出して周囲をうかがうと、やや離れた位置に、自分を探す人々の気配があった。

どうして追われているのか、少女にはよくわからなかった。

追われるから逃げているだけのことで、他《ほか》に逃げる理由もない。

これからどこに向かうべきなのか、少女はぼんやりと考えた。

特に行くべき場所はなく、行きたいところもない。強《し》いて望むなら、安心して眠れて、食べ物が豊富にあるところがいい。

鼻をひくつかせて、少女は街の匂いを嗅《か》いだ。

酒の匂いに混じって、香辛料《こうしんりよう》をまぶした魚や獣《けもの》の肉が、じわじわと焼ける匂いも漂ってくる。

少女はその匂いに惹《ひ》かれて屋根をいくつか越え、やがて道に飛び降りた。

吊《つ》られたランプの下、路上にテーブルと椅子を出し、大勢の男達が酒を酌《く》み交《か》わしていた。

少女は暗がりから、彼らを見つめる。

本能が、彼らを危険な生き物だと知らせていた。

否《いな》――少女の本能は、自分自身以外のほとんどの生物を〝危険〟だと認識している。目の前にいる男達については何も知らないが、できるだけ、関《かか》わらないほうがいいはずだった。

しかし、腹は空《す》いている。

少女はそろりと身を丸め、一足飛びに物陰《ものかげ》から飛び出した。

幾人かの男に気づかれたが、彼らの反応よりも少女の動きが速い。

少女はテーブルの合間をすり抜けざまに、手近な皿の上にあった魚料理を引っつかみ、そのまま口にくわえて駆け抜けた。

間を置いて、意味のよくわからない怒声《どせい》が響いたが、少女は獲物《えもの》とともに逃げるのに精一杯で、特に気にもしなかった。幾人かの男達が席を立ったが、少女は素早く付近の屋根に駆け上がる。

高い屋根の上から酒場を振りかえると、男達は唖然《あぜん》として、呆《ほう》けたように少女を見上げていた。

追ってくる気配はない。

背を向けて屋根を走り始めると、しばらくして大声が聞こえたが、何を言っているのかはやはりよくわからなかった。

煙突脇《えんとつわき》をいくつか飛び越え、追跡者《ついせきしゃ》がいないのを確認してから、少女は立ち止まった。

屋根の一隅に座り込み、湯気の立つ獲物をゆっくりと頬張《ほおば》り始める。

やや辛《から》い香辛料《こうしんりょう》と、果実のソースで味を調《ととの》えられた焼き魚は、丸々と太って大きい。

それは久しぶりの食事だった。少女は口の周りを汚しながら、夢中で魚を平らげていく。

最後に残った硬《かた》い骨をしゃぶりながら、ようやく人心地ついた気分になり、そのまま屋根の上に身を丸めた。

ほんの数分、重くなった胃袋のために横になる。

しばらくすると、どこからともなく数匹の猫《ねこ》達が寄ってきた。

少女は、懐《なつ》かしい思いで彼らを見つめる。

少し場所を移動すると、猫達は彼女が魚を齧《かじ》っていた場所に居座り、こぼれたソースや魚肉の欠片《かけら》を食べ始めた。

少女はわずかに眼《め》を細め、彼らに場所を譲《ゆず》り、自らは別の家の屋根に飛び移った。

ここは彼らの縄張《なわば》りらしい。喧嘩《けんか》をすれば勝てるだろうが、少女には今のところ、ここに居座る気はなかった。腹も膨《ふく》れたことだし、無駄《むだ》に怪我《けが》をさせるよりは、じっくりと今日の寝床《ねどこ》を選びたい。

空を見上げると、いびつな形をした大きな星が、青白く光を放っていた。表面には、三本の爪《つめ》でつけたような形の線が走っている。

それは見たことのない星だった。見慣れているはずの黄色く真ん丸い月は、空のどこにも見えない。

少女はわずかに首を傾《かし》げたが、それだけだった。ただ、その月を見上げているうちにふと、ある男の顔がそこに重なった。

自分は確か、その男に飼《か》われていたのだ。どこにいるのかはわからない。探してそこに戻ってもよかったが、あまり気は進まなかった。確か男の元では、滅多《めった》に外に出させてもらえなかったような気がする。記憶は曖昧《あいまい》なのだが、餌《えさ》は豊富でも、男の元では自由がなかった。

しばらくは外の暮らしを満喫《まんきつ》するつもりになって、少女は屋根から路地に飛び降りた。

その刹那《せつな》――

頭の上から、大きな網《あみ》が降ってきた。

逃れようとした少女の体にまとわりつき、その動きを封《ふう》じられる。じたばたと暴《あば》れるうちに、少女の脚《あし》が路地に立て置いてあった鉄の棒を蹴り倒した。

鉄棒は石壁にあたって跳ね返ると、その傍《そば》に高々と積まれていた鳥屋の籠《かご》をまとめて崩《くず》した。

まどろんでいた数十羽の鳥達が驚き、一斉《いっせい》に鳴き声を響かせる。

少女は、鳥達の声とは裏腹《うらはら》の、低い唸《うな》り声で周囲を威嚇《いかく》した。硬い網に包まれたまま、必死で薄闇《うすやみ》に敵の姿を探す。

松明《たいまつ》に火が点《とも》され、目の前に黒い胸当てをした男達が現れた。

すぐに反対側でも松明が灯り、少女は一瞬のうちに囲まれてしまう。

少女はそこで初めて、自分の迂闊《うかつ》さを知った。街《まち》の雑多な匂《にお》いに慣れてしまい、男達の近寄る気配に気づかなかったのだ。

少女は唸《うな》り声で威嚇《いかく》しながら、網《あみ》から逃れようと精一杯にもがいた。

男達の一人が、抜き身の剣を肩に担《かつ》ぎ、にやにやと笑って少女を見下ろした。

「これは驚きました。壁を飛び越えたなどというから、猿《さる》みたいな女かと思っていましたが、なかなかどうして——とんでもない上玉《じょうだま》ですね」

楽しげにそう言ったのは、鳶色《とびいろ》の髪をした二十代半《なか》ばの青年だった。男達の中では特別な存在らしく、彼の鎧《よろい》だけは銀色の縁取《ふちど》りが為《な》されており、その造作《ぞうさく》も凝《こ》っている。

その男の言葉の意味は、少女にはよくわからなかった。ただ、その相手から危険な匂いを感じ、同時に激しい嫌悪《けんお》を抱いた。それは野性の勘《かん》にも近い感覚である。

少女は網の中で身を丸め、〝爪《つめ》〟を伸ばそうとした。

両腕にはめた腕輪《うでわ》が、ぼんやりと薄い光を宿した。その光が意思をもった水のようにうごめき、手の部分を包み込む。

しかし光は、そのまま蠟燭《ろうそく》の火が掻《か》き消えるようにして、すっと消えてしまった。

少女は戸惑《とまど》った。いつもなら、〝光の爪〟が伸びるはずなのだ。さきほど、見知らぬ場所から石壁を越えて抜け出した時にも、爪は思うように伸びきらなかった。何かおかしいとは思いつつ、どうしてそうなるのかは少女にはわからない。

もう一度、気迫《きはく》を込めなおすと、腕輪はようやくわずかな反応を示し、再び光を発した。

その爪が網を縦に裂き、頭と体が抜けるだけの口を作る。それと同時に、光の爪はまた消えて、何の反応も示さなくなった。

途端《とたん》に、松明《たいまつ》を掲《かか》げた男達が色めき立つ。

「馬鹿《ばか》な！　神鋼《しんこう》で編《あ》んだ網を裂いただと!?」

「こいつ、魔物か!?」

男達の動揺を制するように、鳶色の髪の青年が静かに号令を発した。

「逃がさないでください。取り押さえた者には、褒賞《ほうしょう》を出します」

その指示に反応して、道の前後から、剣を構えた男達が殺到《さっとう》した。

少女は咄嗟《とっさ》に跳《は》ねた。

人の頭よりも高く飛びあがり、男達の頭や肩を踏み台にして、彼らの包囲を越えようとした。

とととん、と、拍子《ひょうし》を打つようにして、少女の軽い身が宙《ちゅう》に舞う。

掲げられた剣の林をすり抜け、その身はとらえどころのない風のように素早く動いた。

男達があっと気づいた時には、もう数歩先の道に飛び降りようとしている。

軽業《かるわざ》じみた鮮《あざ》やかな動きに対応できたのは、唯一人《ただ》――鳶色の髪をした男だけだった。

男は、少女が飛びあがると同時に、腰から一本のナイフを引き抜いた。

そして少女が着地するその瞬間を見計らって、鋭《するど》く刃を投げつける。

一条《ひとすじ》の閃光《せんこう》となって走ったナイフは、少女の脚《あし》をかすめて切り裂いた。

着地の瞬間を突かれた少女は、そのまま転げるようにして体勢を崩《くず》した。言葉にならない悲鳴をあげ、石畳《いしだたみ》の上に転がる。

膝《ひざ》より少し上から、すぐに赤い血が溢《あふ》れ始めた。

駆けよってきた鳶色《とびいろ》の髪の男が、少女の腹を力任せに蹴りあげた。軍靴《ぐんか》の爪先《つまさき》を覆《おお》った鉄の部分が、胃のあたりを深くえぐり、少女の身を瞬間的に浮かせる。

それは手加減《てかげん》のない一撃だった。

くぐもった音と共に呻《うめ》き声を漏《も》らし、少女は背を丸めて悶絶《もんぜつ》した。吐き気を堪《こら》えて震えながら、鋭《するど》い眼《め》つきで男を見上げる。

男は微笑を浮かべていた。ぞっとするような、冷たい笑みである。

「相手を見なさい。逃げられる相手かどうか――痛い思いは、したくないでしょう?」

少女には、言葉がわからない。ただ、相手は害意のある敵だと見定め、反抗の意思を込めて睨《にら》みあげた。

男はわずかに肩をすくめた。背後にいる他の男達は、黙ってことの成り行きを見つめている。

「困りましたね。そんなに、怖《こわ》い顔をされると――」

男の脚が、かすむほどの速さで動いた。鈍《にぶ》い音を伴《ともな》い、再び腹に軍靴がめり込む。

少女は衝撃《しょうげき》に眼を見開き、反射的に頬《ほお》を膨《ふく》らませた。

男は深々《ふかぶか》と蹴りこんだその脚でもって、少女の体を仰向《あおむ》けにし、さらにかかとで腹部を踏みつけた。

細い身に体重をかけられた少女は、低い悲鳴を漏らし、さきほど口にしたものを胃の中から吐き散らす。

びくん、びくんと、その体が跳ねるように震えた。

両手で男の脚を掴《つか》み、必死にどけようと試みるが、男は笑顔でその様子を見下ろしていた。

「そんなに怖い顔をされると、もっと痛めつけたくなっちゃうじゃありませんか。我々に反抗しても、いいことはないですよ。もっと痛い思いをしたいというのなら、話は別ですが――」

少女は痛みと苦しみのため、眼に涙を溜《た》めながらも、必死の形相《ぎょうそう》で男を睨みつけていた。

男は少女を踏みつけたまま、手にしていた剣の切っ先を足元に向けた。

「ひとまず、足の腱《すじ》でも切れば、もう少しはおとなしくしていただけそうですね？　その後は、じっくりと――」

呟《つぶや》きながら、男は唇《くちびる》を舌《した》で湿《しめ》らした。その寒気《さむけ》のする微笑は、暴力へのひどく歪《ゆが》んだ欲求に飢《う》えていた。

少女はなおも暴《あば》れようとした。言葉はわからなかったが――〝殺される〟と、本能に近い部分でそう思った。

男が剣を振りかぶった。

少女は咄嗟《とっさ》に眼《め》を瞑《つぶ》る。

そして、次の瞬間——甲高《かんだか》い剣撃の音が、少女の耳を打った。

✦

フェリオは酒場にいた。

繁華街《はんかがい》に程近いそこに、ほんのしばらく前、少女が現れたらしい。猫《ねこ》のように機敏《きびん》な動きで、魚料理をかっぱらっていった——酔《よ》った客がそんなことを話している。

街《まち》に散った衛兵達の聞きこみは、少女の行方《ゆくえ》を探すのに大きな成果をもたらしつつあった。通行人の話から方向を割り出し、時には付近の家々にも問いながら、少女の居場所を絞《しぼ》り込んでいく。

その衛兵達に混じって、黒い鋼鉄製《こうてつせい》の胸当てをつけた男達も動きまわっていた。衛兵達は彼らに遠慮しているのか、あまり彼らと関《かか》わろうとしていない。

彼らの足運びは、フェリオの眼から見ても卓抜《たくばつ》した戦士のそれだった。おおむね体格もよく、ただの衛兵達とはまとった雰囲気からして違う。

フェリオは近くにいた衛兵を呼びとめた。

「あの人達は、君らの同僚？」

若い衛兵は、低く声を潜《ひそ》めて応《こた》えた。

「とんでもない！　……あれが、悪名高い神殿騎士団ですよ」

フェリオは眉《まゆ》をひそめた。

噂《うわさ》だけは聞いている。各神殿を守備する目的で設置されている軍隊で、その戦闘力は極めて高いと評判だった。

だが、実のところ彼らは、中央のウィータ神殿から派遣《はけん》された〝監視役〟でもある。

各神殿と各国とが、中央のウィータ神殿に対して妙な動きを見せぬように——また、さまざまな形での動乱を扇動《せんどう》せぬようにと、彼らは裏での仕事を請《う》け負《お》っているという話だった。その〝裏での仕事〟には、神殿にとって不都合《ふつごう》な要人《ようじん》の暗殺なども含まれている。

大昔、〝騎士〟とは、忠節を貫く名誉ある戦士の称号だったらしい。しかし今では、単に馬を操《あやつ》る兵の呼び名であり、また神殿騎士団のように、部隊の名称として乱用されている。

フェリオは若干《じゃっかん》の興味と、それを上回る不快感をもって、かの騎士達を見つめた。

「あれが、神殿騎士か——」

世話役のエリオットからも、「会ったら、ことを構えないように」と警告されていた。無論《むろん》、意味もなく喧嘩《けんか》を売るようなフェリオでもない。

衛兵は続けて呟《つぶや》いた。

「おかしな話ですよ。いくら常人《じょうじん》じゃなさそうだって言っても、たかが不審者《ふしんしゃ》一人に騎士団を駆《か》り出《だ》すなんて——なにか、我々には知らされない裏があるんでしょうね」

ぼやくように言いながら、衛兵は捜索《そうさく》の作業に戻っていった。

フェリオも辺りを見まわしながら、衛兵達の捜査網に便乗《びんじょう》する。

黒い胸当ての男達は、衛兵達とはあまり協力しようとせず、独自に捜索をしていた。どちらが先に対象を見つけるか、衛兵達と競《きそ》っているような気配もある。

フェリオは嫌な予感を覚えた。もし仮《かり》に神殿騎士達が先に少女を保護した場合——彼女の身《み》柄《がら》は、神殿騎士達によって預かられる可能性もある。仮に取調べなどを彼らが行うとすれば、少女にとっては不幸としか言《い》い様《よう》がない。

是が非でも、先に彼女を見つける必要があった。

やや焦《あせ》りを覚えながら、フェリオは空を仰《あお》いだ。

夜も更《ふ》け、ごつごつとした青い月が一層《いっそう》に輝きを増しつつある。

この月の下のどこかに、彼女は身を潜《ひそ》めているはずだった。

酒場にいた客の話では、彼女は屋根の上に飛びあがったらしい。

自分も屋根の上から探そうかと、フェリオが思った矢先——深更《しんこう》の静寂《せいじゃく》を破って、時ならぬ鳥の鳴き声が響いた。

一羽や二羽ではない。何十羽もの鳥が、一斉《いっせい》に鳴いたようだった。

鳴き声のした方向を探して、フェリオは街路《がいろ》を見回した。衛兵達の動きにも変化が起き、そ

かった。

神殿騎士団の荒っぽいやり口は噂《うわさ》でしか知らないが、少なくともその中に、よい噂は一つもな

衛兵達の声に、フェリオは悔《くや》しげな響きを感じた。フェリオにしても、心中は穏《おだ》やかでない。

「騎士団に先を越されたか……！」

「おい！　いたらしいぞ！」

こかしこから声があがる。

衛兵達の動く方向へ、フェリオは脚《あし》を急がせた。

やがてすぐに、黒い胸当てをつけた男達――神殿騎士達のつくる包囲に行き当たる。

彼らは、街《まち》のやや狭《せま》い路地に松明《たいまつ》を掲《かか》げていた。

鳥屋の籠《かご》が散乱《さんらん》した道に、独《ひと》りの少女がうずくまっている。足に怪我《けが》を負っているらしく、

血の跡《あと》がわずかに見えた。

ひとまずそこに駆け寄ろうとしたフェリオは、次の瞬間、信じ難い光景を眼《め》にした。

神殿騎士らしき男が、うずくまった少女に走り寄り――そのままの勢いで、彼女の腹部を力

任せに蹴りあげた。

不自然に身を丸めた少女の体が、一瞬だけ浮いたように見えた。

少女はもがくようにして悶絶《もんぜつ》し、石畳《いしだたみ》の上に転がる。フェリオが駆けこむよりも早く、男は

さらに少女を蹴りあげ、今度はその体を踏みつけた。

少女は苦しげに呻《うめ》きながら頬《ほお》を膨《ふく》らませ、胃の中の物をその場にぶちまけた。

男は、それでも笑っていた。

衝撃《しょうげき》による一瞬の間を置いて、少女の眸《ひとみ》は強い光を取り戻す。しかしその眸には、確かに涙が光っていた。

痛みの激しさを物語るように、少女の身が幾度《いくど》か小さく跳ねた。

眼《め》を背《そむ》けたくなる光景を前にして、フェリオの思考《しこう》が飛んだ。

傍《かたわ》らに呆然《ぼうぜん》としていた衛兵の手から、短い手槍《てやり》をひったくり、そのまま少女の元へ燕《つばめ》のように走る。

神殿騎士の男は、少女を踏みながら剣を抜き、脚《あし》に狙《ねら》いをさだめて振りかぶろうとしていた。

駆けこんだフェリオは間一髪《かんいっぱつ》で、その切っ先に槍の穂先《ほさき》を合わせた。

甲高《かんだか》い金属音が響く。

騎士の振り下ろした剣は、フェリオが差し入れた槍によって阻《はば》まれた。

周囲にいた騎士達が、不意の闖入者《ちんにゅうしゃ》にどっとざわめいた。

少女を痛《いた》めつけていた男が、邪魔《じゃま》をしたフェリオをゆっくりと振りかえった。

鳶色《とびいろ》の髪をした、穏《おだ》やかな顔立ちの青年だった。ちょっとした優男《やさおとこ》だが、フェリオは彼のしたことをすでに見ている。顔に騙《だま》されることはなかった。

その男が口を開くよりも早く、フェリオは怒りに震える声を絞《しぼ》りだした。

「──何をしている」

それは、いたって静かな声だった。それでも気迫《きはく》だけは、鬼気迫《ききせま》るものを醸《かも》している。

聞く者を威圧《いあつ》するその声に、騎士の青年は柔弱《にゅうじゃく》な微笑を返した。

「見てわかりませんか。反抗的な娘がおとなしくなるように、少しだけ、〝教育〟をね」

「──そこまですることはないだろう。その子は別に、何をしたってわけじゃない」

「綺麗《きれい》な顔に傷をつけなかっただけ、気を遣《つか》ったつもりですよ」

くすくすと笑うように言うと、騎士は唐突《とうとつ》に剣を翻《ひるがえ》し、その柄《つか》をフェリオの頭に叩《たた》きつけようとした。

フェリオは身を反《そ》らしてその攻撃を避けると、反対に槍を振りまわして騎士の身を引かせた。

剣には及ばないが、フェリオは槍も扱える。一通りの基本は、王宮の騎士団長であるウィスタルに仕込まれた。

踏鞴《たたら》を踏んで、騎士は数歩を後ずさった。相手がただの少年ではないと察したらしい。その眼に物騒《ぶっそう》な輝きが宿り、剣を構えて間合いを取った。

周囲の騎士達がフェリオを取り囲もうとしたが、若い騎士はそれを声でとどめる。

「手を出さないでください。この子は、私と勝負がしたいらしい」

騎士は嬉《うれ》しそうに笑い、

「私はそういうのが嫌いではありません。受けて立ちましょう」

と、低く呟《つぶや》いた。

その騎士の様子に、フェリオは寒気《さむけ》を覚えた。

かつて、ウィスタルから聞いたことがある。剣を持つ者達の中には、戦うこと、それ自体に魅入《みい》られ、理不尽《りふじん》な暴力を快楽とする者もいる、と——

フェリオの剣の師であるウィスタルは、〃剣を侮辱《ぶじょく》している〃として、そうした者達をひどく嫌っていた。剣は使う者の心根《こころね》によって、その存在意義を変えるものである。持つ者の心根が歪《ゆが》めば、その剣は醜悪《しゅうあく》なものにしかなりえない。

フェリオにとっての剣は、身を守るものであると同時に、弱い心を鍛《きた》えるためのものでもあった。

しかし目の前の騎士にとって、剣とは他者を屈服《くっぷく》させ、自らの暴力的な欲求を満たすためのものらしい。

ただ対峙《たいじ》しただけで、フェリオはそのことを肌《はだ》に感じた。

喉《のど》がひりつくような緊張を覚えながらも、油断なく槍《やり》を構える。

足元では、まだ少女が横たわっていた。彼女をここから助けだし、保護するためには、目の前の騎士をどうにかしなければならない。

対峙すること数秒——突然の事態に混乱していた衛兵の一人が、そこで初めて声をあげた。

「いけません、フェリオ様！　リカルド様も、剣をお引きください」

リカルドと呼ばれた騎士は、叫んだ衛兵を横目で一瞥《いちべつ》した。

「フェリオ——〝様〟？　貴方《あなた》は見ない顔ですが、身分の高い方なのですか？」

フェリオが応《こた》えるよりも早く、衛兵が応える。

「その方《かた》は、アルセイフよりいらした親善特使のフェリオ様です！　剣を向けるなど——」

ふむ、と、騎士は頷《うなず》いた。

「先に手を出されたのは、このフェリオ様とやらのほうですが——見逃して欲しいのならば、そこをおどきください。我々が連れ帰りたいのは、その少女だけですので」

騎士は剣気を緩《ゆる》め、フェリオに顎《あご》でそう促《うなが》した。

慇懃無礼《いんぎんぶれい》なその様子に、フェリオは不快感をもった。この連中に少女を渡すつもりがない以上、はいそうですかと退《ひ》くわけにもいかない。

フェリオは構えを崩《くず》さずに、騎士を睨《にら》みつけた。

「申し訳ないが、彼女の身は俺《おれ》が預かる予定だ。捕えたのは貴方達の手柄《てがら》として報告するけれど、ここで身柄《みがら》だけは譲《ゆず》ってもらいたい」

フェリオがそう告げると、リカルドの眼《め》が細く据《す》わった。

「貴方は、その娘が何者か、ご存知なのですか？」

「知らない。だけど、あんた達には渡せない」

フェリオは退かなかった。噂《うわさ》としてしか知らなかった神殿騎士団の横暴《おうぼう》を、たった今、眼にしたばかりである。もしこのまま彼女の〝取調べ〟を彼らが受け持つようなことになっては、いかにも寝覚《ねざ》めが悪い。

フェリオが退かないのを見て、リカルドは再び剣気を強めた。

「一人の女を巡って——となれば、これは正々堂々と一騎打ちをするべきでしょうね？」

冗談《じょうだん》じみた口調だったが、眼は少しも笑っていない。

神殿騎士達のほうは、対照的に忍《しの》び笑いを漏《も》らしていた。生意気な貴族の子供が一人、同僚に突っかかっている——そんな程度に思っているらしい。見方によっては、確かにこれはフェリオの我《わ》が儘《まま》でしかない。衛兵達は困りはてて、小隊長を呼びに走る者もいた。

フェリオは動かない。

得物《えもの》が槍《やり》だけに、一度振るえば隙《すき》が大きい。先に動くのは不利だったが、かといって懐《ふところ》に飛び込まれるのもおもしろくない。

相手が動く、一瞬の間——そこにあわせて、槍を突き入れる肚《はら》だった。

リカルドの側もそのことは察しているらしく、そう簡単には動こうとしない。間合いを測《はか》るようにじりじりと足をずらしながら、フェリオの眼を射るように見つめている。

「——確かフェリオ様、でしたね」

リカルドが呟《つぶや》いた。

「その武芸は、どなたからお習いで？」

フェリオは応《こた》えなかった。無闇《むやみ》に口をきけば、わずかにせよ集中が途切《とぎ》れる。リカルドがその隙《すき》を作ろうとしているなら、わざわざ乗ってやる義理もない。

しかし、その均衡《きんこう》は長く続かなかった。

不意に背後で、少女がその身をよじり、場を離れようとした。

一瞬だけそこに気をとられたフェリオに向けて、リカルドが一足に飛び込む。

突き入れられた剣を、フェリオは咄嗟《とっさ》に槍《やり》で弾《はじ》こうとしたが、その反応は若干《じゃっかん》遅《おく》れた。身を反《そ》らすようにして横へ逃げ、どうにか最初の一撃はかわしたものの、そのまま体勢を崩《くず》してしまう。

リカルドは振り下ろした剣をそのままの勢いで返し、薙《な》ぐようにしてフェリオの手を狙《ねら》った。

フェリオは槍を縦に使い、かろうじてその一撃を受け流す。しかし守勢となって穂先《ほさき》が天を指し、攻撃に転じるだけの余裕《よゆう》はない。

「先に逃げろ！　走れ！」

フェリオは思わず、少女に向けてそう叫んだ。追う立場の言葉ではないが、神殿騎士達に捕えられるのだけは避けさせたい。

さすがに衛兵達が動いて、少女を囲もうとした。

フェリオはリカルドの一撃一撃を器用に捌《さば》きながら、少女が立つのを待つ。しかし少女の動きは鈍《にぶ》い。

捌かれることに業《ごう》を煮《に》やしたか、リカルドの剣撃が不意に鋭《するど》さを増した。最初の数撃は手を傷つける程度の力加減《かげん》だったが、フェリオの意外な腕前に、考えを改めたらしい。殺害を狙うような勢いで剣を振るうが、しかしフェリオにとって、そのことは好都合《こうつごう》だった。力が籠《こ》もった分、相手の隙も大きくなる。

リカルドの力強い一撃を受けて、フェリオの槍が大きく跳ね上げられた。

騎士の口元に、ようやく会心《かいしん》の笑みが浮く。

しかしそれは、フェリオにとって狙い通りの流れだった。

跳ね上げられた勢いのまま、フェリオは槍をくるりと回し、穂先とは逆の石突《いしづき》の部分で騎士の脇腹《わきばら》を狙った。胸当ての防御《ぼうぎょ》がない箇所を一瞬で狙い定め、力任せに突き入れる。

リカルドの会心の笑みが、驚愕《きょうがく》の形に引きつった。

確かな手応《てごた》えとともに、リカルドの身を後ろへと突き飛ばし、フェリオはそのまま槍を捨てた。リカルドは腰を落としたまま、立ち上がることができない。

予想外の展開に神殿騎士達が色めきたち、フェリオめがけて殺到《さっとう》しようとする。同じく少女に迫ろうとする衛兵たちと混ざって、それほど広くない道は大混乱に陥《おちい》りつつあった。

槍を捨てたフェリオは、そのままの勢いで少女を両手に抱《かか》え上げた。

「つかまっていろ！」

耳元で叫んでおいて、近くに積んであった木桶《きおけ》の山を道側に蹴り崩《くず》す。

石畳《いしだたみ》の上にばらまかれた木桶《きおけ》は、混乱に拍車《はくしゃ》をかけた。それに驚いた籠《かご》の鳥達が、また鳴き喚《わめ》く。

その隙《すき》に、フェリオは少女を抱《かか》え、狭苦《せまくる》しい路地裏へと飛び込んだ。

そこは道というよりは、単に建物と建物の間で、少し大柄な男であればつっかえてしまうような場所だった。

フェリオは器用にそこを駆け抜けたが、神殿騎士達はそうもいかない。突入してきた彼らは、肩幅の広さと装備した肩当《かたあ》てのために、蟹歩《かにある》きでしかフェリオ達を追えなかった。当然のこと、少女を抱えたフェリオにさえも追いつけない。

少女は初めこそ身をよじったが、フェリオがその頭を抱えて走り続けるうちに、次第《しだい》におとなしくなっていった。

路地裏を駆け抜け、別の道に出る。さすがにそこには衛兵達も神殿騎士もいなかったが、すぐに後から追ってくるはずだった。

逃げるのに都合《つごう》のいい、似たような狭い路地を探して、フェリオは通りを走った。足を傷つけられた少女は、おとなしく首筋にしがみついている。

走るフェリオの前で、路地からふと、細い手が覗《のぞ》いた。

顔をフードで隠《かく》した女が、フェリオを手招きしている。

何者かがわからない以上、フェリオは無視して走り過ぎようとした。しかし女のいる路地はちょうどいい具合に狭く、また後方からは、神殿騎士達の怒号《どごう》が迫りつつある。

逃げた方向をごまかすためには、その路地に逃げ込むしかない。

フェリオは少女を抱えたまま、路地に入った。手招きをしていたフードの女は、フェリオの前を先導するように歩いていく。

何者かは見当もつかない。その背を見る限りでは、若い女である。

路地に入った後で、フェリオは舌打ちしたいのを堪《こら》えた。路地は確かに狭かったが、先が別の建物に塞《ふさ》がれ、行き止まりとなっていた。

女はその行き止まりの側《そば》にあった目立たない扉《とびら》へと身を滑《すべ》り込ませ、またフェリオを手招きする。

フェリオは覚悟を決めた。どのみち、今から通りに戻ることもできない。

小さな扉を潜《くぐ》ると、女はその戸に鉄製の鍵《かぎ》をかけ、フェリオを家の奥へと導いた。

ここまで、彼女は一言も発していない。

家の中の狭く薄暗い階段を前にして、フェリオは女の背に話しかけた。

「――助けてくれて、ありがとう。でも、どうして助けてくれたんだ？　知らない人間なのに」

女は階段を昇りながら、振りかえらずに応《こた》える。

「神殿騎士に追われているんだろ？　だったら私にとっては敵じゃない」

声は若い娘のものだが、まるで男のようにさばけた言葉遣《づか》いだった。

得体《えたい》の知れない女の背を、フェリオは階段の下からじっと見上げた。階段に吊《つ》るされたランプの下では、女は幽霊《ゆうれい》のように不気味な存在に見えた。

信用していい相手かどうかは、まだわからない。だが、一時的にせよ神殿騎士達の追《お》っ手《て》をまけたことは確かである。

女はランプを手に取り、肩越しにまたフェリオを手招きした。

「私の名はシルヴァーナ。話は上でしよう。悪いようにはしないから、ひとまずは上がって来い」

謳《うた》うように滑《なめ》らかな口調だった。

フェリオは黙って頷《うなず》き、階段の下で、抱《かか》えていた少女を降ろそうとした。しかし少女は首筋にしがみついたまま、離れようとしない。力はさほどでもないが、フェリオにすっかり体を預けてしまっている。

「……立てないのか？　足の怪我《けが》、そんなに酷《ひど》いのか」

フェリオが問いかけても、少女は言葉を発さなかった。喋《しゃべ》れないはずはない。神殿でも彼女の声を聞き、会話をしている。人違いではない証拠《しょうこ》に、彼女の着た奇妙な服には、フェリオが裂いた跡《あと》もあった。

不審《ふしん》に思いながらも、フェリオは彼女を抱えて階段を上がった。

シルヴァーナと名乗った女は二階に上がると、細長い廊下をランプで照らしながら、足音を消して歩いていった。

そこは集合住宅の廊下らしく、左右に一定の間隔《かんかく》で扉《とびら》が連なっていた。フェリオはあまり足を踏み入れたことのない空間だが、そこかしこに生活の匂《にお》いがある。

「ここは私が家主をしているアパートだ。住民はみんな仲間のようなものだから、安心していい」

問いかけてもいないのに、シルヴァーナはそう呟《つぶや》いた。安心していいとは言われたが、その言葉の裏を返せば、フェリオ達は彼女の仲間とやらに包囲されているということでもある。

「貴方《あなた》は何者だ？　仲間っていうのは――」

「話してあげてもいいけれど、その前に私の部屋においで。どうせ朝までは動けないだろう？外は神殿騎士と衛兵だらけだ。朝になれば、連中もいなくなる」

シルヴァーナは廊下の奥に着くと、その行き止まりにある扉を開けた。そこが彼女の住居《すまい》らしい。他の扉よりもやや大振りで、足元には猫《ねこ》の通り抜ける小さな扉もついていた。

中に入ると、ある種の香水を思わせる、独特の甘《あま》い香りが鼻をついた。決して不快ではないが、蠱惑的《こわくてき》とも思えるその香りに、フェリオはある種の連想を禁じえなかった。

――錬金術師《アルケミスト》――

あるいは、魔術師《ソーサラー》などと呼称される人々がいる。

彼らの多くは人の眼《め》を憚《はばか》るように生活しており、時に怪《あや》しげな術を使っては、人心を惑《まど》わせるという。

神殿は彼らのことを〝異端《いたん》〟として認識しており、昔は極端な弾圧《だんあつ》を加えたこともあった。

今でこそ弾圧は過去の話となっているが、それでも正規の民としては扱われていない。

そうした異端の者達は、総じて地下組織のようなつながりを持っている。仲間というのはそれのことだろうとフェリオは思った。

導かれた奥の部屋の様子は、その予想を裏付けた。

そこはひどく散らかった、雑多な部屋だった。壁一面を本棚に囲まれ、中央の机の上には見るからに怪しい水晶玉《すいしょうだま》が飾られている。

床《ゆか》に積まれた本を寝床《ねどこ》に、毛足の長い白猫《しろねこ》が寝そべっていた。首筋に掴《つか》まったままの少女が、ぴくりと反応する。

猫は来客に驚いて、素早く別の部屋へと逃げてしまった。

シルヴァーナはフェリオに椅子を勧《すす》めた。

「そこの椅子に座るといい。それとその娘、怪我《けが》をしているのか？　消毒の薬と包帯をもってこよう」

そう告げて、彼女はまた別の部屋に消えた。

フェリオは周囲の本棚にさっと視線を走らせる。

魔術《まじゅつ》、歴史、科学――そんな単語が、いくつか目に入った。

神殿は本の内容に関《かか》わらず、その〝所持〟を禁じてはいないが、販売に関してはある程度の規制がある。女の部屋には、いかにもその規制対象となりそうな本がいくらかあった。

入ってきた出口を振り返って確認しつつ、フェリオは窓にも寄ってみた。

机の目の前にある窓はそれなりに大きなもので、仮《かり》に逃げようと思えば楽に逃げられそうだった。ちょうど目の前に隣家の屋根があり、足場も申し分ない。

いざというときの逃げ道を確認した後で、フェリオはひとまず、少女を椅子の上に座らせようとした。

抱《かか》えた軽い身を座面に降ろすが、少女の手はフェリオに吸いついたように離れない。

名前を呼ぼうとして、フェリオはまだ、彼女の名さえも知らないことに気づいた。

「ええと――手、離しても大丈夫だよ。座って話そう」

まだ怖《こわ》がっているのかと思い、フェリオは努《つと》めて優《やさ》しく声をかける。

頭のすぐ横に、少女の顔があった。真横すぎて表情まではうかがえないが、少なくとも逃げ出しそうな気配はない。

それどころか、彼女は椅子に座らされてもなお、フェリオを離そうとしなかった。

気絶しているわけでもない。彼女を引き剥《は》がそうと、フェリオはその腕をそっと掴んだ。

そのときふと、頬《ほお》に濡《ぬ》れた物が触れた。

不審《ふしん》に思いながら手を外し、頬《ほお》を押さえる。何が起きたのか、咄嗟《とっさ》にはわからなかった。

「──何を……」

呆然《ぼうぜん》と呟《つぶや》いた後で、フェリオはようやく、少女が何をしたのか悟《さと》った。

彼女はフェリオに抱きついてじゃれつき、まるで子犬がそうするように、舌先でぺろぺろとその頬を舐《な》めていた。

予想外の展開に、フェリオはひどく狼狽《ろうばい》した。

「な、なにして──やめっ──うわっ……ちょっ……!」

声を裏返《うらがえ》らせて、どうにか顔を逸《そ》らす。

しかし少女の顔は、それを追いかけるようにして目の前に寄ってきた。

間近から、嬉《うれ》しげに微笑《ほほえ》みを見せる。

無邪気《むじゃき》な──奇妙に思えるほど無邪気で純真な眸《ひとみ》が、フェリオを真っ向から見つめていた。

フェリオはその眼《め》に、奇妙な輝きを見たような気がした。見る者が首を傾《かし》げてしまうほど、彼女の表情は無邪気に過ぎる。

少女は言葉を発さないまま、頬と頬を擦《す》り合わせ、フェリオに甘《あま》えてきた。

柔らかく温かい娘の体の感触を、フェリオはそこで初めて意識させられた。神殿騎士から逃げる過程では、そんなことを気にする余裕《よゆう》もなかったが、思えば今夜は、この娘を抱《かか》えてずいぶんと走り回った気がする。

頬《ほお》を擦《す》り合わせながら、少女は安心しきったようにフェリオにしなだれかかり、当のフェリオはといえば、腰を抜かしそうになってそのまま椅子に座り込んだ。

頭の中は混乱の極みにあった。頬が熱くなるのが自分でもわかったが、同時に冷《ひ》や汗《あせ》も浮いてくる。

訳《わけ》がわからないまま、ちょうど膝《ひざ》の上で少女を抱きかかえる格好となった。

「何を考えて——だから、舐《な》めるなって！ 離れ——」

フェリオの拒絶の言葉も、少女の耳には入らないらしい。

少し邪険《じゃけん》にしようとすると、少女はいかにも不思議そうな眸《ひとみ》でフェリオを見つめ、小さく首を傾《かし》げてみせた。フェリオが何を嫌がっているのか、まるでわかっていない様子である。

扉《とびら》が開き、錬金術師《アルケミスト》の女が戻ってきた。その手には消毒薬と包帯がある。

フェリオと少女の姿を見て、シルヴアーナという女はくすりと笑ったようだった。傍目《はため》には、ただいちゃついているようにしか見えないに違いない。

「ずいぶんと仲が良いな。けれど、こんな場所でそういうことをするものじゃない。二人きりの時にしろ」

「そんな関係じゃない！ なにかおかしいんだ、この子！」

フェリオは掠《かす》れがちな声でそう言い訳をした。

事実、少女の様子は明らかに普通ではなかった。言葉も喋《しゃべ》らず、喉《のど》を鳴らすようにしてフェリオに甘《あま》えるその様子は、動物が親愛の情を示す動作に近い。しかしその実、互いに素性《すじょう》も知らないような浅い関係である。

フェリオは戸惑《とまど》いを通り越して、薄気味悪くさえ感じていた。

「おかしい？　どんな具合に？」

問いながら、女はフードを剝《は》ぎ、その素顔を見せた。

歳《とし》の頃《ころ》は二十代の半《なか》ばほど——涼《すず》やかな目許と肌《はだ》の白さが際立《きわだ》った、銀髪の美しい娘だった。

フェリオはその容姿《ようし》に、大人《おとな》びた少女のような印象を受ける。

短く切り揃《そろ》えた銀色の髪をさらりとかきあげ、女は狼狽《ろうばい》するフェリオのほうへと歩み寄ってきた。

その途端《とたん》に、抱きついていた娘が素早く首を巡らせた。その身をフェリオにぴたりと寄せたまま、錬金術師《アルケミスト》らしい女を上目遣《うわめづか》いに睨《にら》み、低く声を絞《しぼ》って唸《うな》る。

その様子は明らかに敵意を示していたが、どうにも獣《けもの》じみていた。少なくとも、人間らしい〝威嚇《いかく》〟の仕方ではない。

その気迫《きはく》に驚いたか、シルヴァーナは歩みを止めて立ち止まった。少女に抱きつかれたフェリオのほうも、さきほどとは別の意味で冷や汗を覚える。

神殿の堀《ほり》に落ち、中庭にあがった後——闇《やみ》に覆《おお》われた森の中で、少女の気配が一変した瞬間を思いだした。

あの時と似た唸《うな》り声が、少女の喉《のど》から漏《も》れていた。

その表情も、フェリオに甘《あま》えていた一瞬前とはうって変わって険《けわ》しい。

フェリオは、子供の頃《ころ》に聞かされたあるおとぎ話を思いだした。

アルセイフではないあるよその国に、獣人《じゅうじん》の伝説というものがあるという。

獣人は、昼間は人の姿をしているが、月夜の晩になると狼《おおかみ》へと転じ、人を食うといわれている。無論《むろん》、その実在は確認されておらず、たんに古くからある物語とされていた。

フェリオも、この少女がそれとは思っていない。物語に生きる獣人は、見た目も獣《けもの》に変わるとされている。しかし彼女は、その姿は黒髪の美しい娘のままで、様子だけが不自然に獣じみていた。

理解に苦しむが、御柱《ピラー》から出てきたことといい、神殿の石壁を飛び越えた身体能力といい、謎《なぞ》の多い存在には違《い》いない。おまけに神殿騎士達の手から助けてみれば、一言も言葉を発さず、途端《とたん》にこの調子である。

わからないことだらけだが、しかし彼女が自分に好感をもっていることだけは、その露骨《ろこつ》過ぎる態度で充分に伝わってきた。

シルヴァーナを威嚇《いかく》する少女の髪を、フェリオはそっと、なだめるように撫《な》で擦《さす》った。

少女がフェリオに視線を移す。シルヴァーナに向けていた険悪《けんあく》な視線が嘘《うそ》だったように、にっこりと微笑《ほほえ》み、再びフェリオに頬《ほお》を擦《す》り寄せてきた。

甘える少女をあやしながら、フェリオは困りきって、苦《にが》い笑みを浮かべた。

正面に立つシルヴァーナが、眼《め》をしばたたかせた。

「――確かに、ずいぶんと変わった娘らしい。その子が〝来訪者《ビジター》〟か」

シルヴァーナは澄んだ声で問いかけてきた。

「――来訪者《ビジター》？」

フェリオは問い返した。他の国から来た者という意味だろうが、確かに彼女は、この国の人間とは思えない。

シルヴァーナは、柔らかい表情で薄く微笑んだ。

「知らないなら別にいい。それより、まずはその子の怪我《けが》を治療してやろう。私が近づくのは危なそうだから、貴方《あなた》がやってあげるといい」

シルヴァーナは消毒液の瓶《びん》と包帯を床《ゆか》に転がした。

フェリオは手を伸ばしてそれを受け取り、抱《かか》えた少女の身を少しずらして、その脚《あし》を探った。

神殿騎士に襲われていた際、確かに彼女は傷を負っていた。フェリオはその傷口を探して、彼女の服を確かめる。

触《さわ》られながら、少女はくすくすと嬉《うれ》しげな笑みを見せ、猫《ねこ》のように身をよじった。

服の切れた箇所は、すぐに見つかった。その切れ目を指先で広げると、ぬるりと血が指先を濡《ぬ》らしたが、出血の量はさほどでもない。

フェリオは包帯の端で少女の肌《はだ》を拭《ふ》き、その血痕《けっこん》を拭《ぬぐ》った。

服の隙間《すきま》から脚《あし》が覗《のぞ》くと――そこには、すでに塞《ふさ》がりかけた白い傷痕《きずあと》が現れた。血が止まっているどころか、その肌がもう滑《なめ》らかに再生しつつある。

フェリオは眼《め》を疑った。

その脚の傷は、ついさきほどつけられたもののはずだった。投げ打たれたナイフがかすめた程度の傷だが、どんなに早くとも、傷口が元の肌に戻るまでには数日がかかるはずだった。それが人の体というものである。

少女の傷はしかし、すでに消毒液も包帯も必要としてはいなかった。他の傷口も見当たらない。

フェリオはごくりと唾《つば》を飲んだ。

少女は首筋にじゃれつき、フェリオの耳朶《みみたぶ》を甘噛《あまが》みしている。

フェリオはもう一度、傷があるはずの場所を確認し、大きく息を吐いた。

「――そんな、馬鹿《ばか》な」

片手で額を押さえる。

離れた位置から、シルヴァーナが微笑を向けた。

「間違いなさそうだ。その子は、我々で保護すべき人物だよ」

シルヴァーナは胸の前で腕を組み、フェリオと少女を交互に見つめた。

「〝来訪者《ビジター》〟の中には、たまにそういうものがいるらしい。過去の記録によれば、体の質が我々と少し違っているそうだ。小さな傷なら、すぐに塞がってしまうとか——本当かどうか、私も疑っていたんだけれど、どうやら包帯は無駄《むだ》だったかな」

「ちょっと待て。〝来訪者《ビジター》〟ってなんだ！」

フェリオは声を荒げた。甘える少女が、その剣幕《けんまく》に驚いたように眼をしばたたかせた。

シルヴァーナのほうは、少しも動じない。

「まだその歳《とし》じゃ知らないか。そうだろうな」

シルヴァーナは眼を細めた。

「じきに貴方《あなた》が出世《しゅっせ》すれば、図書館かどこかで知ることになるよ、きっと」

「できれば、今知りたい」

フェリオは真剣な眼差《まなざ》しでシルヴァーナを見据《みす》えた。

彼女は、フェリオのことを若い神官《しんかん》だと思っているらしかった。その勘違《かんちが》いにつけこんで、情報を引き出そうと試みる。

シルヴァーナは微笑《ほほえ》んだ。

「いいだろう。その子を保護してくれたご褒美《ほうび》に、話してもいいことぐらいは話してあげるよ。でもその前に、貴方の名前を、聞いてもいいかな」

言われて初めて、フェリオはまだ名乗っていなかったことに気づいた。

なんと名乗ったものか、一瞬だけ迷ったが、すぐにある名前が脳裏《のうり》に浮かぶ。

「——エリオット。エリオット・レイヴンだ」

咄嗟《とっさ》に名乗った偽名《ぎめい》には、世話役の少年のものを無断で借りた。

✦

へくしっ、と、大きなくしゃみをして、少年神官《しんかん》は首を傾《かし》げた。

風邪《かぜ》をひくような季節でもない。

「失礼をいたしました」

コウ司教《しきょう》と神師《じんし》レミギウスを前に、エリオット・レイヴンは非礼を詫《わ》びた。

逃げ出した少女の似顔絵作りに協力した後で、エリオットはその二人を相手に、ことの次第《しだい》を説明していた。

フェリオと二人で、御柱《ピラー》の祭壇に赴《おもむ》いたこと。

その時、御柱《ピラー》の中から少女が出てきたこと。

そして、その少女をフェリオの部屋に運んだこと——

フェリオには〝事情を聞かれたら、喋《しゃべ》らずにこっちへ回せ〟と言われていたが、当のフェリオはどこかへ行ってしまっている。

おまけに神殿の最高指導者たる神師から〝フェリオ様の御身のためにも、真実を〟と直々《じきじき》に詰め寄られては、答えないわけにはいかなかった。

何を馬鹿《ばか》な、と言われるのも覚悟していた。神聖《しんせい》なる御柱《ピラー》の中から少女が出てきたなど、エリオットが話を聞く側であっても眉《まゆ》に唾《つば》をつける。

しかし神師レミギウスとコウ司教の反応は、エリオットが思っていたようなものではなかった。

二人は話を聞き終えるや、ほぼ同時に深く吐息《といき》をつき、そして互いに意味ありげな視線を交わした。

コウ司教はフードの下から、澄んだ声をエリオットによこした。

「貴方《あなた》が見たものは、幻《まぼろし》ではありません。ですが――口外はしないでください。彼女のことを隠《かく》そうとしたフェリオ様のご処置《しょち》は、正しかったと思います。事情をまるで知らなかったにせよ、あの方《かた》にも何か、感ずることがあったのでしょうか――」

コウ司教は感慨《かんがい》深げに呟《つぶや》いた。

「エリオット。この世には、秘すべきことが多くあるのです。真実というものには確かにそれなりの価値がある。しかし、時に真実というものは酷《ひど》く危険をはらんでいる。それこそ、この世界を滅《ほろ》ぼしかねないほどの――ならば、秘しておくべきなのです。探求よりも、追及よりも、浅《あさ》はかな欲を押さえ、好奇心を押しとどめることが、賢者《けんじゃ》の選択となる場合もある」

エリオットには、コウの言葉の意味することがよくわからなかった。だが、その厳《おごそ》かな様子に口を挟《はさ》むこともできず、黙って立ち尽くす。

「我々は、彼女の存在を世間から隠《かく》さねばなりません」

コウ司教《しきょう》のその呟《つぶや》きに、ノックの音が重なった。

神師《じんし》の執務室《しつむしつ》に、今夜で何度目かのメイヤーの声が響いた。

「失礼いたします」

涼《すず》やかに言い、あざやかな金髪の少女が入室してきた。若い神官達《しんかん》の間では、〝憧《あこが》れの君《きみ》〟と称されるメイヤー・バルトレーである。エリオットも〝若い神官達〟の例外ではなく、咄嗟《とっさ》に心音が速さを増した。

メイヤーはその頬《ほお》に眩《まぶ》しい微笑を乗せ、朗《ほが》らかに声を張った。

「朗報《ろうほう》ですわ。たった今、コウ司教配下の柱守《はしらもり》様達より、連絡が入りました。守人《もりびと》のシルヴアーナ様が、神殿騎士達より先に、件《くだん》の不審者《ふしんしゃ》を保護したとのことです」

その報告を受けて、レミギウスの頬に安堵《あんど》の笑みが浮いた。コウ司教もフードの下で深々《ふかぶか》と頷《うなず》く。

「朝までに、騎士達と衛兵を神殿に戻して欲しいとのことです。街中《まちじゅう》を固められたままでは、道も満足に歩けないと」

「確かに。手配させましょう」

レミギウスが席を立った。

メイヤーはさらに言葉を続ける。

「それと、少女と共に、エリオット・レイヴンという名前の少年もいるそうです。神殿騎士のリカルド様を退《しりぞ》けたほどの腕前だそうですが——」

メイヤーの口から自分の名が出たことに、エリオットはびくりと反応した。

立ち上がったレミギウスも、その皺顔《しわがお》をしかめてしまう。

「——エリオット・レイヴンと？」

「はい、そう名乗ったと——」

メイヤーは不思議そうに首を傾《かし》げた。

エリオットはその場で頭を抱《かか》えたいのを堪《こら》え、かすかによろめいた。犯人は、一人しか思いつかない。

神殿騎士のリカルドといえば、神殿騎士団の副団長である。

短い付き合いながら、世話役として彼《か》の王子の性格は把握《はあく》しているつもりだったが、まさかそんな相手に喧嘩《けんか》を売るほどの馬鹿《ばか》だとは思っていなかった。

コウ司教が苦笑を漏《も》らした。

「フェリオ様が偽名《ぎめい》を使われたのですね。まさかシルヴァーナ達を相手に、王子の名は名乗れないでしょう」

察しのいいコウ司教の言葉に、レミギウスも「なるほど」と小さく頷いた。

「そういうことですか――確かに、親善特使として出向かれているフェリオ様が御自《おんみずか》ら、不審者《ふしんしゃ》の捜索《そうさく》にあたっていたなどとなれば、神殿としてはアルセイフに対して申し訳が立ちません。フェリオ様はお若いながら、なかなかに機転《きてん》の利《き》く方《かた》です」

絶対にそこまでは考えていない――エリオットは内心でそう確信しつつ、口では何も言わなかった。フェリオが無事でさえあれば、ひとまずは安堵《あんど》していい。あの王子には立場に似ず、どうにも行き当たりばったりのところがある。臨機応変《りんきおうへん》といえば聞こえはいいが、考えるより先に動いてしまう性格ともいえた。

諫《いさ》める人物が傍《そば》にいないと、危なっかしくて仕方がない。

年上のフェリオを頭痛の種のように感じながら、それでもエリオットは心のどこかでほっとしていた。なんのかんのといっても、憎《にく》めない兄貴分のような存在である。

訳《わけ》がわからない様子のメイヤーに、レミギウスが笑いかけた。

「メイヤー。エリオットというのは、ここにいる彼の名です。彼はフェリオ様の世話役をしているのですよ」

レミギウスの言葉にやっと要領を得たメイヤーは、エリオットに小さく会釈《えしゃく》をして笑みを向けた。

「そうでしたか。災難《さいなん》でしたね？」

「いえ、フェリオ様がご無事とわかって、なによりでした」

レミギウスも頷《うなず》いた。

「では、私は神殿騎士達のほうへ指示を——それからエリオット、貴方《あなた》ももう戻って結構です。ただし、ここでのことは他言を禁じます」

「はい。よく弁《わきま》えております」

エリオットは、神師《じんし》と司教《しきょう》と、そして可憐《かれん》な女神官《おんなしんかん》に一礼を残して退出した。

思えばフェリオに引っ掻《か》き回されて、やたらと長い夜になってしまった。

部屋の扉《とびら》を閉じた後で、エリオットはふと、不謹慎《ふきんしん》なことを考えた。

そのフェリオのおかげで、たった今、憧《あこが》れのメイヤー・バルトレーに名を憶《おぼ》えてもらえた。

フェリオと少女のことは心労に違いなかったが、そのことについてだけは、この騒動《そうどう》に感謝してもいいような気がした。

三. 月ト星ト鐘ノ夜

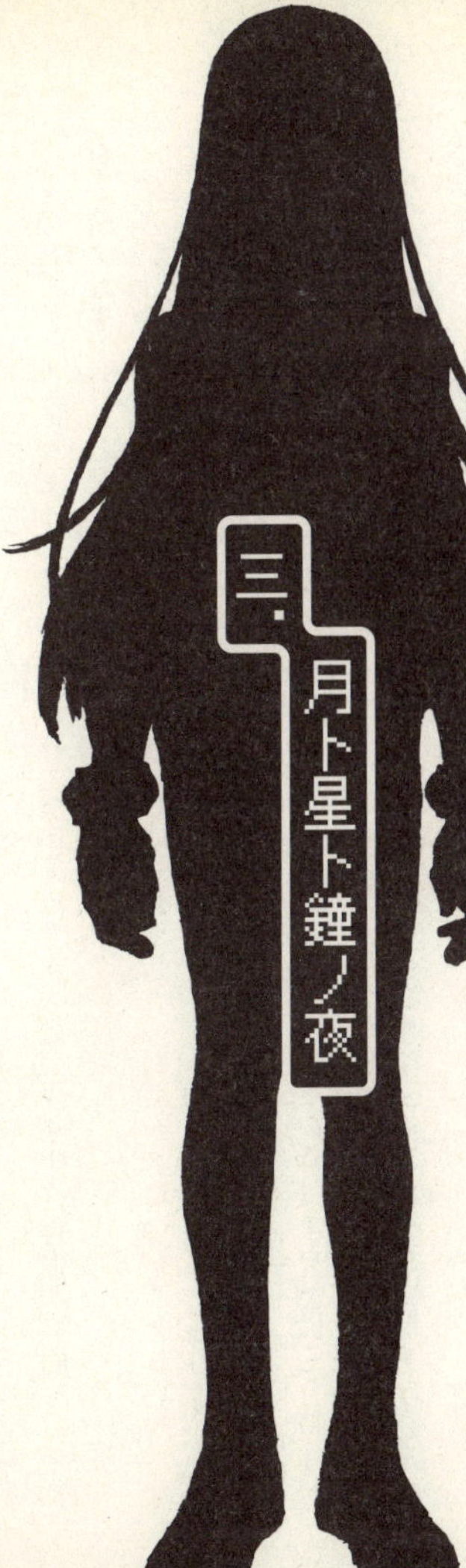

その日の朝——アルセイフの政務卿《せいむきょう》ダスティア・カリウスは、ウィータ神殿から届いた手紙を一読するや、嘆息《たんそく》とともに首を傾《かし》げた。

ダスティアは今年で六十歳になる。老人らしい早寝早起きの習慣が身について久しいが、今朝はどうにも寝覚《ねざ》めがよくなかった。そこへきて、その不可解な手紙である。

アルセイフ、及びその領内にあるフォルナナム神殿は、もうじき聖祭《せいさい》の時期を迎えようとしていた。手紙によれば、よりにもよってこの忙《いそが》しい時期に、大陸中央のウィータ神殿から特使が来るという。

今朝方《けさがた》に届いた手紙は緊急のもので、すでに特使本人もこちらへと向かっており、あと数日で到着するらしい。

中央のウィータ神殿から、この東のアルセイフまでは、気楽に移動できる距離でもない。仮《かり》に足の遅《おそ》い馬車ならば、天候が良くとも一ヶ月ほどはかかる。

そんな苦労をしてまで来るからには、何か大切な目的があるはずだったが、しかし手紙には何も触れられていなかった。彼らの目的はあくまでフォルナナム神殿を訪れることで、アルセイフという国には用がないということらしい。

ウィータ神殿は、大陸にある全《すべ》ての神殿の中で最も格が高く、また同時に最も強大な権力をにぎっていた。自治権を持つ各神殿を一つの小国にたとえるなら、ウィータ神殿はそれを束《たば》ねる大国に相当する。

その力は各地の神殿だけでなく諸国にも影響し、さまざまな意味で中心的な役割を担《にな》っていた。

政務卿ダスティアの元に届いた手紙によれば、特使一行はフォルナム神殿に滞在するらしい。アルセイフから完全に独立した自治組織とはいえ、神殿自体はアルセイフ領内にある。特使一行は、必然的に領内を通ることになり、その間はアルセイフ側が彼らを賓客《ひんかく》として扱わねばならない。粗相《そそう》のないよう、各所に手配をする必要があった。

ダスティアは、王宮騎士団の団長、ウィスタル・ベヘタシオンを執務室《しつむしつ》に呼ばせた。

しばらくして現れた初老の騎士は、ダスティアに一礼をしたうえで、朗々《ろうろう》たる声を張った。

「お呼びでございますか、政務卿閣下《かっか》」

「朝早くからすまんね。野暮用《やぼよう》というやつだ」

ダスティアは目線で着席を勧《すす》め、ウィスタルもそれに従った。騎士らしくいかつい体軀《たいく》だが、その動きはどこか貴婦人のように柔らかい。髪などはもう白髪ばかりだが、物腰は少しも老《ふ》けこんでいなかった。

ダスティアは初老の偉丈夫《いじょうふ》に向けて、事務的な声を投げた。

「ウィータ神殿から、近日中に特使の方々《かたがた》が参られるそうだ。神官《しんかん》と護衛を含めて、総勢で十数人——アルセイフの領内に入るまでは隣国《りんごく》の兵がつくそうだが、国境からフォルナム神殿まては我々の領分だ。護衛をつけたいのだが、騎士団に頼めるかね」

「は、承《うけたまわ》ります。詳細《しょうさい》をうかがえますか」

ウィスタルは即答した。仕事に関しては、あまり無駄《むだ》な口をきかぬ男である。

ダスティアは、手紙の内容を嚙《か》み砕いて詳細を続けた。

「特使の方は、高位ではカシナート司教《しきょう》、ヴェルジネ司祭《しさい》、それにウルク司祭——若い方《かた》ばかりだな。まぁ、セブラズ山地を越えるおつもりらしいから、若くなければ体力がもたんか」

大陸を南北に遮《さえぎ》るセブラズ山地は、険阻《けんそ》なことで知られている。ウィータ神殿からアルセイフを最短で結ぶルートは特に険《けわ》しく、旅人泣かせの難所といえた。隊商《キャラバン》などはわざわざそのルートを避け、日を余計《よけい》にかけても遠回りの道を選ぶほどである。

ダスティアの言葉を聞いて、ウィスタルが思案《しあん》げに唸《うな》った。

「よほどに急ぎと見えますな」

「そうらしい。だが、何をしに来るのかはさっぱりだ」

口にはしない意味を込めて、ダスティアはウィスタルにある種の視線を送った。

ウィスタルは黙って頷《うなず》いた。

〝もし探れるようなら、来訪の理由を探れ〟——その意が通じたことに満足して、ダスティアは深々《ふかぶか》と椅子に身を沈めた。

目の前にいる硬骨漢《こうこつかん》、ウィスタル・ベヘタシオンは、固く引き結んだ口元の頑固《がんこ》さとは対照的に、眼《め》だけが優《やさ》しい男だった。

彼はアルセイフの軍務における要《かなめ》である。元は流《なが》れ者《もの》の剣士だったが、若き日の王から直々《じきじき》に剣腕《けんわん》を買われて仕官し、現在では王宮騎士団団長の要職《ようしょく》にあった。

古くから王に仕える貴族達の間では、その出世《しゅっせ》をやっかむ声もあるが、現場の兵達からは絶大な信頼を得ており、指揮官としての能力も高い。出自《しゅつじ》が貴族ではなく平民である点も、兵達の信頼感を底上げしていた。

対するダスティアは、旧来から王家に仕える生粋《きっすい》の貴族である。ウィスタルなどとは血筋からしてまるで違うのだが、ダスティアに限っていえば、ウィスタルに対して特に含むところはない。強《し》いて重用《ちょうよう》するつもりもないが、文官《ぶんかん》と武官《ぶかん》ではそもそも畑が異なるため、接する機会も限られてくる。

ウィスタルを嫌っているのは、主に武官の役職を代々守ってきた貴族達だった。ダスティアにとっては、それらは他人の争いである。

「ウィスタル卿《きょう》、相手が相手だ。粗相《そそう》のないよう、礼節《れいせつ》を弁《わきま》えた者を出迎えに送ってくれ」

言うまでもないことと思いながら、ダスティアはそう念を押しておいた。

ウィスタルの口元に、わずかな微笑が浮いた。

「ご心配には及びません。私が自ら参ります」

「何？」

ダスティアが眉《まゆ》をひそめた。

「騎士団長の貴殿《きでん》がわざわざ出向くほどのことではないぞ。何も騎士団だけで行けと言っているわけではない。他《ほか》に挨拶《あいさつ》のための文官《ぶんかん》も手配するが――」

「政務卿閣下《せいむきようかつか》。実は、その派遣《はけん》される司祭《しさい》様の中に、私の知る方《かた》がいらっしゃるのです。この機に、ご挨拶をしておきたく思います」

ダスティアは驚いた。

騎士団長であるウィスタルは滅多《めつた》に王宮を離れない。そんな彼が、ウィータの若い司祭と知り合いだなどと聞かされれば、大概《たいがい》の者は首を傾《かし》げてしまうだろう。

「なんと――どなたかね？」

ウィスタルは目許を和《なご》ませた。

「ウルク司祭様です。まだ幼少のみぎり、一年ほどの間ですが、このアルセイフにも滞在しておられました。その折に、いささかお世話をしたことがございます」

野太いウィスタルの声に、ダスティアは眼《め》を細めた。

「ほう――そうだったのか。初耳だが、こちらに縁《ゆかり》の方というわけだな。なるほど――」

政治的な立場から、ダスティアはある種の思考《しこう》を巡らせた。

——ウィータ神殿とアルセイフをつなぐパイプとして、その司祭は将来的に役立ってくれる可能性がある。

「——そうか。では、貴殿に任せよう。よろしく頼む」

護衛の任に関してはウィスタルに一任し、彼を下がらせる。

ダスティアはそれからすぐに、出迎えに遣《や》る予定だった文官を、やや高位の者に変えるよう指示しなおした。

✦

木格子《きごうし》のはめられた窓から、日の光が細く差し込んできた。

その眩《まぶ》しい光を閉じた瞼《まぶた》に浴び、フェリオは薄く眼を開ける。

起きてすぐ、傍《かたわ》らに人肌《ひとはだ》の温かさを感じた。

フェリオは顔だけを巡らせて、予想通りの光景に溜《た》め息《いき》を吐《つ》く。

同じベッドで、少女がくうくうと安らかな寝息をたてていた。フェリオの腕を胸にしっかと抱《かか》え込み、まるで放そうとしない。どうやら一晩中、抱《だ》き枕《まくら》にされていたらしい。

朝日の下で見ると、黒髪の少女の端正《たんせい》な顔立ちは際立《きわだ》っていた。

フェリオも年頃《としごろ》ではある。もう少しまともな状況であれば——そんなことを一瞬だけ考えて、慌《あわ》てて思考《しこう》を打ち消した。

習慣で眼《め》は覚ましたものの、昨夜はどうにも眠りにくく、まだ頭はぼうっとしていた。すぐに起きようにも、その前に片腕を少女から取り返さなければならない。

昨夜、少女が眠るのを見届けるや、フェリオは何度か手を外《はず》そうとした。そのたびに、少女は寝惚《ねぼ》けながらもフェリオの手をがっちりと掴《つか》み直し、ついに逃がして貰《もら》えないまま、明け方にはフェリオも眠ってしまった。

しばらくそのままで、フェリオは傍《かたわ》らの少女を見ていた。

漆黒《しっこく》の長い髪は滑《なめ》らかで、よく手入れをされていた。肌《はだ》は日焼けを知らぬほど白く、先夜の騒動《そうどう》でやや汚れてはいたが、それでも透《す》けそうなほど美しい。下層階級の娘ではこうはいかない。しかし一方で、先夜のことを考える限り、上流階級の娘とも思えない。

要するに、異世界から来た〝来訪者《ビジター》〟――そういうことらしい。

錬金術師《アルケミスト》のシルヴァーナが言っていた。

〝この世界〟、つまりはソリダーテ大陸を中心とするこの星とはまた別の場所に、やはり人の住む世界があるという。そしてそちら側の世界から、なんらかの理由でこちら側に来てしまう人間が、ごくたまにいるらしい。

彼女が御柱《ピラー》から出てきたこと。

そして、人とも思えぬ身体能力、傷の再生能力などを見せたこと――

シルヴァーナは、そのことが証拠《しょうこ》だと言っていた。

そして神殿は、稀《まれ》に現れる彼女達を保護し、こちら側の世界で暮らせるように手引きをしているという。同時に、ある理由から彼女達の存在を世間に隠《かく》しているとも聞いたが、シルヴァーナからは、それ以上のことは聞き出せなかった。

シルヴァーナは、神殿のために情報収集などをする、ある特殊な組織の人間だった。彼女は神官《しんかん》ですらないが、しかしフォルナム神殿に仕え、神殿側も彼女らの存在を頼みにしているという。

要するに、〝間諜《スパイ》〟のようなものらしい。組織の規模がどの程度のものかはわからないが、一国以上の権力を持つフォルナム神殿に直属の間諜《スパイ》である。一筋縄《ひとすじなわ》でいくような人々ではないはずだった。

シルヴァーナは、朝になったらフェリオと少女を神殿に連れて行くと言っていた。

そろそろ起きた方がいいだろうと思いながらも、フェリオは体を起こす気になれず、そのまま少女の安らかな寝顔を眺めていた。

彼女は今、この世界で孤独《こどく》な存在のはずだった。

稀に来るという〝来訪者《ビジター》〟は、数百年に一度くらいの頻度《ひんど》らしい。

――彼女の仲間は、おそらくここにはいない。

孤独というものに、フェリオは嫌悪感《けんおかん》を持っていた。自分が、というだけでなく、人が孤独でいることにも疑問を感じる。望んで世を捨てたのであればそれはいい。しかし、本人が望むと望まざるとに関《かか》わらず〝孤独《こどく》〟だとしたら、それは理不尽《りふじん》だと思う。

フェリオも昔は孤独だった。

実の兄達からもあまり相手にされず、家臣《かしん》達も味方ではなかった。

そんなフェリオを孤独から救ったのは、騎士のウィスタルであり、また彼の部下達である。

そして、物心がついていくうちに、ウィスタルを通じて信頼できる家臣の存在を知り、また少ないながらも友人を得て、フェリオの世界は広がった。

少女の寝顔に、フェリオは幼い頃《ころ》の自分の姿をだぶらせていた。

孤独の怖《こわ》さを知るからこそ、力になってやりたいと思う。

柱《ピラー》から彼女が出てきた時には興味本位だったが、彼女の怯《おび》えた様子を直《じか》に見て、そしてシルヴァーナから話を聞き、フェリオは考えを改めつつあった。

朝日を浴びて、少女がわずかに身を動かした。

「――ん……んぅ……」

小さく呻《うめ》いて、目許を細い掌《てのひら》で覆《おお》う。

ようやく起きるかと思ったフェリオの予想は、しかし次の瞬間に外《はず》れた。

少女は両手を腕から離したものの、フェリオの体に乗っかるように寝返りをうち、今度はその首筋に両手をまわした。

耳元に少女の息がかかる。垂れた髪が頬《ほお》を撫《な》で、娘特有の甘《あま》い匂《にお》いが鼻をくすぐった。

熱く柔らかい肢体《したい》に覆いかぶさられて、思わずフェリオは声を荒げた。

「おい――起きてくれ！　頼むから！」

少女の細い両肩を手で押さえ、フェリオは彼女の身を無理に起こさせた。

少女はそこでようやく眠りから覚め、

「ん――ふぁ――」

まだ眼《め》を閉じたまま、小さな欠伸《あくび》を漏《も》らした。フェリオの手に支えられ、腰の上にまたがって起き、指先で眼を擦《こす》る。

下敷きになったフェリオは動くに動けない。

眼を擦った少女は、ぼんやりとその瞼《まぶた》を開けた。

なかなか焦点《しょうてん》が合わないらしく、フェリオを見下ろしたまま、しばらくふらふらと揺れる。

「……起きたか？」

恐《おそ》る恐《おそ》る、フェリオが小声に問う。

少女は寝惚《ねぼ》け眼《まなこ》で首を傾《かし》げた。

その双眸《そうぼう》が覚醒《かくせい》してくるにつれて、傾げた首が元の位置に戻り、表情が固まっていく。

垂れていた少女の手が、その口元に添《そ》えられた。

たっぷりと二呼吸ほどの間を置いて――甲高《かんだか》い悲鳴が、部屋中に響き渡った。

フェリオは咄嗟《とっさ》に耳を塞《ふさ》いだ。

少女は悲鳴をあげると同時にベッドから飛び降り、壁際《かべぎわ》にその身を寄せる。

そして険《けわ》しい眼《め》でフェリオを睨《にら》み、さらに大声を張った。

「誰《だれ》!? 私に何をしたんですか!?」

怒鳴《どな》られておいて妙な話だが、フェリオはまず最初に安堵《あんど》した。

少女がまともな言葉を話したのは、神殿を離れて以来である。昨晩のあれはなんだったのか、そのことも気になっていたが、そもそも言葉が通じなければ何も聞き出せない。

怯《おび》える少女を刺激しないように、フェリオはゆっくりとベッドから降り、少女がいる壁と逆の窓際を背にした。

壁に寄った少女は、両手で体をかばうように身構えている。

「俺《おれ》の名前はフェリオ――あ、いや、ここでだけは、偽名《ぎめい》でエリオットって名乗っているんだけど……何もしていないから、安心してくれ。君は?」

少女は問いに答えず、代わりに別のことを言った。

「あなたは……昨日の夜、あの部屋にいたひとですか?」

フェリオは頷《うなず》いた。神殿でのことは、どうやら憶《おぼ》えているらしい。

「あぁ。ここはあそことは別の場所だけどね。その後のことは、憶えているのか?」

少女が首を横に振った。昨夜の彼女は言葉を話せず、その行動もどこか獣《けもの》じみていた。常軌《じょうき》を逸《いっ》した奇行《きこう》の数々は、今の彼女とは別の彼女がしたことらしい。

フェリオがそのことを質《ただ》そうとするよりも先に、少女が問いを発した。

「ここはどこ？　軍の施設？　収容所？　それとも――」

少女は早口にまくしたてた。対照的にフェリオは、ゆっくりと噛《か》んで含めるように答える。

「ここはフォルナム神殿の近く、神域《しんいき》の街《まち》、シルヴァーナって人の家だ。多分、わからないだろうけど――」

その答えに、少女は眼をしばたたかせた。

「――えっと、あの……もう一回、聞いてもいいですか？」

少女は意表《いひょう》をつかれたらしい。その声に空虚《くうきょ》な響きがある。

フェリオは重ねて答えた。

「フォルナム神殿の近く、神域の街、錬金術師《アルケミスト》のシルヴァーナって人の家だ」

「神殿……神域？　ア、錬金術師《アルケミスト》？　え？　ええ？」

フェリオの言葉を繰り返し、少女は辺りを見まわしながら、ひどく不安げな様子を見せた。

フェリオはそんな彼女に、できるだけ穏《おだ》やかに声をかける。

「君の名前は？」

少女はびくりと肩を震わせた後で、さきほどとはうって変わって、消えいりそうな声を紡《つむ》いだ。

「あ……リ、リセリナ……リセリナ・エリニュエスって、いいます……」

その眸《ひとみ》は不安に揺れている。フェリオは意図《いと》して微笑を向けた。

「リセリナ、不安だろうけれど、俺《おれ》は君をどうこうしようとは思っていない。そんなことを考えていたら、夜のうちにどうとでもできたんだから。俺は多分、君の味方になれると思う。だから落ち着いて、まずはお互いに状況を整理しようか？」

リセリナと名乗った少女は、澄んだ眸を震わせ、しばらく固まっていた。

やがてフェリオに向けて、戸惑《とまど》いながらも小さく頷《うなず》いて見せる。

フェリオは問う。

「昨日の夜はどうして逃げたんだ？　わざわざ堀《ほり》に飛び込んでまで――」

リセリナは震えがちな声で答える。

「あの――てっきり、軍の施設に捕まったんだと思って――だって、あの女の人が、軍の紋《もん》章《しょう》を胸につけていたし――」

「軍の紋章？」

フェリオは眉《まゆ》をひそめた。施療師《せりょうし》のクゥナが身に着けていた服には、確かに星十字《ほしじゅうじ》をあしらった紋章の刺繍《ししゅう》があった。しかしそれは、施療師であることを示す紋章であり、軍のそれと見違えるような意匠《いしょう》でもない。

「彼女がつけていたのは、施療師の紋章だよ。勘違《かんちが》いしたみたいだな」

そう指摘しておいて、フェリオは壁際《かべぎわ》に佇《たたず》む少女の眼《め》を見つめた。

「リセリナ、まず大事なことをはっきりさせておこう。今、君がいるこの世界は、君が暮らしていた世界とは〝違う〟世界らしい」

きょとんとして、リセリナは首を傾《かし》げた。

「すみません――言葉の意味が、よく、わからな――」

「そのままの意味だ。こっちに来てごらん」

フェリオは出窓に腰掛け、黒髪の少女を手招きした。

少女は足元を震わせながら、おずおずと近づいてくる。

フェリオは朝日の差し込む窓越しに、その外を指差した。シルヴァーナの家はさほど高くもなく、視界の多くは道を挟《はさ》んだ向かいの家に潰《つぶ》されている。

それでもその頭上には、高く高くそびえるフォルナムの〝御柱《ピラー》〟が見えた。

御柱《ピラー》は宙に浮いている。フェリオの知らない遙《はる》かな昔から、それはそこに存在し続け、下に住む人々を見下ろしてきた。

辺り一帯では、神殿がもっとも高い建物だったが、それでも浮いた御柱《ピラー》の底面にようやく接しているに過ぎない。その上には、人の手の及ばない高さにまで柱が続いていた。

少女の黒い眸に、朝日を受けて黒光りする御柱《ピラー》が映り込む。

リセリナは窓枠に手をつき、御柱《ピラー》を凝視《ぎょうし》していた。

　その呆然《ぼうぜん》とした横顔をうかがいながら、フェリオは言葉を続けた。

「フォルナム神殿――君は、あの大きな柱から出てきたんだ。ちょうど俺《おれ》がその場にいたんだけど、そのことは憶《おぼ》えてないか？」

　少女はフェリオと柱とを交互に見つめ、ごくりと息を呑《の》んだ。

「あれは――〝魔術師の軸《メイガスシャフト》〟……？」

　今度はフェリオが首を傾《かし》げた。聞いたことのない名称である。

「そんな呼び方はされていない。ここでは〝御柱《ピラー》〟って呼ばれている。君のいた世界にも、同じようなものがあったのか？」

「私のいた世界って――じゃあ、ここは――ここは、本当に……？」

　少女が呆然と呟《つぶや》く。力のない眸《ひとみ》に、絶望にも近い困惑《こんわく》が浮いていた。

　フェリオは痛ましい思いに駆られた。

　信じ難いのも無理はない。フェリオにしても、シルヴァーナの言を完全には信用できていなかった。しかしフェリオ自身、彼女が柱から出てきた時の光景が脳裏《のうり》に焼きついている。

　そして少女は、独《ひと》り言《ごと》のように呟いた。

「――本当だったんだ――お父さんが、言っていたこと――」

　興味を引かれて、フェリオは無言のまま耳をそばだてた。

　佇《たたず》むリセリナは、しばらく無言で柱を見つめていた。

やがて緊張を解くように嘆息《たんそく》し、訥々《とつとつ》と語り始める。

「――私のお父さん、二ヶ月くらい前から行方《ゆくえ》不明なんです。ううん、お父さん以外にも、何人か――研究者だったんですけれど、いなくなる前に、私達の世界にあったあれと似たものの向こう側に、別の世界があるってしきりに言っていて――ほとんど誰《だれ》も信じていなかったけれど、本当に――」

少女の眸に、涙が溜《た》まっていた。フェリオは黙って、視線を御柱《ピラー》に転じる。

少女は声を殺して泣きはじめた。哀《かな》しみというよりは、それは衝撃《しょうげき》のための涙だった。感情が昂《たか》ぶって、自分でも何故《なぜ》泣いているのか、わからないに違いない。

かけるべき言葉が見つからずに、フェリオは黙って、彼女の手に部屋のタオルを握らせた。

少女は涙を拭《ぬぐ》い、しばらくしてからやっと顔をあげた。心なしか、その顔からはわずかに不安が薄れたように見える。

「お父さんもひょっとしたら、こっちの世界に来て――」

リセリナの声には、すがるような響きがあった。

フェリオは、そこにわずかな希望の響きを感じた。

この世界で、少女は孤独《こどく》を感じているはずだった。そんな彼女が、何か〝目的〟を作ることができれば、そのことが生きるうえでの希望にもなる。今の少女にもっとも必要なものは、おそらくその希望だった。

深く考えるより先に、フェリオの口は思いつきの言葉を紡《つむ》いでいた。

「もし探すなら、手伝うよ。元の世界に戻りたいなら、その方法も——もっとも、今の俺《おれ》は何も知らないけれど」

口にした後で自分の立場を思いだしたが、どのみち忙《いそが》しい身ではない。立場上、国から離れることはできないだろうが、逆に国内に限れば、それなりにやりようがある。情報を集めるにしても、フェリオの立場はものを言うはずだった。

「お父さんの名前は？」

フェリオが訪ねると、リセリナはわずかに口籠《くちご》もった。

「名前は——ラミエルス・カーチスとか、エルシオン・エアル、ジーク・スピアーに、ドレイク・ハックマン、ランドリュー・オーキス——」

少女は首を横に振った。

「他《ほか》にも私の知らない名前や、憶《おぼ》えていない名前がたくさん——事情があって、いくつも偽名《ぎめい》を使い分けていたんです。ですから、名前から探すのは難しいかもしれません」

フェリオは小さく唸《うな》った。

なにやら複雑な事情を抱《かか》えているらしいことには、薄々《うすうす》感づいていた。彼女が柱から出てきたときのうわ言も、まだ耳に残っている。

フェリオはそのことを質《ただ》してみた。

「ひょっとしたら、聞いちゃいけないことなのかもしれないけれど——君の〝仲間〟について、聞いてもいい？」

「……仲間——？」

少女は怪訝《けげん》な顔をする。

「憶えていないみたいだけど、君が柱から出てきた直後に、うわ言で言っていたんだ。〝みんなを殺さないで〟って——」

フェリオがそういった瞬間に、少女の表情が凍《こお》りついた。

予想通りに失言だったことを即座に察したが、すでに言葉は口から出てしまった後である。後悔《こうかい》しても遅《おそ》い。

「それは——多分、夢を見ていたんだと思います」

リセリナは震える声で呟《つぶや》いた。

「私のいたところでは、戦争が続いていて——私は運よく助かったんです。でも、みんなは——もう、ずっと昔の話です」

「ごめん」

フェリオは謝った。古い傷に触れてしまったらしい。その内容は気になったが、少女の顔を見ていると、これ以上を重ねて聞くことはできなかった。

フェリオの謝罪に、リセリナはどこか哀《かな》しげな微笑を見せた。

「——優《やさ》しい人なんですね、エリオットさんて——あ、フェリオさんでしたっけ？」

「本名は〝フェリオ〟だよ。エリオットっていうのは友達の名前なんだ。この家の中で、偽名《ぎめい》として借りている」

リセリナの誤解を正した後で、

「あと、俺《おれ》は別に優しいわけじゃない。ただ、いろんなことに首を突っ込みたい性分《しょうぶん》なのかもしれない。それに——これも何かの縁《えん》だろう、きっと」

そう言《い》い訳《わけ》をしておいた。

彼女を孤独《こどく》でいさせることに抵抗があるなどとは、口が裂けても言えない。口説《くど》き文句《もんく》でもあるまいに、妙な誤解を招くだけである。

「じゃあ、今はエリオットさんてお呼びすればいいんですね？」

リセリナがほんの少し笑いながら言った。年相応《としそうおう》の表情をすると、途端《とたん》に明るい雰囲気が生まれる。

フェリオが返事をしようとした直前、不意に、壁の向こう側から女の声が響いた。

「いえ。その必要はありません」

唐突《とうとつ》なシルヴァーナの美声に、フェリオはひやりとした。声はごく近い場所から発せられている。当然、今までの会話を盗《ぬす》み聞きされていたと見て間違いない。

迂闊《うかつ》だったが、フェリオにとっては意外なことでもあった。剣術修行《しゅぎょう》の過程で、人の気配を読む技術も多少は心得ている。そんな自分が、声を出されるまで彼女の存在に気づかなかった。あるいは彼女も、隠密《おんみつ》が修《おさ》めるような気配を殺す技術を持っているのかもしれない。

寝室と廊下を遮《さえぎ》る、木製の古びた扉《とびら》が開いた。

銀色の髪をさらりと揺らしながら、錬金術師《アルケミスト》、シルヴァーナがそこに姿を見せる。

「はじめまして、リセリナ。それと——フェリオ様。あなたには、まんまと騙《だま》されましたわ」

和《なご》やかな微笑を湛《たた》えて、シルヴァーナはそう言った。昨晩とは言葉遣《づか》いがまるで違う。

フェリオは苦《にが》い顔をする。リセリナの方は困惑《こんわく》して、シルヴァーナとフェリオとを交互に見た。

「……シルヴァーナ、いつからそこに？」

「その子の悲鳴が聞こえてから、ずっとです。神殿と違って、ここは壁がごく薄いものですから」

美貌《びぼう》の錬金術師《アルケミスト》は、冷《ひ》や汗《あせ》をかくフェリオに微笑を向ける。

「もっとも、貴方《あなた》の素性《すじょう》を把握《はあく》したのは、昨夜のうちでしたけれど——神殿に走らせた使いが戻ってきて、貴方の正体《しょうたい》を知らせてくれました。知らぬこととはいえ、昨晩の無礼の数々、どうかお許しください。伏してお詫《わ》びを申し上げます」

慇懃《いんぎん》にのたまい、シルヴァーナは深々《ふかぶか》と頭を下げた。

「よしてくれ、昨日のままでいい。公式の場ならともかく、こんな所でいきなりそういう態度を取られるのは気持ち悪いよ」

フェリオが愚痴《ぐち》のように言うと、シルヴァーナはくすくすと笑った。

「あぁ、そうだろうと思って、わざと言ってみた。私を騙《だま》してくれたことへの仕返しだ」

あっさりと元の口調に戻り、フェリオは再び面食《めんく》らう。シルヴァーナは平気な顔で言葉を続けた。

「咄嗟《とっさ》に偽名《ぎめい》を名乗った機転《きてん》は褒《ほ》めてやる。王子なんぞにも、それほど馬鹿《ばか》でないのがいるんだな」

王家の人間をあからさまに侮辱《ぶじょく》する言い方に、フェリオは眼《め》をしばたたかせた。言われた内容は頭にくるほどのことでもなかったが、しかし市井《しせい》の者で、実際の王子を前にここまではっきりと言える者は珍しい。いくらここが神殿の自治地区とはいえ、侮辱罪でしょっぴかれても文句《もんく》は言えない。

シルヴァーナは眼を細めた。

「いいか、エリオット。私は、このことを知らなかったことにする。貴方《あなた》が思っているよりも、貴方の立場は微妙なんだ。昨日の夜、神殿騎士を負かしたのは、貴方ではなく、街《まち》に住むエリオットという少年だった。神殿にいるエリオットとも別の人間だ。そういうことになったから憶《おぼ》えておけ。神殿騎士のほうにも、そういうことで話をつけたらしい」

そう告げた後で、それでも感心したように溜《た》め息《いき》を吐《つ》く。

「仲間から聞いたよ。まったく――いくらその娘を守るためとはいえ、神殿騎士と喧嘩《けんか》して、しかもあのリカルドを負かしたとは驚いた。だが、あれは狂犬だぞ。今後は二度と関《かか》わるな」

シルヴァーナの言に、フェリオは頷《うなず》いた。事実、あまり戦いたい相手ではない。酷《ひど》く凄惨《せいさん》な剣を使う男だった。

リセリナが戸惑《とまど》った様子で口を挟《はさ》んだ。

「あの――私を守るため、って――」

「あぁ、そうそう」

シルヴァーナが意味深《いみしん》な笑みを向ける。

「貴方が不用意に逃げたからだ。逃げれば追われる。あやうく不貞《ふてい》の輩《やから》から傷物《きずもの》にされそうになったところを――」

リセリナが頰《ほお》を染めた。

「き、きずもの……？　あ！」

そこで初めて思いだしたように、唐突《とうとつ》に声を張り上げる。

「わ、私――その――やっぱり、暴《あば》れたんですか？」

リセリナの問いに、フェリオはシルヴァーナと顔を見合わせた。

その様子で察したのか、リセリナは勢いよく頭を下げた。

「ご、ごめんなさい！　私、ちょっと人とは違っていて――あの、極限状態っていうか、危なくなると、その、動物みたいに——ごめんなさい！」

顔を赤くして吃《ども》りながら、少女は何度も頭を下げた。

「私、そうなっている間の記憶がなくって……あの、もしかして、どなたかに傷を負わせたりとか——」

どう答えたものか、フェリオは迷った。記憶がないことには、もうとっくに気づいていた。昨夜、あれだけじゃれついておいて、朝になってから悲鳴をあげるというのは尋常《じんじょう》でない。

フェリオはつい、視線を明後日《あさって》の方向に向けた。

「怪我人《けがにん》は——でていないと思うよ。うん」

「そうだな。私も聞いていない。強《し》いて言えば、正体《しょうたい》不明のエ、、リ、、オ、、ッ、、ト、、が、神殿騎士の誇りに傷をつけたぐらいだろう」

シルヴァーナの返答にも苦笑じみた響きが籠《こ》もっていた。

それを聞いて、リセリナは安心したようだった。

「じゃあ……フェリオさんが、私を取り押さえてくれたんですか？」

「いや、取り押さえたっていうか——取り押さえる必要もなかったかな」

フェリオは言い淀《よど》んで、シルヴァーナに助けを求めた。

錬金術師《アルケミスト》はくすりと笑い、そのまま顔を背《そむ》けてしまう。

フェリオは仕方なく、詳《くわ》しい説明を試みる。

「つまり、君はどういうわけか、俺《おれ》に懐《なつ》いて――一晩ずっと、離してくれなかったんだ。無理に引き離そうとすると嫌がるから、それで寝る場所まで一緒《いっしょ》に――寝ついたと思って離れようとしても目ざとく起きるし、そのうちに俺も寝ちゃって――」

フェリオは気まずい思いで応《こた》えながら、少女の顔色をうかがった。

少女の表情には、疑念が強く浮いていた。眼《め》をしばたたかせて、言われた言葉の意味を図りかねたようにフェリオを見つめる。

「……なついた？　私が……ですか？」

フェリオは頷《うなず》く。

他《ほか》に言《い》い様《よう》がない。頰《ほお》や唇《くちびる》を舐《な》められたとか、耳を噛《か》まれたとか、さらにはその他のこともあったのだが、正直なところ、思いだすのは今の彼女に対して申し訳ない気がした。

少女は呆然《ぼうぜん》とした様子で、しばらく沈黙した。

それから自らの口元を手で覆《おお》い、フェリオに怪訝《けげん》な視線を向ける。

「――なにかの冗談《じょうだん》ですか？」

「冗談だったら、俺は別の部屋で寝られたはずなんだけれど……」

気まずい沈黙が、二人の間を行き来した。

「だって、そんなはずは――」

リセリナは困惑《こんわく》を隠《かく》さずに呟《つぶや》いた。

「ああなっている時の私が、人に懐《なつ》くなんて、そんなことがあるはずないんです。本当のことを言ってください」

リセリナの語気は、それまでよりやや強かった。

今度はフェリオが困惑《こんわく》する番だった。

フェリオの代わりに、シルヴァーナが静かな声で諭《さと》した。

「彼の言っていることは本当だ。フェリオ様が貴方《あなた》を助けたらしいから、そのときに〝仲間だ〟とでも認識したんじゃないのか？　私は近づくだけで唸《うな》って威嚇《いかく》されたが、貴方は彼にじゃれついて凄《すご》かったぞ。見ているこっちが、眼《め》のやり場に困るほどだった」

誇張ではなかったが、少女の頬《ほお》がみるみる紅潮《こうちょう》していった。

「あ、あの――本当に？」

「今朝、眼が覚めた折にどういう状況だった？」

シルヴァーナに問われて、リセリナはとうとう口をきけなくなってしまった。フェリオを一瞬だけ上目遣《うわめづか》いに見上げたが、すぐに俯《うつむ》いて黙りこくる。

困りながら、フェリオは慰《なぐさ》めるように言った。

「別に何かあったわけでもないから、あんまり気にしないほうがいい。俺《おれ》も気にしていないから。君だって、まともならそんなことはしなかっただろう？」

「……は、はい――」

返事はしたものの、リセリナは顔を上げない。

その純な様子を見て、シルヴァーナが笑った。

「記憶がない、か——柱《ピラー》を通って、こちら側に来た時の記憶もないのか？」

シルヴァーナが問うと、リセリナはしばらく間を置いてから頷《うなず》いた。

「はい——よく憶《おぼ》えていません。憶えていないのと、そもそも事情をよく把握《はあく》していないのと——多分、向こうで何かがあったんです。でも、その前後のことが——その、昨夜みたいに、い、いい、いきなり切り替わっていたみたいで」

フェリオは昨夜の彼女を思い出した。あの状態の彼女と、今の状態の彼女は記憶を共有できないという。ならば、彼女の記憶にはいろいろと穴が多いはずだった。

シルヴァーナが、独り合点《ひとりがてん》したように頷いた。

「思うに貴方は、生まれつき体に細工《さいく》をされているのだろう？　あちら側の世界には、そうした技術があると聞いている。怪我《けが》の治癒《ちゆ》が早かったり、身体能力があがったり——貴方の場合には、危機などに瀕《ひん》した際に、思考《しこう》から人としての理性が飛んでしまうのか」

リセリナは首を縦に振り、フェリオに対して謝るような視線を一瞬だけ向けた。しかし、言葉としては何も言えないままである。

シルヴァーナは頷き、ふとその声に真剣味を込めた。

「リセリナ。すまないが、しばらくの間は我々の手で行動を制限させてもらうことになる。そのうえで、貴方《あなた》はこの世界のことを学び、我々は貴方が危険な人物でないかを確認する。貴方の場合には、特に問題は少なそうだから、そんなに不自由なことにはならないと思うけれど、一応は決まりというものがあるんだ。父親を探すのは、その後ということになるが――」

シルヴァーナが少女の手を取った。

リセリナは硬直《こうちょく》から立ち直り、ようやく反応する。

「貴方を悪いようにはしないつもりだ。私のことも彼のことも、今は信用してくれ」

真摯《しんし》なシルヴァーナの言葉に、リセリナは小さく頷《うなず》いた。

その細い肩は、ひどく頼りない。実際にはしなやかな力を備えているはずだったが、外見だけを見れば、軽く押しただけで倒れてしまいそうな印象だった。

彼女はこの世界のことを何も知らないはずだった。そこからくる不安が、気配からにじみ出ている。

フェリオは、彼女の力になってやりたいと思った。

その行為は見方によっては、ただのお節介《せっかい》かもしれない。フェリオ自身、自分がそう思うのが、彼女への興味のためなのか、それとも純粋な親切心からなのか、把握《はあく》しかねていた。

ただ、はっきりしていることが一つある。

このまま、この事態から手を引くつもりはない。

一度、首を突っ込んだからには、せめて納得《なっとく》のいくところまで、その顛末《てんまつ》を見届けたいと思った。


「あれは、ただの子供ではありません」

神殿騎士、リカルド・バーゼスの憤然《ふんぜん》とした口調に、騎士団長のベリエは失笑を漏《も》らした。

整髪油《せいはつゆ》ですっきりと整えた黒髪に指を通し、くっくっと肩を揺らして嘲《あざけ》る。

「リカルド、負けは負けだぞ。認めろ」

「認めます。認めたうえで言わせていただきます、団長。あれは、ただの子供ではありません。少なくとも、王家の温室育ちの坊やが使っていい技ではありませんでした」

団長のベリエは、年下の副団長が怒る声を聞きながら、朝の紅茶に喉《のど》を潤《うるお》した。

リカルド・バーゼスの腕前はよく知っている。二十代半《なか》ばと歳《とし》は若いながら、強者揃《つわものぞろ》いの騎士団内でも彼はそれなりに強い。

ベリエ自身は今年で三十二歳になるが、リカルドは二十代の頃《ころ》の自分と戦ったとしても、いい勝負ができるだろうと感じていた。

そんな若き逸材《いつざい》が、つい昨晩、まだ十五か十六の少年に負けたという。

しかもその少年は、他の神殿騎士達をも出し抜いて、たった一人で曲者《くせもの》を助けて逃げていったと聞く。

リカルドが荒れるのも無理はない。その少年がどういうつもりかは知れないが、神殿騎士達にしてみれば馬鹿《ばか》にされたようなものである。ベリエにしても、もし現場に出ていれば、今朝はこんな呑気《のんき》に紅茶をすすっていられなかったに違いない。

もっとも――仮《かり》に自分が出ていれば、少年達を逃さなかった自信はある。

そんな思いは口にせず、ベリエは別のことを言った。

「そういきりたつな。もともと俺《おれ》達の本分は、不審者《ふしんしゃ》を追っかけるようなことじゃない。力と力の正面からのぶつかり合い――要するに、戦場向きの戦闘集団だ。向かってくる相手には強いが、逃げていく相手を追いかけるのは他《ほか》の部隊の役目さ」

欠伸《あくび》混じりに呟《つぶや》き、

「まぁ、ウィータ神殿のほうに詳細《しょうさい》の報告がいかなきゃどうでもいいさ。どうせ俺達や左遷《させん》組《ぐみ》だ」

と、適当にいなしておいた。

リカルドは腹の虫がおさまらないらしく、その眼《め》に物騒《ぶっそう》な光を湛《たた》えていた。

ベリエは薄く笑う。リカルドの粘着質《ねんちゃくしつ》な気質は、そのまま彼の剣にも共通する要素だった。しつこいほどに粘《ねば》り強いその剣は、一騎打ちの際にもっとも力を発揮する。その一騎打ちで年下に負けたことが、リカルドはよほどに悔《くや》しいらしい。

〝アルセイフの王子さんも、厄介《やっかい》なのに眼をつけられたな——〟

ベリエは他人事《ひとごと》のようにそう思った。

公式には、騎士団に歯向かったのは街《まち》の少年ということになっている。それは神殿とアルセイフとの関係に、余計《よけい》な亀裂《きれつ》をいれぬようにと配慮された情報操作の結果だった。

とはいえ、現場にいた人間は事情をよく知っている。リカルドが負けた瞬間は、騎士達だけでなく衛兵達も見ていた。

たかが手慰《てなぐさ》みの剣腕《けんわん》では、リカルドは負かせない。その少年は、よほどの才に恵まれたか、あるいは貴族らしからぬ厳《きび》しい修行《しゅぎょう》を重ねたか、さもなくばその両方か——いずれにせよ、多少は興味を引かれる存在ではあった。

機会があれば、ベリエも軽くいい剣を合わせてみたいとも思う。

そう、あくまで軽くいい——

その剣の腕と気性《きしょう》の激しさから、ベリエは身内《みうち》からさえも、無頼《ぶらい》だの野獣《やじゅう》だのと恐れられていた。しかし三十路《みそじ》を越えた今では、大分《だいぶん》に丸くなったと自覚している。機嫌の悪い時は八つ当たりもするが、今朝は騎士団の面目《めんもく》が潰《つぶ》された話を聞いても、そのまま聞き流した。

もともと、ベリエは指揮する騎士団にたいした愛着《あいちゃく》もない。自分が剣を存分に振るえる場所があれば、それでいいのだ。

その意味では、田舎《いなか》のフォルナム神殿に赴任《ふにん》して以来、どうにも暇《ひま》で仕方がない。北方、西方民族との小競《こぜ》り合《あ》いが絶えない大陸の逆側や、内乱の続く南側ならばともかく、ここはよりにもよって、もっとも平和な〝東側〟である。

とっとと不祥事《ふしょうじ》でも起こして、前線に飛ばされたいと思うことさえあったが、ウィータ神殿の上官からは、〝次に不祥事を起こしたら教練《きょうれん》に回す〟と脅《おど》されていた。毎日、ひ、よ、こを相手にちゃらちゃらと剣で遊ぶなど、今よりもさらに悪い。

だから今は、せいぜいおとなしくしているしかない。どのみち、本国にいる知り合いがもう少し出世《しゅつせ》すれば、ベリエを呼び戻そうとする動きが必ず出てくるはずだった。

荒れるリカルドをベリエが適当に眺めていると、執務室《しつむしつ》の扉《とびら》が鳴った。

扉を開けて現れたのは、部下の若い騎士である。

「失礼します、団長。ウィータ神殿からの手紙だそうです。使者から預かって参りました」

副団長のリカルドからは極力視線を外《はず》し、騎士は手紙を差し出した。今のリカルドと視線を合わせるのは、確かに賢《かしこ》い選択とはいえない。

「おう。ご苦労」

取り次いだ騎士から、ベリエは手紙を受け取った。蠟《ろう》の封《ふう》には、確かにウィータ神殿の紋章《もんしょう》が刻印《こくいん》されている。

太い指先でぞんざいに封筒を破き、ベリエは中身を取り出した。

椅子に背を預けてふんぞり返り、冷《さ》めた眼《め》で手紙を読み進める。

しばらくして、ベリエは椅子に腰掛け直した。

二度、三度と、繰り返して内容を確認する。

その様子に、リカルドが奇異《きい》の視線を向けた。

ベリエは若い騎士を下がらせてから、副団長ににやりと笑みを向けた。

「なんですか、気色《きしょく》の悪い。団長のそんな笑顔は寒気《さむけ》を感じます」

リカルドが怪訝《けげん》な顔で言った。ベリエは、ますます口元に笑みをつくる。

「リカルド、数日のうちにおもしろいことになるぞ。俺《おれ》達が動く機会もあるかもしれん。不審《ふしん》者《しゃ》の捜索《そうさく》なんぞより、よほどにらしい任務だ」

物騒《ぶっそう》な声音《こわね》で、ベリエは低く呟《つぶや》いた。

野獣《やじゅう》の休息期間が、ようやく終わりを告げようとしていた。

✦

聖祭《せいさい》を間近に控えたその朝、フォルナム神殿は、常よりもやや警戒の度合《どあ》いを強めていた。

二階の窓から門に控える衛兵達を見下ろし、施療師《せりょうし》のクゥナはそっと溜《た》め息《いき》を吐《つ》いた。

警戒の理由は、クゥナもよく承知《しょうち》している。

昨晩、逃げ出した少女が、午前中のうちには戻ってくる予定なのである。

クゥナは施療師《せりょうし》として、彼女の体に異常がないかを診察し、場合によっては怪我《けが》などの治療をするよう、言いつけられていた。

昨夜のクゥナは、ほんのわずな時間だが、少女の人質《ひとじち》にもされた。

神殿側は、少女のことをあまり世間に漏《も》らしたくないらしい。知る者を最小限にとどめるために、すでに事態に絡《から》んでしまったクゥナが担当の施療師に選ばれた。

眼下の門で、衛兵達の動きがあった。昼も近い現在、重い門は完全に開かれており、その先に一台の馬車が見えた。

中に乗っているのは、おそらく少女と、その少女を保護した少年――

紫《むらさき》色《いろ》の髪をした、若すぎるほどに若い親善特使のはずだった。

フェリオ・アルセイフというその少年に、クゥナはよい印象をもっていた。人を惹《ひ》きつける素質があるのか、神殿内では彼を悪く言う者もあまり聞かない。

世話役のエリオットという神官《しんかん》なども、よく懐《なつ》いているように見える。

昨夜のことが思い返される。

彼は〝政治的な意図《いと》から〟、彼女を自分が保護したいと言っていた。

その根拠《こんきょ》はわからないでもない。貴族とか王族、あるいは官僚といった人々は、人情などではなく打算から、そうした縁《えん》を大切にする。

しかしフェリオは、そのためだけに、わざわざ神殿騎士とまで事を構えたらしい。いくら縁を大切にするとはいっても、我が身の危険と引き換えれば、その優先順位は推《お》して知れる。

しかも彼の立場は、アルセイフという国の、神殿における代表者のようなものである。彼自身にその自覚は薄い様子だったが、それでも〝神殿騎士〟と聞けば、保身のために関《かか》わらぬようにするべきだった。

ただの馬鹿《ばか》なのか、本質的に人が好いのか――

どちらにしても、外交をなすべき王族としては失格といっていい。神殿騎士と王族が、喧嘩《けんか》に近い形で刃を交えるなど前代未聞《ぜんだいみもん》である。

ましてや――勝ってしまったとなれば、神殿騎士側には遺恨《いこん》を残したはずだった。若さゆえの無鉄砲《むてっぽう》だろうが、そんな無茶《むちゃ》は許されるものでもない。

クウナはもう一度、溜《た》め息《いき》を吐《つ》いた。

――今回ばかりは、その無茶も許された。結果がどうにかなったから良かったようなものの、これで何か問題が起きていたら――そんなことを考えると、苦々《にがにが》しい思いさえ湧《わ》いてくる。

クウナは出迎えのために、窓を離れて階下へと降りていった。

ちょうど階段を降りきったところで、奥の通路からやってきたコウ司教《しきょう》と鉢合《はちあ》わせた。

フードを目深《まぶか》に被《かぶ》った高位の司祭《しさい》は、すっとクウナに会釈《えしゃく》を送ってきた。

「ご苦労様です、クウナ嬢。貴方《あなた》も出迎えに？」

澄んだ青年のような声で言う。その実、コウ・シェルパ司教は、もう七十歳を超えた老人でもある。顔を覆《おお》うように隠《かく》したフードも、年季《ねんき》が入ってずいぶんと草臥《くたび》れていたが、それが不思議と高貴《こうき》な印象を高めていた。

「はい。フェリオ様と、その来訪者《ビジター》の娘の診察をお任せいただきました」

クゥナがそつなく応《こた》えると、コウ司教《しきょう》は何かを考えるように、手袋に覆われた手を顎《あご》に添《そ》えた。

「つかぬことをうかがいますが……クゥナ嬢、あなたは、〝来訪者《ビジター》〟というものの存在を、ご存知でしたか?」

クゥナは首を横に振った。

「いいえ。昨晩、初めてうかがいました。神殿の高位の方々は、ご存知のことだそうですが、私などは下位の者ですから」

「そうですか――そうでしょうね」

コウは苦笑した様子だった。

「高位の者達の中にも、ただの言い伝えだと勘違《かんちが》いしている者がいます。対外的には秘していることですし、そもそも滅多《めった》にあることではありませんから、そうなってしまうのも当然かと思いますが――これから先、果たして、このままでいいのかとも思います」

コウの声に、クゥナは悲嘆《ひたん》じみた響きを感じた。

「柱《ピラー》から異世界の人間が現れる理由については、まだよくわかっていません。一人二人ならいい、我々で対処《たいしょ》できる――でももし、これから将来に、もっと大勢の人間が、大挙《たいきょ》して現れたら――」

コウは独《ひと》り言《ごと》のように呟《つぶや》き、首を横に振った。

「――考えても詮《せん》のないことかもしれません。余計《よけい》なことを申しました」

「いえ――」

クゥナには、コウの考えていることがよくわからなかった。

コウ・シェルパは、神殿の機密《きみつ》に誰《だれ》よりも詳《くわ》しく、司教達の間でも長老的な存在である。クゥナにしてみれば雲の上の人物で、その内心を推《お》し量《はか》るほどの付き合いもない。

神殿の一階を横切り、二人は揃《そろ》って中庭と面した正面口に立った。

フォルナム神殿は、御柱《ピラー》を囲むように円を描いて造営《ぞうえい》されている。出入り口は四方にあるが、正面の口はその中でも最大のもので、石畳《いしだたみ》が広い範囲で敷き詰められていた。祭典の折には広場としても活用される場所である。

その石畳の端に、一台の馬車が停《と》まった。

数人の衛兵が直立の姿勢でその一台を囲んでいる。神殿に参拝する人々が周囲をまばらに歩いていたが、誰も馬車のことなど気にしてはいない。

最初に馬車から降り立ったのはフェリオだった。

その後から、真新しい神官《しんかん》の衣《ころも》をまとった黒髪の少女が降りてくる。フェリオは彼女に手を貸し、馬車から降りる体を支えていた。

昨夜、神殿を囲む石壁を駆けあがった彼女は、日の光の下ではいたって普通の娘に見えた。少なくとも、やけに体軀《たいく》がいいとか、あるいは背中に羽《はね》が生えているといったことはない。

クゥナとコウ司教《しきょう》は、神殿の入り口で彼らが来るのを待った。

神殿の大きさに驚いたのか、少女はフェリオと親しげに言葉を交わしながら、しきりに辺りを見まわしていた。衛兵達が二人を囲み、クゥナとコウの待つ入り口へと導いてくる。

最初に立ち止まったのはフェリオだった。

彼は広く低い階段の下に立ち、その上に立つコウ司教に深々《ふかぶか》と一礼を送ってきた。

隣の少女も、それに倣《なら》って慌《あわ》てて頭を下げる。

クゥナの傍《かたわ》らで、コウ司教がゆっくりと頷《うなず》いた。

「フェリオ様、お疲《つか》れ様《さま》でした。お二方《ふたかた》とも、ご無事でなによりです」

澄んだ高い声でコウが労《ねぎら》うと、フェリオは畏《かしこ》まって声を発した。

「先夜からの勝手な行動をお詫《わ》びいたします。申し訳ありませんでした」

コウ司教が、フードの下でくすりと笑った。

「貴方《あなた》はまだお若い。若いうちは、少し無茶《むちゃ》なくらいでよいのですよ。ただ——あまり度を過ぎた無茶はお控えください。貴方の身に何かがあれば、アルセイフと我々の間に亀裂《きれつ》が生じてしまいます」

「はい。以後、気をつけます」

フェリオは素直な返事をした。

クゥナは少し溜飲《りゅういん》を下げた。彼女自身、窓から飛び出していったフェリオのことを、ずっと心配していた身である。

「そちらのお嬢さんが、来訪者《ビジター》の方ですね。お名前は？」

コウの問いに、少女は緊張の面持《おもも》ちで答えた。

「リセリナ・エリニュエスといいます。あの――昨夜は、すみませんでした。衛兵の皆さん達にもお手数を――」

「事情はシルヴァーナの使者からうかがっております。ひとまずは、こちらへどうぞ」

コウは優《やさ》しい声で呟《つぶや》き――顔を隠《かく》す、そのフードを剝《は》いだ。

リセリナと名乗った少女が、途端《とたん》に息を呑《の》む。

クゥナ達にとってはさして珍しくもないコウの顔を、少女は硬直《こうちょく》して見つめていた。

その唇《くちびる》が震え、喉《のど》から掠《かす》れる声が漏《も》れた。

「……へ、へびっ……蛇《へび》っ――!?」

少女がその単語を呟いた瞬間に、周囲の空気が凍《こお》りついた。

「え……へび……？　ば、ばかっ！」

傍らにいたフェリオが、慌ててリセリナの唇を手で塞《ふさ》いだ。

クゥナもひやりとした。

すぐ脇《わき》には、コウ・シェルパ司教《しきょう》の理知的な横顔がある。

美しい緑色の光沢《こうたく》を放つ鱗《うろこ》、真横についた小さな金色の眼《め》、大きく頭の脇まで裂けた口と、その内側に隠《かく》れた鋭《するど》い牙《きば》——

いずれもが、神殿の者達にとってはごく見慣れたものだった。

コウ司教は人ではない。〝シャジール〟と呼ばれる、少数種族の出自《しゅつじ》である。

その外見はまさしく〝蛇《へび》〟に酷似《こくじ》しており、頭と胴体《どうたい》だけを見れば、そのまま大蛇《だいじゃ》といって差《さ》し支《つか》えない。手足は生えているが、人のそれとは異なり、細い三本の指をぎこちなく操《あやつ》る。

彼ら、〝シャジール〟は、神聖視《しんせいし》される民だった。

神話によれば、シャジールは人を護《まも》る存在とされており、何故《なぜ》か彼ら自身もその自覚を持って生きている。

温和で知的な彼らは、過去から常に、人を支え助けて共存してきた。人同士の争いは歴史に数多くとも、シャジールと人との間で争いが起きた例はほとんどない。

彼らは支配欲や出世欲《しゅっせよく》などとは無縁《むえん》の精神性を持ち、人よりもよほどに澄んだ心を持っていた。その彼らを疎《うと》ましく思う勢力も皆無《かいむ》ではないが、大勢の民はシャジールに対して敬愛《けいあい》の念を抱いている。

コウ司教もまた、神殿の司教職として、多くの信望を集めていた。

　そんな貴人《きじん》に向かって〝蛇《へび》〟などと言う無礼者はこの神殿の中にはいない。それは人に対して〝猿《さる》〟というほどの侮蔑《ぶべつ》を意味していた。

　少女の失言に、フェリオも、そしてクゥナもまた青ざめていた。囲む衛兵達も露骨《ろこつ》に苦々《にがにが》しい顔をしている。

　唯一《ゆいいつ》──そう呼ばれた当人であるコウ司教《しきょう》だけが、にこにことその目許に笑みを見せていた。

「よいのですよ、フェリオ様。今の言葉は、まさに彼女が〝来訪者《ビジター》〟である証《あかし》でもあるのです」

　コウ司教はそう言って、フードを被《かぶ》り直した。

「過去の来訪者《ビジター》の方《かた》が語った記録によれば、彼女達の世界には、我々シャジールが存在しないそうですよ」

　コウ司教の言葉に、クゥナは驚いた。クゥナに限らず、この世界の人々にとって、シャジールは生まれた時から慣れた仲間である。人類にとっての祖父母のような存在といってもいい。彼らのいない世界など、すぐには想像がつかなかった。

「来訪者《ビジター》の方はほぼ例外なく、我々を見て第一声に〝蛇〟と言って驚くそうです。失礼とは思いつつ、そのことを試してみたかったのですが──リセリナ様、驚かせてしまって、申し訳ありません」

　コウ司教は、無礼な言葉を発した少女に向けて、丁重《ていちょう》に頭を下げて見せた。

少女のほうも、自分の言葉が不適切《ふてきせつ》なものであったことを悟《さと》ったらしく、神妙に縮《ちぢ》こまっている。

「す、すみません、あの――」

少女に向けて、フェリオが急いで耳打ちをした。

「コウ司教は、シャジールの民なんだ。二度とあんな失礼なことを言っちゃいけない」

「は、はい――」

しゅんとなった少女を庇《かば》うように、コウが助け舟を出した。

「フェリオ様、そう責《せ》めないであげてください。知らぬものにたいしての配慮を求めるのは、いささか無理があります。彼女には、これから知っていくべきことがたくさんある。我々のことも、その過程でゆっくりと、理解していただければと思います」

コウ司教は、常と変わらない涼《すず》やかな声でそう言った。

「リセリナ様。これから貴方《あなた》の身は、我が神殿で責任をもってお預かりいたします。貴方も自分の家と思ってくつろいでください。そして今後のことは、これから数年をかけて、ゆっくりと考えていきましょう。貴方は、まだお若い」

そう言ってコウ司教は眼《め》を細め、フードで隠《かく》した蛇の顔に微笑を見せた。

クゥナにとってみれば、それは人の笑顔とさして変わらないものである。

少女のほうは、ぎこちなく頭を下げた。

「変なことを言ってごめんなさい。それと——ありがとうございます」

コウ司教《しきょう》は頷《うなず》いた。

「貴方《あなた》を歓迎いたします、リセリナ様。昨夜は少々、手荒い真似《まね》もしてしまいましたが——その理由についても、おいおい御理解いただけるかと思います」

コウは掌《てのひら》で神殿の奥を指し示した。

「さ、どうぞおいでください。神師《じんし》のレミギウス様が奥でお待ちです」

フェリオとリセリナが、コウの後ろから歩き始める。クウナもそのすぐ脇《わき》を歩いた。

歩きながらに、フェリオがクウナに頭を下げた。

「クウナさん、昨晩はすみませんでした。それと——巻き込んでしまったみたいで」

「構いません。これもさだめというものでしょう」

クウナはさらりと答えて微笑を向けた。内心では、フェリオに多少は感謝もしていた。来訪《ビジタ》者という変わった存在に対して、人並みには好奇心もある。

フェリオを挟《はさ》んだ向かいにいた少女もまた、クウナに向けて頭を下げた。

「ごめんなさい。昨晩、私が人質《ひとじち》にしちゃった方《かた》ですよね？」

「はい。でも私は気にしていませんから、貴方も気にしないでください。私はクウナ・リトアールといいます。これから、どうぞよろしく」

愛想《あいそ》混じりに、クウナは年下であろう少女に会釈《えしゃく》をした。

少女は言いにくそうに、しかし不安に耐えかねたように呟《つぶや》いた。

「あ、あの——お腹《なか》の赤ちゃん、大丈夫でしたか……？」

その発言に、コウ司教が驚いて振り返る。

「クゥナ嬢、それは——？」

傍《かたわ》らのフェリオは自らの額を押さえ、クゥナはつい、その頬《ほお》を引きつらせた。

少女の人質になった折にフェリオの吐《つ》いた嘘《うそ》が、まだ尾を引いていたらしい。

クゥナは溜《た》め息《いき》を吐《つ》いた。

「私は妊娠《にんしん》なんてしていません。それは私に危害《きがい》が及ばぬようにと、フェリオ様の吐いた嘘です」

周りの衛兵達にも聞こえるように、クゥナは力を込めて否定した。

コウ司教も察したらしく、くすりと笑って視線を前に戻す。

二度目の失言に気づいた少女は、顔を真っ赤にして俯《うつむ》いてしまった。

クゥナはその様子を見守って、そっと苦笑を漏《も》らした。

可愛《かわい》げがあって、憎《にく》めない娘だった。

これから彼女はしばらくの期間をかけて、この世界について学ぶことになっている。そして
クゥナは、神師からその教師役を依頼されていた。

施療師《せりょうし》の任もあるために、引き受けるべきか否《いな》か迷ってはいた。診察の依頼ならためらいな

く受けるが、特殊な状況下とはいえ、教師となるとまた畑が違う。

それでも、少女との会話を経た今は、その教師役も悪くないかと思い始めていた。人質《ひとじち》にされた時は荒っぽい人間のように感じたが、こうして接してみると、ごく普通のおとなしい少女でもある。

リセリナがクゥナの傍《そば》に寄ってきた。

「あ、あの、ごめんなさい――あんまり細くてスタイルが綺麗《きれい》だから、おかしいなぁ、とは思ったんですけれど、ずっと気になってて――すみませんでした」

謝罪する声には、ひたむきで誠実な響きがあった。

クゥナは微笑《ほほえ》んだ。今の言葉だけでも、彼女が優《やさ》しい人間だとわかる。

彼女は、異世界の人間だという。

それでも、そんなことは関係なしに、彼女とは上手《うま》くやっていけそうな気がした。

✦

フォルナム神殿の周囲、神域《しんいき》の街《まち》には、多くの人々が住み暮らしている。

その中には、神殿の関係者とその家族もいるが、多くはよその国と変わらぬ一般の民である。

神殿から産出される輝石《セレナイト》の経済効果もあって、神域の街は概《おお》ね豊かで活気に満ちていた。

神殿は地方の一大拠点《きょてん》ともなっており、交易《こうえき》商人達も多く立ち寄るし、また参拝するために旅をしてくる信者も後を絶たない。

結果、街は雑多な人々によって発展し、今もなお、日々変わり続けている。

その街の一隅《いちぐう》、裏通りの目立たない片隅《かたすみ》に、看板もない小さな安酒場がある。

酒場の周囲には、あまり裕福《ゆうふく》でない者達の住居が多く、昼間も夜もあまり人気《ひとけ》がない。

その人気のない中を、薄汚れた長衣《ローブ》をまとった女が足早に歩いていた。

女は、準備中の札がかかった酒場の戸を勝手に開け、薄暗い店内に足を踏み入れる。

店の奥から、しわがれた老人の声が響いた。

「まだ開いてないぞ。昼から飲ます酒はねぇ。夕方になってからきな」

女はくすりと笑いを返した。

「そういわずに、ミルクくらいは出してくれてもいいだろう？」

顔も見せないまま、老人の声が返ってくる。

「料理用のやつしかないが」

「それでいい」

「それを出しちまったら、今夜の料理に差《さ》し支《つか》える」

「じゃあ何もいらない」

シルヴァーナはフードを剥《は》いで、カウンターに腰を下ろした。

しばらくして、厨房《ちゅうぼう》の奥からのそのそと老人が現れる。

ミルクを注いだコップをテーブルに置き、

「それを飲んだら帰りな、お嬢ちゃん」

と、無愛想《ぶあいそう》に呟《つぶや》いた。

シルヴァーナはコップに唇《くちびる》をつけながら、声を潜《ひそ》めて老人に語りかける。

「昨日の連中は、無事に神殿に帰ったよ。神殿騎士と喧嘩《けんか》した男のほうは、アルセイフの第四王子だって。危なっかしい王族もいたもんだ」

シルヴァーナは気安い口調でそう告げた。老人は、目に見えないほど小さな頷《うなず》きを返す。

「聞いている。相手はリカルドだったらしいな。あいつは根に持つぞ」

「相手が王族じゃ、そう簡単に仕返しをする機会もないさ。それより――」

シルヴァーナは、長衣《ローブ》の懐《ふところ》から紙片を取り出した。

「コウ司教《しきょう》からの伝言だ。本国の方で、動きがあったらしい」

「間《ま》のいいこった。こっちにも昨夜、別のところから同じ連絡があった。目的はわからんが、急ぎの用事で使者が来るらしいな」

受け取った紙片を眺めながら、老人はおもしろくもなさそうに言った。

「しかしまあ、カシナートの若造《わかぞう》が〝司教様〟だとよ。時代が変わったねぇ。いくらクーガ家の御曹司《おんぞうし》ったって、まだ二十六、七だろう?」

神殿の序列は、見習い神官《しんかん》である学士を最下に置き、神官、司祭《しさい》、司教、大司教と上がっていく。その他《ほか》に特殊な立場もないではないが、概《おおむ》ねはこの五段階にわけられていた。司教職ともなれば、神殿の運営にも関《かか》わる高位にあたる。

「二十六歳だ。けれど、若造呼ばわりは危険だと思う。かなりの切れ者らしい」

「ほう、どんな奴《やつ》か知っとるのか？」

「いいや、ただ噂《うわさ》で聞いただけ」

シルヴァーナはにっこりとはぐらかしておいて、

「連中の目的がはっきりするまでは、念《ねん》の為《ため》に身を隠《かく》していたほうがよさそうだ。私もしばらく消えるよ」

コップのミルクを飲み干した。

酒場の老人が頷いた。

「嬢ちゃんはいろいろと表に出ているからな。危険も大きいか」

「まあね。ごちそうさま」

シルヴァーナは席を立ち、まだ準備中の酒場から出ようとした。

その背に、酒場の老人が声をかける。

「嬢ちゃん、昨夜、騎士と喧嘩したフェリオって王子さんのことだがな」

「うん？」

シルヴァーナは首だけを巡らせた。

「どんな男だったね？」

「子供」

シルヴァーナは即答した。

「隣で女の子が無防備に寝ていても、まるで手も出せないようなお子様だ。紳士《しんし》というには若すぎるし、要は幼いんだろう」

「その子供は、あのウィスタルの愛弟子《まなでし》らしいぞ」

その名前に、シルヴァーナはぴくりと反応した。老人は言葉を続ける。

「王都にいる連中から、聞いたことがある。あの〝剣聖《けんせい》〟ウィスタルが、第四王子に妙に入れ込んでいて、毎日のように剣の稽古《けいこ》をつけていたそうだ。貴族共は嘲《あざけ》っていたらしいがな。四番目の王子なんぞが、王位を継承《けいしょう》するとも思えんし、あの王子さんには母方の実家っつう後《うし》ろ盾《だて》もない。おまけに正妻や他の側室《そくしつ》達には疎《うと》まれているしで、まともに考えれば、媚《こび》を売るだけ損《そん》てもんだ」

老人はコップを片付けながら語った。

「ウィスタルの酔狂《すいきょう》か哀《あわ》れみか、それとも――どちらにしても、あれが見込んでいる男なら、信用はしてもよさそうだ。ただの子供だとは思わんほうがいい」

シルヴァーナは微笑を浮かべた。

「そう——ウィスタルの……でももう、会うこともないだろう。あれも、我々にとっては雲の上の人間だ」

それだけ言い置いて、シルヴァーナは酒場を出た。

昼の日差しは強かったが、ちょうど酒場の前は、巨大な御柱《ピラー》がつくる日陰《ひかげ》におさまっていた。

フードで顔を隠《かく》しながら、シルヴァーナはその柱を見上げる。

雲の高さにも及びそうな高さがありながら、その柱は太古の昔からそこに浮き続けていた。

その間、不思議な力を宿した輝石《セレナイト》を産出し続け、現在もなおそれは続いている。

地を司《つかさど》るフォルナムの輝石は土を肥《こ》やし、

水を司るネディアの輝石は水を浄化《じょうか》し、

火を司るザカードの輝石は火力を強め、

風を司るキャルニエの輝石は風を呼ぶ。

それぞれの輝石には異なった活用法があるが、主に農耕、浄水、製鉄、そして動力源に使用されていた。輝石の力は永続的なものではなく、使用することによって石そのものが小さくなっていき、最後には粉となって消えてしまう。そのために、石を産出する神殿は常に潤《うるお》ってきた。

高値で取引されるそれらの輝石は、神殿の生命線であり、同時にこの世界の生命線でもある。

そして、輝石の活用には、シャジールの民の協力が不可欠だった。

彼らには、人にはない種の特殊な感覚器官がある。その感覚器官が、柱の異変を察知《さっち》したり、あるいは輝石《セレナイト》の質を査定する際にも役立っていた。

人に比べて極めて数の少ない彼らは、主に中央のウィータ神殿周囲に住み暮らしている。フォルナム神殿にも、コウ司教《しきょう》をはじめとして、二百名ほどのシャジールが所属していた。シルヴァーナは、彼らと仲が良い。シャジールは人よりも温和で良心的で、そのほぼ全員が純粋な心を持っていた。

彼らには、おしなべて欲望が少ない。

性欲のなさが種を栄えさせず、金銭欲のなさが身を高潔《こうけつ》にし、支配欲のなさが人の警戒を解く。

食欲も薄く、命の維持に必要な最低限の果物や野菜を摂《と》るばかりで、そのために各人の体型もほとんど変わらない。蛇《へび》のような外見にも関《かか》わらず、彼らは肉を摂ることもない。決して食えないわけではないのだが、彼ら自身がひどく嫌っている。好物は林檎《リンゴ》などの果物だが、これにもさして執着《しゅうちゃく》を示すことはない。

強《し》いて欲望をあげるとすれば——仲間を護《まも》り、人に対して常に博愛《はくあい》の心で接することへの渇《かつ》望《ぼう》があるだけだった。

不思議な存在ではある。

有史以来、彼らは人に対して、その祖父母のように優《やさ》しく接してきた。

そんな彼らを嫌う人間も確かにいる。しかしシルヴァーナは、人よりもむしろ、彼らのことを信頼していた。

酒場にいた今の老人も、その口である。

数日後に使者としてやってくる予定のカシナートという司教は、しかし残念なことにそうではない。

神殿の人間である彼は、決してシャジールと敵対する存在ではない。しかし――シャジールの持つ、その知識と人々の信頼を用いて、自らの野心に利用しようとしている。そしてシルヴァーナ達は、それを止めようとする立場の人間である。

あまり歓迎したい客ではない。

シルヴァーナは身の隠《かく》し場所を模索《もさく》しながら、神域《しんいき》の街《まち》を独《ひと》り歩いて行った。

＋

少女を巡っての、一通りのことが決まった後――

自室に戻ったフェリオを待っていたのは、エリオットからの説教《せっきょう》だった。

たっぷりと小言を聞かされた後で、フェリオはがっくりと肩を落とした。

「……充分にわかった。俺《おれ》が悪かった」

フェリオは、すっかり覇気《はき》を失った声で呟《つぶや》いた。

「だから、もう勘弁《かんべん》してくれ」

凹《へこ》むフェリオに対して、エリオットはにっこりと柔弱《にゅうじゃく》な笑みを返す。

「そうは参りません。フェリオ様には、この機会に神殿の内規《ないき》を全《すべ》て憶《おぼ》えていただきます。なに、たいした量ではありません。信徒《しんと》用と神官《しんかん》用と司祭《しさい》用で、合わせて三冊ほどです」

優《やさ》しい表情のわりに、言うことはひどく手厳《てきび》しい。弱冠《じゃっかん》十三歳の少年神官は、今回のことがよほど腹に据《す》えかねている様子だった。

「少なくとも、内規を暗記していただければ、今後はご自分のお立場についてもご理解いただけるはずですので」

「……その言い方じゃ、俺《おれ》が自分の立場もわかっていない馬鹿《ばか》みたいだ」

「お立場がわかっていて神殿騎士に喧嘩《けんか》を売ったというのであれば、馬鹿どころかただの〝不《ふ》穏《おん》分子〟ですが？」

エリオットの言葉に、フェリオは言い返せなかった。

「まあ、暗記は明日からにいたしましょう。幸い、だいたいお暇《ひま》なようですから、時間もあります」

「でもほら、もうじき聖祭《せいさい》の時期だから、エリオットは忙《いそが》しいはずじゃ――」

「ええ。私はいませんが、夜にテストをいたしますので、フェリオ様は昼間のうちに憶えておいてください」

フェリオは問いかけてみた。

「……エリオット、やっぱり怒ってる？」

シルヴァーナを前にして勝手に名前を借りた事実を思いだし、フェリオは問いかけてみた。

エリオットはまだ幼さの残る顔に、虫も殺さぬ微笑を浮かべる。

「怒るなど、とんでもありません。私はフェリオ様がご無事だったことを心の底から喜んでおります。決して、腕の一本くらい折られたほうがいい教訓になったとか、人の気も知らないで呑気《のんき》に朝帰りとはいいご身分だとか、あるいは少しは自分の立場を考えろこの馬鹿とか、そんな失礼なことは少しも考えておりませんよ？」

「……怖《こわ》いよ、エリオット——」

フェリオはかすかに頬《ほお》を引きつらせた。世話役の彼がここまで露骨《ろこつ》に毒《どく》を吐くことも珍しい。

エリオットは、そこで吹き出した。

「申し訳ありません、フェリオ様。今のは冗談《じょうだん》です」

詫《わ》びのつもりか、軽く一礼をする。

「本当に、ご無事でなによりでした。ですが、アルセイフとの関係を考えれば、やはりフェリオ様の今回の行動に問題があったのも確かなのです。やむにやまれぬ事情もあったのかもしれませんが、貴方《あなた》は〝アルセイフ〟という国の看板《かんばん》を背負って、この場にいることを忘れないでください。少々重たい、鬱陶《うっとう》しく感じる看板かもしれませんが——神殿の者達は、フェリオ様を通して、その看板《かんばん》を見ています。くれぐれも、ご自重《じちょう》ください」

エリオットの真摯《しんし》な忠告に、フェリオは深く頷《うなず》いた。

「……ああ、よくわかった。すまない」

フェリオの謝罪に、しかしエリオットは溜《た》め息《いき》で応じた。

「でも、もしまた同じことがあったら、フェリオ様はきっと同じことをなさるんでしょうね――」

これにはフェリオも苦笑するしかない。

もう少し、上手《うま》いやり方を考える努力はするつもりだった。だが、今でも神殿騎士のやり口には納得《なっとく》がいっていない。

リカルドというあの男は、少女の足の腱《すじ》を切ろうとしていた。もしかしたらあの少女ならば、そうした傷も素早く治るのかもしれない。しかしそれでも、フェリオはそれを黙って見ていられそうにはなかった。

執務室《しつむしつ》の扉《とびら》が、控えめに鳴った。

「あの――フェリオさん、少し、よろしいですか？」

あの少女――リセリナの声だった。少し緊張した様子で、その声は硬《かた》い。

「ああ、どうぞ」

フェリオは気安く声を返す。

エリオットが扉を開けると、そこには神官衣《しんかんい》をまとったリセリナが立っていた。白の長衣《ローブ》に、長く艶《つや》やかな黒髪が映えている。

「あの――ええと……」

リセリナは俯《うつむ》き加減《かげん》に戸惑《とまど》いながら、ちらちらとエリオットとフェリオを交互に見た。

フェリオはそこで、リセリナがエリオットをまだ知らないことに気づいた。

「ああ、そちらは、俺《おれ》のお目付け役のエリオット・レイヴンだ。若いけれど、ここの立派《りっぱ》な神官だよ。エリオット、この子がリセリナだ」

「存じております。昨晩、お会いしました。これから、よしなに願います」

エリオットは澄まして応《こた》えた。リセリナのほうは気絶していて憶《おぼ》えていないだろうが、エリオットは彼女が柱から出てきた時にも共にいた。

二人は会釈《えしゃく》を交わしあい、その後でエリオットは気を利《き》かせたつもりか、執務室を出て行った。

エリオットがいなくなってすぐに、フェリオはリセリナに椅子を勧《すす》めた。

しかしリセリナは、そこには座らず、いきなり深々《ふかぶか》と頭を下げた。

「お礼が遅《おく》れてしまいましたけれど――あの、ありがとうございました。助けてくれて――」

顔をあげたリセリナは、気丈《きじょう》な笑顔を見せた。

「わざわざそれを言いに？」

フェリオは眼《め》を丸くする。

「はい。だって、今朝はいろいろと混乱していましたし、お昼からは神師《じんし》様やコウ司教《しきょう》からいろいろなお話をうかがっていましたから、お礼を言う機会が摑《つか》めなくて――だから、今――あの、ひょっとして、お忙《いそが》しかったですか？」

リセリナは不安げに問いかけてきた。フェリオは苦笑を返す。

「ここには俺《おれ》の仕事なんかほとんどないんだ。ただこの部屋にいればいいだけでね。だから大体、いつでも暇《ひま》だよ」

それは冗談《じょうだん》でも気遣《きづか》いでもない。この任が左遷《させん》扱いされている所以《ゆえん》である。

リセリナは、言いにくそうに言葉を続けた。

「本当に、いろいろと失礼なことをして申し訳ありませんでした。今日の昼に、神師のレミギウス様からうかがったんです。フェリオさんが、この神殿の周囲を囲む国の王子様だって――」

「王子っていったって、四番目だ」

フェリオは即座に返した。

「君の世界じゃどうか知らないけれど、俺の国では四番目の王子なんてのは、いてもいなくても大勢《たいせい》に影響ない存在だ。特に俺の場合は、他にもいろいろ事情があって――だから、王子様なんて敬《うやま》われる存在じゃない」

フェリオは少女をなだめるように言った。

決して卑下《ひげ》しているわけではない。神殿にも誤解している者達はいたが、それが〝現実〟で、フェリオ自身もその現実に逆らう気は毛頭《もうとう》なかった。火種《ひだね》が無理をして火になろうとすれば、それは内乱の発生を意味する。火になろうなどという野心は、フェリオにはない。

リセリナがわずかに身を乗り出した。

「でも私、失礼なことをしました。それも——けっこうたくさん」

「あんなのは可愛《かわい》いもんだ。悪意がなければ、俺は気にしない」

フェリオは若干《じゃっかん》の寂《さび》しさを感じながら、そう告げた。

「俺は確かに王家に属する人間だけど、そんなことで萎縮《いしゅく》されるのはなんとなく寂しいな。エリオットや神殿の人達は、役職も立場もあるからある程度は仕方ないけど、君はそういう立場とも無縁《むえん》だろう？　普通に接してもらえると嬉《うれ》しいし、そのほうが俺も楽だ。無理にとは言わないけれど」

フェリオは本心からそう願った。

昨夜に会ったばかりの相手に対して、そんなことを願うのは奇妙な話だとも思った。しかし、地位が判明した途端《とたん》にいきなり態度を硬化《こうか》されるのは、あまり気持ちのいいものではない。その地位が実質的な中身を伴《ともな》わないものであれば尚更《なおさら》である。

この神殿内でこそ下にも置かぬ扱いを受けているが、王宮に戻れば爪弾《つまはじ》き者《もの》なのだ。

リセリナは、不思議そうな眼差《まなざ》しでフェリオを見た。

「フェリオさんは——ご自分の立場が、お嫌いなんですか？」

その問いに、フェリオは曖昧《あいまい》な微笑を返す。

「別に嫌いってわけじゃない。ただ、あんまり堅苦《かたくる》しいのは性《しょう》に合わないから、君もそんなに構えなくていいよ。王族を敬《うやま》うのは、その権威を利用したい奴《やつ》らだけでいいんだ。それとも君は、俺《おれ》を利用したいのか？」

フェリオは、少し意地の悪い聞き方をした。予想の通り、少女は慌《あわ》てて首を横に振る。

「そんなつもりは——」

「それなら、普通に接してくれればいい。どうせ俺は、兄上が即位したら臣籍《しんせき》に下る。その後は下級貴族の仲間入りだ」

「王族なのに……下級なんですか？」

リセリナが眼《め》を丸くした。フェリオは素直に頷《うなず》く。

「ああ。俺の母親の家系はとっくに絶えているし、兄上の母親達にも目の敵《かたき》にされている。王族なんていっても、そんなもんだ」

ごくさばけた口調で、フェリオは笑いながら言った。

リセリナは次の言葉に迷っている様子だった。

フェリオには、その心の動きがよくわかった。慰《なぐさ》めるのも妙だし、かといって同意するのにも抵抗がある——そんな顔色である。気遣《きづか》いの細《こま》かい娘らしい。

空気をかえようと、フェリオは席をたち、狭《せま》いバルコニーへ通じるガラスの扉《とびら》を開けた。真下が堀《ほり》だけに、入ってくる風は涼しい。

「リセリナ、こっちに来てごらん」

フェリオはリセリナをバルコニーに誘った。

そろそろと日が落ちかけ、空は薄赤く染まっている。

中庭の向こう側にある高い石壁が邪魔《じゃま》をして、神域《しんいき》の街《まち》は見えないが、しかしその上に広がる夜空は広い範囲で見渡せた。

二人して手すりに並び、フェリオは空の先を指差した。

「あっちの方に馬車で二日ほど行くと、アルセイフの王宮がある。そんなに大きな国じゃないけれど、このフォルナム神殿が領地の内側にあるから、この地方ではそれなりに存在感のある国かな。もっとも、この辺りは田舎《いなか》だから、存在感っていってもたかが知れているけれどね」

フェリオの言葉を、リセリナはじっと聞いていた。

フェリオは遠い眼をして彼女に語り続ける。

「この辺りは平和な土地なんだ。大陸の他の場所では、戦いが絶えないらしいけれど、こっちのほうはのんびりしたもんだよ。山賊《さんぞく》とか盗賊《とうぞく》は多少でるけれど、それだって国を揺るがすほどじゃない」

フェリオは独《ひと》り言《ごと》のようにそう呟《つぶや》いたあとで、

「君のいた場所は、どんな所だった？」

そう問いかけた。

リセリナは、わずかに表情を曇《くも》らせる。

「私のいた場所は——怖《こわ》くて、危なくて——他人のことをあまり信じられない場所でした」

リセリナは、まるで遠い昔を思いだすような口調で言った。

「ずっとそうだったわけじゃないんです。でも、戦争の影響が及んで——それで、社会が変わったように思います。人の心も、ずいぶん変わりました」

フェリオはその横顔をうかがった。夕焼けを見上げるリセリナの眸《ひとみ》は、目の前にない何かを見ているようだった。

フェリオは、気になっていたことを聞いた。

「元の世界に、帰りたい？」

リセリナは、首を横に振った。

「よく……わからないんです」

その声は細い。

「少しも戻りたくないわけじゃないんです。いろいろと、気になっていることもあります。でも——」

リセリナは、答えに一拍《いっぱく》の間《ま》を置いた。

「向こうの世界に戻ったら、私はきっと、すぐに殺されちゃうと思います。よくてもずっと監《かん》禁《きん》です。そうなることがわかっているから——正直に言って、あまり戻りたいとは思えません」

その答えに、フェリオはいたたまれない思いに駆られた。

彼女はどうしても、悪い人間には見えなかった。

「——向こうで、君には何があったんだ？」

フェリオが問うと、リセリナは困ったような微笑を見せた。

「コウ司《し》教《きょう》に、いろいろと口止めされているんです。向こうの世界のことは、できるだけ話しちゃいけないって——すみません」

フェリオは頷《うなず》いた。

無理に聞こうとも思わない。たとえ口止めされていたとしても、彼女が話したくなれば、じきに話してくれるだろうと思った。

フェリオはもう一つ、気になっていることを聞いた。

「あと一つだけ、教えて欲しい。君の力は——その、今の状態でも発揮《はっき》できるのか？　つまり高い壁を越えたり、人には無理な速度で走ったり……」

リセリナは、首を横に振った。

「あれは、厳密《げんみつ》には私の力じゃないんです。確かに今の状態でも、普通の人よりは身軽なつもりですし、怪我《けが》の治癒《ちゆ》も早いかもしれませんけれど——昨日の私の力は、そうした基礎になる部分を、道具で著しく強化した結果なんです」

　そう言ってリセリナは、両手に嵌《は》めた腕輪《うでわ》を見せた。

「この二つの腕輪の力です。武器にもなるんですけれど——もう無理ですね、きっと」

「無理？　どうして？」

　フェリオは首を傾《かし》げた。リセリナは微笑を見せる。

「エネルギーが——えぇと、この腕輪の力を発揮するのに必要なものが、もう中で切れかけているんです。マテリアルコアっていうんですけれど、私達の世界でもとても貴重《きちょう》な品で——それがなくなると、これはただの腕輪になっちゃいます。昨日が限界だったみたいで、今朝からまともに使えません」

　リセリナは、言葉の内容のわりに、どこか安堵《あんど》したような声で呟《つぶや》いた。

　フェリオはそのことを指摘する。

「なんだか、ほっとしているように見える」

「そんなことはありませんけれど——昨日みたいに、私が我を忘れて暴《あば》れちゃうと、危ない品に変わりますから。使えなければ使えないで、そのほうがいいのかもしれません。ここは、平和なところみたいですし」

　そう呟くリセリナとは逆に、フェリオはわずかな不安を感じた。

いくら危険の少ない場所とはいえ、彼女が自分の身を護《まも》れるに越したことはないのだ。昨日の件で、もし神殿騎士達に眼《め》をつけられているとしたら、忘れた頃《ころ》に彼女に害が及ぶ可能性も皆無《かいむ》とはいえない。

その時に、またフェリオが彼女を護れるとは限らない。

難しい顔になったフェリオをよそに、リセリナの眸《ひとみ》は空に浮いた月を見ていた。

じゃがいものようにいびつな形の青い月——その表面には、三本の縦線が走っている。

「本当にここは、別の世界なんですね——」

リセリナが力の抜けた声で呟いた。

「私のいた所からも、月が見えました。でも、もっと小さくて、真ん丸で、色も白か黄色っぽくて——空に浮いている点では同じなのに、印象がだいぶ違います。それに、星空もこんな綺《き》麗《れい》には見えませんでした」

夕焼けの状態から暗さを増しつつある空には、満天の星が輝き始めていた。リセリナは、その景色に眼を奪われている。

「それにあの月——私の知っている月とは全然違いますけれど、とっても綺麗です」

フェリオは世間話のつもりで、その横顔に話しかけた。

「月、か——もうじき、空《そら》ノ鐘《かね》が鳴る季節だね」

フェリオの言葉に、リセリナは眼をしばたたかせた。

「空《そら》ノ鐘《かね》……？　初めて聞く言葉ですけれど――」

彼女の世界には、存在しない事象《じしょう》らしい。

フェリオは月を指先で示した。

「空ノ鐘っていうのは、あの月の別名だ。毎年、この季節になると、空から鐘に似た音が降ってくるんだ。別に月が鳴っているわけじゃないんだろうけど、ほら、あの月って、なんとなく鐘みたいな形をしているだろう？　だから昔から、そんなふうに言われている」

リセリナは首を傾《かし》げた。

「鐘の音が……空から、降ってくるんですか？」

「あぁ。どうして鳴るのかも、音の出所《でどころ》もわからない。でも、確かに音が聞こえるんだ。初めてなら、びっくりするかもしれない」

フェリオは、まばゆい輝きを宿す青き月を見上げた。

「今年ももうじきだよ、きっと。あと何日ぐらいかな」

フェリオがそう言いながらリセリナを見やると、彼女は直立の態《てい》で、じっとフェリオを見ていた。

「どうかした？」

フェリオは微笑を見せて問う。

リセリナは、わずかに濡《ぬ》れた眸《ひとみ》をしていた。

フェリオはその眸に、彼女がひた隠《かく》しにしている不安の色を見てとった。

傍目《はため》には、彼女は明るく気丈《きじょう》に振る舞っていた。しかし、まるで知らない世界にたった一人でやってきて、不安でないはずがないのだ。

それでも懸命《けんめい》にその不安を隠している彼女を見ると、どうにかして力になってやりたくなる。

リセリナが、ぽつりと呟《つぶや》いた。

「本当は私――フェリオさんに、聞きたいことがあってここに来たんです」

フェリオは無言で、その先を促《うなが》した。

リセリナは、頼りない口調でゆっくりと言葉を紡《つむ》ぐ。

「どうして――どうして、フェリオさんはこんなに親切にしてくれるんですか？　見ず知らずの――それどころか、こんなに得体《えたい》の知れない人間に」

少女は自らの胸に手を添《そ》え、溜《た》めていたものを吐き出すように呟いた。

咄嗟《とっさ》に、フェリオは返答に窮《きゅう》した。

改めて問われると、彼女に対してどんな言い方をすればいいのか、よくわからない。恩《おん》に着せる気もないし、そもそもフェリオ自身、したいようにしてきただけで、あまり深くは考えていなかった。

しかし、だからといって適当にはぐらかしていい問いでもない。リセリナにとっては、フェリオの厚意《こうい》さえも、不安の対象に違いなかった。

しばらく沈黙して考え込み、言葉を選ぶ。

やがてフェリオは、空の彼方《かなた》を見つめながら、やや苦しい声を絞《しぼ》った。

「――俺《おれ》は、どうして自分がここにいるのか、そして何をしたらいいのか、よくわからないんだ」

声は自然と低くなった。

「少なくとも、俺はアルセイフっていう国にとっては邪魔者《じゃまもの》だ。内乱の火種《ひだね》になるんじゃないかって、一部の連中からは危険視されている。だからかな。あんまり、自分に〝できること〟や〝やりたいこと〟〝してもいいこと〟っていうのが、思いつかないんだ」

フェリオは自嘲《じちょう》するように笑った。

「だけど――そんな俺でも、人のために、少しくらいはできることがあるって思いたい。たとえばこうして、君の力になったり――」

フェリオはそこまで言って、リセリナに軽く頭を下げた。

「自分勝手な理由で、ごめん」

リセリナは、微笑とともに首を横に振った。

「いいえ。そんなことないです。フェリオさんは、やっぱりいい人だと思います」

その声には確かな安堵《あんど》の響きがあった。フェリオの答えが気に入ったものらしい。

リセリナは何かが吹っ切れた様子で、空に視線を向けた。

「それに、失礼かもしれませんが、私とフェリオさんて、似た者同士なのかもしれません。私も……私も、向こうで、そんな感じでしたから」

呟《つぶや》くと同時に、リセリナはぴくりと肩を震わせた。

フェリオもすぐに気づく。

空の彼方――

遥《はる》かな天上から、低く滑《なめ》らかな鐘《かね》の音が響き始めていた。

最初はごく弱く、小波《さざなみ》のように打ち寄せる。だんだんと音の量が増え、次第《しだい》にはっきりと響いてくる。

そして、世界に等しく、鐘の音が降りそそいだ。

二人は揃《そろ》って、空の月に視線を転じた。

リセリナは驚いた様子で、その音に耳を澄ましていた。

フェリオもまた、一年ぶりに聴《き》く空《そら》ノ鐘《かね》の音に身を委《ゆだ》ねる。

神殿の鐘楼《しょうろう》よりも振幅の長い音が、大気を震わせながら大地を覆《おお》っていく。

バルコニーから眺める空が、ふとその色を変えた。

大気が震えるのに合わせて、オーロラに似た光の帯が、空の一面を覆い尽くす。

透明な海の底から、繊細《せんさい》で柔らかい光の降る水面《みなも》を見上げるような――そんな光景だった。

フェリオは眼《め》を細めて、その景色を見上げた。

リセリナはといえば、ただ呆然《ぼうぜん》とその眺めに見惚《みほ》れている。

光の帯は、ほんの数秒ほどで色を失い、視界は元通りの夜空に埋め尽くされた。

後には青い月が輝き、満天の星々が瞬《またた》いている。

ほんの数瞬《すうしゅん》の景色の変化——その美に驚かされたリセリナは、すっかり呆《ほう》けていた。

ふらりとよろめいたところを、フェリオは慌《あわ》てて背から支える。

「あ——す、すみません」

「やっぱり驚いたか。一年に一度の景色だし、見逃す人も多いんだけれど、こんなにいい場所で見られたのは運がよかったよ」

フェリオは、晴《は》れ晴《ば》れとした心持ちになって呟《つぶや》いた。

空《そら》ノ鐘《かね》と、それに付随《ふずい》して起きる空の変化は、ソリダーテ大陸のほぼ全域で起きる現象だった。しかし、真夜中の寝静まった頃《ころ》に鳴ることも多く、また昼間に鳴った場合には、光の帯が太陽に負けて美しく見えない。毎年のことではありながら、確実に見られる光景でもないのだ。

今夜の鐘は、まさに理想的な状況で鳴った。

たったそれだけのことで、気分が快《こころよ》くなる。

しばらくが経《た》ってから、我に返ったリセリナが小さな歓声《かんせい》を漏《も》らした。

その声は、得体《えたい》の知れない〝来訪者《ビジター》〟のものというより、いかにも娘らしい、ただの純粋な歓声だった。

四・逝ク者ト来ル者

た。

空《そら》ノ鐘《かね》が鳴ってから、四日ほど後のこと——

フォルナム神殿は、二つの団体の来賓《らいひん》予定によって、猫《ねこ》の手《て》が必要なほどに多忙《たぼう》を極めてい

二つの団体とは、ウィータ神殿からの使者達と、アルセイフ王家の貴人《きじん》達である。

例年、アルセイフの王家は、〝空ノ鐘〟が鳴った後に、神殿を礼拝する習わしとなっていた。

神殿と王宮との間に距離があるため、即日ということはまずないが、政治的な問題がない限りは、遅《おそ》くとも二週間以内に礼拝が行われる。

一方のウィータ神殿の使者はといえば、これはまさに不意打ちのようなもので、結果的にフォルナム神殿は、この二者を続けて迎える羽目《はめ》になってしまった。

さらに間《ま》の悪いことに、聖祭《せいさい》の始まる日も秒読みに近い。聖祭の間は、神殿に礼拝する信者達が激増するし、その間にやらなければならない祭典も多い。準備には手間がかかる。

ここ数年の内で、フォルナム神殿はもっとも忙《いそが》しい混乱の中にあった。

そんな混乱の中——フェリオは一人、常の如《ごと》くに暇《ひま》を持て余していた。

神殿の手伝いをしたいのは山々だったが、内規《ないき》によって、〝神官《しんかん》〟以外の者が祭典の準備に

関《かか》わることは許されていない。荷運びや雑役などの単純労働には日雇《ひやと》いの人夫があたるが、フェリオの立場でその仕事を手伝うことは、さすがに許可されなかった。

エリオットに至っては、「何もせずにいていただけるのが、なによりの手伝いです」とまで言い切っている。

気散《きさん》じに剣を振るおうにも、神殿のいたるところが人だらけで、あまり具合がよくない。周りがせわしく働いている中、一人で剣を振るうというのも見苦しいものである。

執務室《しつむしつ》で暇を持て余しつつ、フェリオは欠伸《あくび》をかみ殺した。

何か他の趣味でもあれば、とは思う。

フェリオの三番目の兄は、編み物が得意《とくい》だった。従者達しか知らぬことだが、そんな趣味でもあれば、こうした時には暇潰《ひまつぶ》しになるだろうとふと思った。

もっとも、彼のその趣味のことは公《おおやけ》には秘されている。王子の趣味が〝編み物〟では、あまりにも格好がつかないという政治的な判断らしい。

フェリオは伸びをしながら、椅子に背を預けて眼《め》を瞑《つぶ》った。

せめてエリオットがいれば話し相手にでもなってくれるのだが、彼も聖祭の準備で忙しい。

またリセリナも、今は施療師《せりょうし》のクゥナから社会常識一般を学んでいるはずだった。

彼女は見習い神官として、この神殿に起居《ききょ》している。来訪者《ビジター》という事実を知る者はごく少なく、表向きは、レミギウスの知人の娘ということにされていた。彼女は彼女で、新しい生活に慣れるべく忙《いそが》しい。

することがないのは、フェリオだけである。

椅子でうとうととまどろんでいると、不意に扉《とびら》が鳴った。

「あ——どうぞ、開いています」

フェリオは欠伸《あくび》と共に声を投げた。

「失礼します、フェリオさん」

ここ数日で聴《き》きなれた少女の声に、フェリオは椅子から立ち上がる。

扉が開き、長い黒髪の少女が姿を見せた。

はにかむような微笑を浮かべたリセリナは、片手に盆《ぼん》を捧《ささ》げ持っていた。その上には、ティーセットと甘《あま》い匂《にお》いのする焼き菓子が載っている。

「リセリナ、ちょうどいい時に来てくれたよ。暇《ひま》で仕方なかったんだ」

フェリオは苦笑しながらそう言った。リセリナはくすくすと笑う。

「そんなことだろうと思ってました。今日はクゥナさんが施療院《せりょういん》に行っていて、授業がお休みなんです。だから神殿の厨房《ちゅうぼう》で、お客様用のお菓子を焼くのを手伝っていたんですけれど——フェリオさんにも、味見してもらえればと思って」

リセリナは執務室《しつむしつ》のテーブルに、クルスタムと呼ばれる焼き菓子を置いた。小麦粉を用いた、さくさくとした歯ざわりの小さな菓子で、中に干《ほ》した木の実が混ざっている。

まだ暖かいその品を、フェリオは一枚、つまみとって口に入れた。舌《した》の上に、どことなく懐《なつ》かしい甘味が広がる。

「うん、おいしいよ。リセリナが作ったのか？」

「はい、メイヤーさんに教えていただいたんです。ほとんど、頼っちゃいましたけれど」

リセリナはハーブティーを注ぎながら答えた。

メイヤーの名はフェリオも知っていた。レミギウスの孫娘で、歳《とし》の頃《ころ》はリセリナに近い。彼女もまた、リセリナが来訪者《ビジター》だと知る人物だった。

様子から察するに、どうやら友人になれたらしい。

彼女が少しずつ、この世界に適応していくことを、フェリオは嬉《うれ》しく思った。

——彼女も薄々《うすうす》、感づいているに違いない。

〝元の世界に、戻る方法がない〟——その事実をフェリオが知ったのは、三日前のことだった。

コウ司教《しきょう》の話では、元の世界に戻れた来訪者《ビジター》は記録上に存在しないらしい。記録に残っていないというだけで、戻った人間がいる可能性はあるが、そのための方法が現状でわからないのは事実である。

リセリナには、あまり落ち込んでいる様子はなかった。

切り替えが速いのか、それとも芯《しん》が強いのか、まだ実感が湧《わ》いていないのか、はたまた元の世界に未練《みれん》がないのか――心の奥にはさまざまな葛藤《かっとう》があるのだろうが、少なくとも表面上は、順調にこの神殿に馴染《なじ》んできている。

リセリナが湯気の立つカップをフェリオの前に差し出した。

受け取ったハーブティーに口をつけるのとほぼ同時に、また扉《とびら》が鳴った。

どんどん、と、神官《しんかん》にしてはやや力強い音を鳴らしている。

「フェリオ様、いらっしゃいますか」

その野太い声が響くや、フェリオは危うくカップを取り落としそうになった。

椅子から跳ねるように立ち上がり、フェリオは扉が開くよりも早く声を張った。

「ウィスタル！　どうして――」

重い木の扉が開き、そこに初老の巨漢《きょかん》が姿を見せた。白髪頭《しらがあたま》のわりに表情は若々しく、活力に満ちている。

見まがうはずもない威容《いよう》は、アルセイフ王宮直属の騎士団長、ウィスタル・ベヘタシオンのものだった。

フェリオの突然の慌《あわ》てように、リセリナが眼《め》をしばたたかせる。

扉を開けたウィスタルは、室内にいたリセリナを見やり、小さく会釈《えしゃく》をした。

「これは、ご来客中でしたか。出直しましょうか」

振り返ろうとするウィスタルを、フェリオは慌てて呼び止めた。

「い、いや、構わない。いい機会だから紹介しておきたいし――あぁ、その前に」

フェリオは慌てる自分を自覚しながら、扉に駆け寄った。

頭二つ分は背の高いウィスタルを見上げ、その真正面に立つ。

「どうして、ウィスタルがここに――王宮で何か変事があったのか？」

不安から発したその問いに、初老の剣士はにっと笑って見せた。

「なに、たいした用ではありません。ウィータ神殿からの御使者の警護を任されまして、そのついでに立ち寄ったまでのことです」

青く澄んだ眼を細めつつ、ウィスタルはフェリオをしげしげと眺めた。

「ふむ、やはりまた、背が伸びられましたな。お元気そうで、このウィスタルも安心いたしました」

「そっちも元気そうでよかったよ。騎士団の連中も変わりないか？」

「連中も私も頑丈《がんじょう》さだけが取《と》り柄《え》でしてな」

ウィスタルは呵々《かか》と笑い、

「下にはディアメルとライナスティも来ております。後でご案内しましょう」

と言った。その双方《そうほう》とも、フェリオと顔馴染みの騎士団員である。

騎士とはいっても、彼らは神殿騎士のような悪名は得ていない。長らく乱がないために実績こそないが、アルセイフの王宮騎士団といえば、近隣でもそれと知られている。

若き日から剣聖《けんせい》とまで呼ばれているウィスタル・ベヘタシオンは、団長にしてその筆頭格《ひっとうかく》でもある。

フェリオはリセリナに向き直った。

「リセリナ、こちらは王宮騎士団の団長で、俺《おれ》の剣の師匠《ししょう》のウィスタル・ベヘタシオン卿《きょう》だ。ウィスタル、この子は——えぇと、俺の友達で、この神殿の見習い神官《しんかん》のリセリナ・エリニュエス。いい子だよ」

フェリオは簡単に紹介をした。

リセリナは、改めてウィスタルに頭を下げる。

「リセリナです。フェリオさんには——その、いろいろとお世話になっています」

「ほう」

ウィスタルが眼《め》をしばたたかせた。

「フェリオ様がお世話を？」

フェリオは苦笑して頷《うなず》いた。本来ならば、リセリナのような立場の娘は、〝お世話をさせていただいてます〟とでも言わなければならない。貴族の娘ならば今の言葉も順当だが、王族のフェリオが一見習い神官の世話を焼くなど、王宮ではあり得ないことである。

ウィスタルはそれを、緊張した少女の言い間違いとでも思ったらしい。そのまま微笑で受け流し、リセリナに礼を返した。

「左様《さよう》ですか。私はウィスタル・ベヘタシオンと申します。フェリオ様の――なんでしょうな、まあ、腹心《ふくしん》とでも申しましょうか」

ウィスタルの物言いに、フェリオはまた苦《にが》い笑みを見せる。王宮での序列《じょれつ》こそ、王の血縁者《けつえんしゃ》であるフェリオのほうが上だが、影響力や存在感でいえば、騎士団長のウィスタルが遙《はる》かに上だった。

なにせ、王自らがその剣腕《けんわん》に惚《ほ》れこみ、望んで仕官させた傑物《けつぶつ》である。騎士達の信望も厚く、名声だけでいえば、彼の上官である軍務卿《ぐんむきょう》をさえ凌《しの》ぐほどだった。

そんなウィスタルを、皇太子も第二王子も自分の閥《ばつ》に引き込もうとしたが、ウィスタルが選んだのは政争と関《かか》わりのないフェリオだった。

フェリオ自身は、貧乏籤《びんぼうくじ》を引いたものだと思っている。しかしウィスタルにしてみれば、地位や名声などは二の次ということらしい。

互いの挨拶《あいさつ》を済ませた後で、ウィスタルはフェリオに問いかけてきた。

「フェリオ様。私が案内してきたウィータ神殿の使者について、もうご存知ですか？」

「いや？　知っているわけがないよ。俺はここでは基本的に部外者だ」

神殿間での使者の行き来など、フェリオにはいちいち知らされない。

ウィスタルが、心持ち声を潜《ひそ》めて呟《つぶや》いた。

「あの方です」

そこでかすかに笑う。

「あの方がおいでです、フェリオ様。公務中ではありますが、非公式の場でお会いになりたいとのことでしたので、私がご案内を仰《おお》せつかりました」

フェリオは耳を疑った。ウィータ神殿にいる知り合いなど、心当たりはもちろん一人しかいない。

「本当か？　ウィスタル。あいつがここに来ているのか？」

ウィスタルがそんなことで嘘《うそ》をつくはずがないとわかっていながら、フェリオはつい、改めて確認を求めた。それほどに意外で唐突《とうとつ》なことである。

「もう七年ぶりですか。今では立派《りっぱ》な司祭《しさい》様ですよ。お会いになりますか？」

ウィスタルが笑って問う。フェリオは即座に頷《うなず》いた。

この七年、稀《まれ》に季節の便りを交換するばかりだったが、機会があれば会いたいと願っていた友人である。

「当たり前だ。どこにいる？」

「は。宿泊のための部屋でお待ちです」

ウィスタルの答えを受けてから、フェリオはリセリナに向き直った。

リセリナは、嬉《うれ》しそうな微笑を浮かべていた。

「フェリオさんのお友達がいらしているんですね。どうぞお会いになってきてください。私は、フェリオの心が躍《おど》っているのを、彼女も察したようだった。フェリオは小さく頭を下げる。

「せっかく来てくれたのにごめん。ちょっと出てくるから――」

「はい。それでは、また後ほど」

リセリナは、ウィスタルとフェリオに礼を送って、静々《しずしず》と部屋を出て行った。

その背を見送って、声が届かぬのを確認してから、ウィスタルが小声に囁《ささや》いた。

「フェリオ様、あの娘御《むすめご》は、つまり――」

フェリオは顔の前で手を打ち振った。

「勘繰《かんぐ》られるようなことは何もないよ、ウィスタル。あの子はまだ神殿に来て五日目だ。ちょっと複雑な事情があって、俺《おれ》も気にしているんだけど――まぁ、そのうち話そう」

ウィスタルは小さく唸《うな》った。

「では、未来の花嫁《はなよめ》候補とか、そういった関係では？」

「俺はレージク兄様とは違う。会って五日くらいの女の子と、そういう関係になると思うか？」

フェリオは呆《あき》れて呟《つぶや》いた。レージクとは、アルセイフの次男坊である。四人兄弟の二番目である彼には放蕩癖《ほうとうへき》があり、女遊びに余念《よねん》がない。

ウィスタルは真面目《まじめ》な顔である。

「しかしフェリオ様。そうしたことは、何かのきっかけがあれば自然とそうなってしまうこともあるものです。フェリオ様のお歳《とし》であれば、会ったその日に誰《だれ》かと共寝《ともね》することがあっても、私は驚きませんぞ。むろん、フェリオ様が素面《しらふ》でそんな馬鹿《ばか》な真似《まね》をされるなどとは思いませんが」

フェリオはつい、その頬《ほお》を引きつらせた。

ウィスタルは例えのつもりで言ったのだろうが、実際に彼女とは、会ったその夜に〝共寝〟した関係ではある。もっとも、彼女の側にその記憶はなく、フェリオにしても困惑《こんわく》するばかりの夜だった。

ウィスタルは、フェリオの表情の変化を別の意味に受け取ったらしい。説教《せっきょう》じみた口調となって、滔々《とうとう》と語り始める。

「レージク様は極端ですが、まったく女性に興味がないようでも困ります。将来、臣籍《しんせき》に下るにしても、貴族となれば家を存続させることが求められますし、相手探しは今からでも——」

フェリオは慌《あわ》ててその話を遮《さえぎ》った。

「そういう話は、実際に臣籍に下ってからにしよう。相手探しも考えておくから、とりあえずウルクのところに——待たせても悪いだろう」

「ああ、そうでしたな。では、参りましょう」

フェリオはウィスタルに先導され、石造りの廊下へと出た。

階段を降り、使者達にあてがわれた部屋のある別棟《べつむね》へ足早に急ぐ。

神殿の中では、神官《しんかん》たちが常よりも忙《いそが》しく動き回っていた。聖祭《せいさい》の時期は、万事が活発になる。参拝と観光の客で街《まち》は賑《にぎ》わうし、神殿も信徒《しんと》や貴族達への対応に追われることになる。

一ヶ月前に赴任《ふにん》したばかりのフェリオにとっては、内側から見る初めての聖祭だった。

立ち働く神官達を横目に、二人は中庭を抜け、客が使う宿舎へと移動した。

その宿舎の勝手口——緑豊かな木々の木陰に、一人の女神官《おんなしんかん》が立っていた。

歳の頃《ころ》はフェリオと同じほどで、透き通るような空色の髪を旋毛《つむじ》のあたりで束《たば》ねている。顔立ちは優《やさ》しげだが、どこか凛《りん》とした気配をまとっていた。

ウィスタルが彼女に一礼を送った。どうやら道案内が変わるらしい。

「ここから先は、私はご遠慮《えんりょ》いたします。神師《じんし》様にも早めに御挨拶《ごあいさつ》をしたいと思いますので」

「わかった。じゃあ、また後で」

ウィスタルはフェリオに軽く一礼し、もと来た中庭を戻っていった。

その背を見送るのもそこそこに、フェリオは透明感のある美しさを湛《たた》えた少女に歩み寄った。

「フェリオ・アルセイフだ。ウルクに会いたい」

少女は、にっこりと微笑《ほほえ》んだ。

——どこかで、見たことのある微笑だった。記憶の糸を手繰《たぐ》るが、フェリオが思いだすよりも早く、少女は勝手口の戸を開けた。

「こちらへどうぞ。ご案内いたします」

少女の後を、フェリオは数歩の距離を保ってついて行った。

その後ろ姿にも、なにか引っ掛かるものを感じる。

歩きながらに、少女が澄んだ声で問いかけてきた。

「フェリオ様は、ウルク司祭《しさい》とはどのようなご関係なのですか？」

「大事な友達だよ。失礼だけど……そういう貴方《あなた》は、ウルクとはどういう関係なんだ？」

少女はわずかに笑った。

「私は——そうですね、あえていうなら、〝一生を共にする者〟でしょうか」

その言葉が意味することは、鈍《にぶ》いフェリオにも明らかだった。

フェリオは思わず声を高くした。

「ウルクの？　君が？」

少女は、にっこりと頷《うなず》いた。

フェリオは眼《め》を見張り、次いで苦笑を漏《も》らす。

「そうなのか。子供の頃《ころ》のあいつは、そういうのに晩生《おくて》っぽい印象だったけれど——って、当時九歳じゃ当たり前か。あれからもう七年も経《た》つからな」

言っておいて、フェリオは自分の言葉の間抜《まぬ》けさに笑った。

当時の日々が懐《なつ》かしい。

ウルクは、ひどくおとなしい少年だった。利発《りはつ》で賢《かしこ》く、優《やさ》しい心を持っていた。

七年の歳月を経て、彼がどんな人間になっているのか——

不安と期待とがないまぜになった心持ちで、フェリオは少女の後を追った。

案内の少女が、個室の前に立ち止まった。

ノックもなしに扉《とびら》を開け、フェリオを中に導く。

そこは客人用の部屋だった。一般の神官《しんかん》が住む部屋よりも広く、目の前には大きなテーブルがある。その先はバルコニーに面しており、寝室は壁を挟《はさ》んだ隣にあった。

「ウルク、いるか？」

フェリオは室内に声をかけた。しかし返事はない。それどころか、部屋には人の気配さえなかった。

フェリオは首を傾《かし》げて、案内の少女を振り返る。

空色の髪の少女が、にっこりと艶《つや》のある笑みを向けていた。

「お久しぶりです、フェリオ様」

華《はな》やいだ声で呟《つぶや》く。

フェリオは困惑《こんわく》して、少女を見つめた。

「いつ気づいていただけるかと思っていたら、とうとう気づいていただけませんでしたね」

口元を手で隠《かく》してくすくすと笑いながら、少女は囁《ささや》くように言った。

フェリオは、ますます混乱する。

「え？　いや、ウルクは……」

「私の顔を、お忘れですか？」

少女が微笑を向けた。

──まさか──そうは思いつつ、フェリオは必死に記憶の糸を手繰《たぐ》った。

幼い頃《ころ》、一緒《いっしょ》に遊んだウルクは、少年だった──ような気がする。少なくとも、フェリオはそのつもりでいた。

しかし、この部屋には自分と少女以外に誰《だれ》もいない。

フェリオはまじまじと少女を凝視《ぎょうし》した。

その優美な整った顔に、幼い頃の友人の姿が微妙に重なる。

呆然《ぼうぜん》となって問う。

「──ウルク、なのか？」

「はい、フェリオ様」

名を呼ばれて、少女は嬉《うれ》しげに返事をした。たおやかに澄んだ声は、確かに昔のウルクの声とよく似ていた。

「やっぱりフェリオ様も、私のことを男だと思っていらしたんですね？」

少女は──ウルクは、やや上目《うわめ》遣《づか》いにフェリオを睨《にら》み、悪戯《いたずら》っぽく笑った。

まるで予想していなかった流れに、フェリオは咄嗟《とっさ》に対応できない。

「いや、だって――えぇ？」

ついつい、間《ま》の抜けた声を漏《も》らした。

ウルクは、少し恥ずかしげに頬《ほお》を染めた。その可憐《かれん》な表情に、少年だと思い込んでいたウルクの思い出が重なって、フェリオはまた妙な心持ちになる。

「昔は、よく間違えられていました。髪もばっさりと短くしていましたし、父上のお古《ふる》の神官《しんかん》衣《い》を着ていたので――それに私も、それをおもしろがって、男の子の振りをしていたものですから」

そして彼女は、小首を傾《かし》げてフェリオを見つめた。

「フェリオ様になら、久々の再会でも気づいていただけるかと思っていたのですけれど。残念ですわ」

そう言って、ウルクはくすくすと笑った。してやったりとでも言わんばかりに、フェリオに向けて片目まで瞑《つぶ》って見せる。

フェリオはまだ信じきれずに、その場に固まっていた。

しかし、目の前にいる空色の髪の少女は、確かに幼い日のウルクの面影《おもかげ》を宿していた。薄い化粧《けしょう》で娘らしくなってはいたが、端正《たんせい》な顔立ちには見覚えもある。

――確かに、〝一生を共にする者〟だろう。本人なのだから、分かれることなどあるはずもない。

何も言えないフェリオに向けて、ウルクが問いかけた。

「私が女だと、フェリオ様の友人ではなくなってしまうのですか?」

「いや、そんなことはない」

フェリオは言下に否定した。その後で、苦笑しながら自らの髪に指を通す。

「そんなことは、ないんだけど――正直、びっくりした。見違えたっていうのも変かもしれないけど――まぁ、見違えたよ、うん」

そう応《こた》えながら、フェリオは自分自身の迂闊《うかつ》さを笑った。

子供の頃《ころ》のウルクは、確かに少年に見えていた。ただ、それは彼女がフェリオに合わせてくれていた結果だったのかもしれない。性別が違ったことには驚いたが、それでも彼女――ウルクが、フェリオにとって大切な親友であることは間違いなかった。

フェリオは驚きから立ち直り、ウルクに手を差し伸べた。

「こうして会えて嬉《うれ》しいよ、ウルク。少し驚いたけど、それだけだ。元気そうだし、安心した」

「私もです、フェリオ様」

ウルクはそっとフェリオの手を握り返してきた。柔らかく細い、少女の手だった。

フェリオは苦笑混じりに溜《た》め息《いき》を吐《つ》く。

「それにしても驚いたな。ウィスタルも一言、言ってくれればいいのに――」

「そのウィスタル様も、再会するまで勘違《かんちが》いをされていましたわ」

ウルクの言葉に、フェリオは吹き出した。その光景が目に浮かぶ。

「その時に、ウィスタル様が言いだしたのです。私と会った段階で、フェリオ様がお気づきになるかならないか、賭《か》けをしようと――でもフェリオ様のせいで、私が負けてしまいました」

笑いながら言って、ウルクは髪を指先で梳《と》かしつつ、フェリオに椅子を勧《すす》めた。

座りながら、フェリオは内心でウィスタルに軽く毒《どく》づいておく。今にして、〝相手探し〟のあの言い回しが、ウィスタル独特のからかいだったことに気づいた。

再会したウルクと自分の間に七年の歳月を感じながら、フェリオは囁《ささや》くように言った。

「ウルクは司祭《しさい》になったんだよね。その歳《とし》で、たいしたもんだ」

「父と姉の力です。私は何もしていません。ただおとなしく、従っていただけです」

ウルクは、少し寂《さび》しそうな声でそう応《こた》えた。

フェリオはその眼《め》を覗《のぞ》きこむ。

「今はそうだろうな。でも将来は、君の考えで動けるようになる――いつかなるんだろう、神《じん》師《し》に？」

ウルクは端正《たんせい》な顔に微笑を見せ、深々《ふかぶか》と頷《うなず》いた。

「そのつもりで、身を律《りつ》しております」

フェリオも頷きを返した。

それはウルクの野心《やしん》だった。野心というには、少し子供じみているかもしれない。しかし、夢というには生々《なまなま》しい。

ウルクは、フェリオをじっと見つめ返してきた。

「フェリオ様は、何をなすのか――お決めになられましたか？」

フェリオは笑った。

「いや、まだ何も決めていない。成長してないな、俺《おれ》は」

「……いいえ。私には、そうは見えません」

ウルクが優《やさ》しい声で言った。

「フェリオ様のお心は、なんとなくですがわかります。私も――私も、それでいいのだと思っています。でも、フェリオ様」

ウルクの双眸《そうぼう》が、不意に強い光を湛《たた》えた。

「もし万が一、貴方《あなた》が起《た》たなければならなくなった時には、私はウィータ神殿から精一杯に支えて差し上げます。友人としてだけでなく、互いの目的の理解者として。そのことは、憶《おぼ》えておいてください」

「――ありがとう、ウルク」

フェリオは微笑を見せた。

「でも、そんなことがないように願っているよ」

自分が起つ時は、国がいよいよ危なくなったときだけだろうとフェリオは感じていた。

国が平和なままなら、第四王子の出る幕《まく》など用意されるはずもない。そしてフェリオは、できれば出番《でばん》のないまま、その生を無事に終えたいと願っていた。

幸いにも、皇太子も第二王子も健康そのもので、皇太子にはもう長男も生まれている。第三王子だけはやや体が弱いものの、やがて皇太子が即位すれば、王位継承権《けいしょうけん》に彼の幼い長男が食い込み、フェリオの継承権はさらに有名無実化していくはずだった。

それでいい、と思う。もしその予定が崩《くず》れるようなことがあれば、それは国にとって不幸なことだった。

そんなことを考えるフェリオを、ウルクは痛《いた》ましげに見ていた。

やがてためらいがちに、口を開く。

「フェリオ様。もしも——もしもフェリオ様にその気がおありでしたら、私は将来、フェリオ様を、ウィータ神殿の神官職《しんかんしょく》にお招きしたいとも思っています」

その申し出に、フェリオは少なからず驚いた。

ウルクは誠意を込めて言葉を紡《つむ》ぐ。

「王宮でのことは存じているつもりです。七年間の便りを通じて、フェリオ様の今のお立場も理解しています。だからもし、王宮が窮屈《きゅうくつ》に感じられたら——」

フェリオは手でその先を制した。ウルクは一旦《いったん》、口を噤《つぐ》む。

「ありがとう、ウルク。でも俺《おれ》に神官は無理だ。俺は神様を信じていないし——」

「神殿内にも、そうした方《かた》は珍しくありませんわ」

　ウルクの率直《そっちょく》な言葉に、フェリオは苦笑した。

「俺はこの国の王族なんだ。確かに出家《しゅっけ》すれば、王族でも神官にはなれる。でも今のところ、そのつもりはない」

「では——将来には？」

　ウルクが問う。フェリオは首を横に振った。

「将来のことはわからない。ただ——ウルク、もし君に何かがあったら、俺も君の力になるよ。そのために出家する必要があるんだったら、その時はそうするかもしれない。でも、そういう理由がないのなら、俺は神官にはならないと思う。神官が嫌だっていうんじゃなくて、なんていうか——」

　フェリオはしばらく沈黙し、言葉を探した。

「……俺は、自分の国が好きなんだ。第四王子の身じゃ何もできないかもしれないけれど、何かがあった時のために、近くでその将来を見守っていたい。それがきっと、民に養われている王族の務《つと》めなんだと思う」

　フェリオの言に、ウルクは寂《さび》しげな笑みで応《こた》えた。

「……やっぱり、フェリオ様は変わっておられませんでしたね。では、このお話はまた機会を改めます」

「あぁ。でも、ウルク。将来、身の危険を感じるようなことがあったら、遠慮《えんりょ》なく俺《おれ》を呼んでくれ。護衛でもなんでもやるよ」

応《こた》えておいて、フェリオは胸元にさげたペンダントを取り出した。それは幼い頃《ころ》に、ウルクから貰《もら》った品である。

ヘッドの部分には、ウィータ神殿から産出される、貴重な〝生命の輝石《セレナイト》〟が揺れていた。

フェリオがそれを見せると、ウルクの顔がほころんだ。

「嬉《うれ》しいです。身につけていてくださったのですね」

「あぁ、大切にしている」

ウルクが喜ぶ様子を見て、フェリオはやや照《て》れくさく思った。

「これを見るたびに、あの頃のことを思いだすんだ。お互いにまだ子供だったけど、あの時に話したいろんなことは、今も忘れていない」

フェリオの言葉に、ウルクも頷《うなず》いた。

二人が共にいたのは、幼い頃の、ほんの一年間に過ぎない。しかしその一年は、フェリオにとって、生き方を左右するほどに密度の濃いものだった。

フェリオはウルクに問いかけた。

「こっちには、いつまでいられるんだ?」

「わかりません。私はただのお供《とも》みたいなもので――カシナート司教《しきょう》の用事が済み次第《しだい》、戻ることになると思いますが、一週間くらいはかかるかもしれません」

「その間、忙《いそが》しいのか」

ウルクはふるふると首を横に振り、言いにくそうに呟《つぶや》いた。

「いえ。私は、フェリオ様に会いたくて、無理にお願いしてついて来させてもらったのです。ですから、カシナート司教の用事についても、お手伝いをする予定はありません」

フェリオは微笑《ほほえ》んだ。

「俺もここでは暇《ひま》なんだ。それじゃあ、しばらくはまた昔みたいに話せるかな」

ウルクはにこやかに頷き、「はい」と、これまでよりか細い声で返事をした。

返事をしたその時、彼女の白い頬《ほお》が、ほんのわずかに紅潮したことに、フェリオは気づかなかった。

✦

若き司教、カシナート・クーガにとって、〝信仰〟とは〝道具〟だった。

その道具は、人を説得《せっとく》するために、自らの身を護《まも》るために、そして権力を握るために、使い勝手のいい有用なものである。扱いにやや注意は必要だが、こつを心得れば、さしたることもない。

彼の家であるクーガ家は、代々、ウィータ神殿の要職《ようしょく》を務《つと》めてきた名門である。その名門の長子として、カシナートも若き日から順調に出世《しゅっせ》を重ね、二十代の半《なか》ばにして司教《しきょう》の地位にまで上がった。

異例ともいえる早さである。良家の子女であれば、十代で司祭《しさい》にまで上がることは珍しくない。しかし、〝司祭〟と〝司教〟との間には高く分厚い壁があり、仮《かり》に血筋がよくとも、司教に上がるのは早くて三十代の後半、もし能力が認められなければ、司祭のままで寿命《じゅみょう》を終えることさえ往々《おうおう》にしてあった。

カシナートが若くしてこの地位を得られたのは、〝神姫《しんき》〟の推薦《すいせん》があったためだった。

神姫とは、大陸中にある輝石《セレナイト》にまつわる信仰、その全《すべ》ての象徴《しょうちょう》である。

大陸中の信仰は、決して一枚岩の状況にはない。各神殿はそれぞれの信仰を持っており、フォルナム神殿であればフォルナム教、キャルニエ神殿であればキャルニエ教というように、それぞれ似《に》て非《ひ》なる教義を掲《かか》げている。またその下には、教義の解釈を巡っていくつもの派が乱立しており、その全体像を把握《はあく》するのは神殿の者でも容易《ようい》でない。

しかし、多岐《たき》にわたるその全ての教義と派閥《はばつ》は、〝神姫〟の存在を認める点においては共通している。またそのために、神姫を擁《よう》するウィータ神殿は、他の各神殿から〝中央〟、あるいは〝宗主《そうしゅ》〟と呼ばれる立場にあった。

カシナートは、その神姫の近衛《このえ》を務めて信任を得、早々と司教になった。

現在は、ウィータ神殿の信教監査院《しんきょうかんさいん》、院主《いんしゅ》の任に就《つ》いている。早い話が、諜報部《ちょうほうぶ》の親玉である。

そのカシナートは今、辺境《へんきょう》に近いフォルナム神殿に、神姫の使者として赴《おもむ》いていた。神師《じんし》を務めるレミギウスという老爺《ろうや》に、挨拶《あいさつ》をして親書を無事に渡し、しばらく滞在する旨《むね》も伝えてある。

そして――挨拶を終えたカシナートがすぐに向かった先は、神殿騎士団の宿舎だった。

円卓《テーブル》を挟《はさ》んだ目の前には、騎士団長のベリエ・バーミリオンがいる。

訪れたカシナートは、背筋を伸ばしてその向かいに立ち、優雅《ゆうが》な一礼を送った。

「久方《ひさかた》ぶりです、ベリエ司祭《しさい》」

獰猛《どうもう》な黒髪の男は、にやりと笑ってカシナートを迎えた。

「久しぶりです。司教に出世されたそうですね。まずはお祝いを申し上げますよ」

ベリエは不遜《ふそん》な口調で呟《つぶや》き、

「これであんたは俺《おれ》の上司《じょうし》か。ますます頭が上がらなくなっちまったな」

と、口調を変えて大声にぼやいた。

カシナートは口の端に余裕《よゆう》の笑みを見せ、ゆっくりと席につく。

カシナートの凜々《りり》しく引き締まった端正《たんせい》な顔立ちは、女神官《おんなしんかん》達の羨望《せんぼう》の的《まと》であると同時に、同輩や部下達にとっては恐怖の対象でもあった。また、年上の司祭、司教達は、〝小憎《こにく》らしい若造《わかぞう》〟という感想以上に、〝油断のならない切れ者〟という印象で、カシナートを見ている。

しかし、このベリエという偉丈夫《いじょうふ》にとっては、カシナートはあくまで〝同盟者《どうめいしゃ》〟らしい。

物騒《ぶっそう》なことで知られる男を前に、カシナートは微笑を崩《くず》さない。

「出世《しゅっせ》はしましたが、近衛《このえ》時代のご恩《おん》は忘れておりません。ベリエ司祭《しさい》のご要望もわかっています。異動につきましては、現在調整中ですので、いましばらくお待ちください」

「あぁ、期待しているよ」

騎士団長、ベリエの言葉はただ無礼なようで、その実、親しみと畏敬《いけい》の念《ねん》とが込められていた。

カシナートは、そのことに満足する。言葉遣《づか》いは悪いが、ベリエは確かに、カシナートのことを買っていてくれていた。

先に本題を切りだしたのは、ベリエの側だった。

「手紙は読んだ。俺《おれ》にはよくわからんが——確かに、こっちにも妙な連中がいる。何をするってわけでもないが、ここそこといろんなところを嗅《か》ぎまわっている連中がな。てっきり、あんたのところの間諜《スパイ》かと思っていたぞ」

ベリエは顎《あご》をしゃくりながら言った。

「えぇ。中には、私の手の者もいるはずです。ですが、それは〝彼ら〟の動向《どうこう》を探らせている者達ですよ」

カシナートは低い声で呟《つぶや》く。

「容疑《ようぎ》者《しゃ》の名は手紙に記した通りです。彼が関《かか》わっているのは間違いない。ウィータ神殿のほうで捕えた者から吐《は》かせました。しかし——関与《かんよ》の証拠《しょうこ》がない。目的さえもはっきりとはしません」

「目的ならわかるさ」

軽い声でベリエが応じた。カシナートは眉《まゆ》をひそめる。

「連中は人のために動いている。だからそれも〝人のため〟なんだろうさ。だが——〝権力者のため〟ではないところが大問題なわけだ。あんたらにとってはな？」

カシナートは頷《うなず》いた。

「なるほど——〝人のため〟ですか。単純すぎて、盲点《もうてん》だったかもしれません。つい、それ以上の裏があるのではないかと考えていました」

「あんたみたいな策謀家《さくぼうか》ばかりじゃない。この世には、信じられんくらいつまらんことに命をかける奴《やつ》らも多いんだ。俺の知る限り、あれもその口《くち》だろうよ」

ベリエは薄く笑った。

「だが、民衆ってのはそういうのに弱いからな。人気を得やすい。一歩間違えたら、あんたの危惧《きぐ》する通り、〝火種《ひだね》〟になるんだろう」

「ええ。大火を起こす前に、消すつもりです」

カシナートは溜《た》め息《いき》混じりに言った。

「北と西の火に対処《たいしょ》するだけでも、手が一杯です。南でも内乱がくすぶっています。この東側くらいはまともに治まっていなければ、大陸中に混乱が派生《はせい》する。ウィータ神殿が戦禍《せんか》に巻き込まれるような事態だけは、神殿の権威《けんい》にかけて避けなければなりません」

「俺《おれ》は戦《いくさ》が好きだがね」

ベリエが嘲《あざけ》るように言った。

「だが、あんたの言うこともわかる。協力はしよう。その代わり、俺の前線行きを——」

「わかっています。軍部の根回しは続けましょう。ただ、もう少し時間はかかりますよ」

カシナートは、ベリエを射抜くような視線で見た。

豪胆《ごうたん》なベリエが一瞬、その身を硬直《こうちょく》させる。

「ベリエ司祭《しさい》。貴方《あなた》がしたことを思えば、当然でしょう?」

「まぁ、な」

ベリエは苦笑して頭を掻《か》く。

かつてベリエは、ある司教《しきょう》の命令を無視し、部隊を勝手に運用した。その後、それを咎《とが》めた上官の司教を殴《なぐ》りつけてしまい、結果として左遷《させん》の憂《う》き目《め》に遭《あ》っている。

カシナートは席を立った。

「ひとまず、私は情報を集めながら機をうかがいます。正攻法でいくには少々、厄介《やっかい》な相手です」

「わかった。騎士達は必要に応じて使ってくれて構わん。なんなら、あんたにも護衛をつけようか？」

「騎士達は使わせていただきますが、護衛は結構です。私とあなた方があまり親しくしていると、フォルナム神殿側の警戒を招きそうですので」

「違いない」

嗤《わら》うベリエに背を向けて、カシナートは神殿騎士の宿舎を出た。

宿舎の外には、腹心の女司祭《おんなしさい》が待っていた。

歳《とし》は二十二歳と、彼女もまた若い。栗色《くりいろ》の髪を揺らしながら、美貌《びぼう》の司祭はカシナートに目礼を送った。

「お話はお済みですか」

「ええ。ヴェルジネ、この神殿には、しばらく滞在することになるかもしれません。理由は、聖祭《せいさい》の見物をしたいとでも言っておきましょう。街《まち》に放った方達の報告を急がせてください。決して、尻尾《しっぽ》を掴《つか》まれないように――」

ヴェルジネ・ラティアスという名の司祭は、軽く一礼をしてその指示を受けた。

彼女はカシナートの遠縁《とおえん》にあたる。補佐役としては有能で、カシナートも秘書のように扱っていた。

「この後の予定は？」

「今日は、レミギウス様にお誘いいただいた夕食会だけです。ただ、明日にはアルセイフの国王一行が、神殿に参拝に訪れるそうで——ここに滞在するからには、挨拶《あいさつ》をしないわけにもいきません」

「アルセイフの国王が？」

カシナートは不審《ふしん》に思った。国王自らが、わざわざ自分達に会いに来るはずもない。

「はい。空《そら》ノ鐘《かね》が鳴ると、国王自らが数日のうちに神殿への参拝を行う慣例があるそうなのです。その準備と聖祭《せいさい》の準備が重なって、神殿の方々は多忙《たぼう》を極めています」

ヴェルジネは冷徹《れいてつ》な声で事務的に答えた。

「なるほど。結構なことです」

国王自らが神殿に足を運ぶとなれば、それは神殿の権威を証明することでもあった。フォルナム神殿では、神殿と周囲の国とがうまく折り合っていると聞いてはいたが、その一例を垣間《かいま》見《み》た気がする。

カシナートは石造りの廊下を歩みながら、嵌《は》め殺《ころ》しの窓から空を見上げた。

真《ま》っ青《さお》に晴れ渡った空には、雲一つない。

カシナートは薄く嗤《わら》った。

晴れ渡ったこの神殿に、カシナートは近く、雨を降らせようとしている。猜疑《さいぎ》と失望と困惑《こんわく》の雨を降らせ、望む結果を得る必要がある。

さしあたって、まだ焦《あせ》る必要はない。神殿と街《まち》の内情を把握《はあく》し、機会をうかがい策を練《ね》るのが先決だった。

カシナートは、力を求めている。

その行為を快《こころよ》く思わない者は多い。その勢力の一つを潰《つぶ》す布石《ふせき》として、カシナートはこの神殿にやってきた。

来たからには、手ぶらで帰るつもりはない。

その眼《め》に不穏《ふおん》な光を宿しつつ、カシナートはゆっくりと廊下を歩いていった。

✦

空《そら》ノ鐘《かね》が鳴ってから、五日目――

アルセイフの国王一行は、その日の昼過ぎにフォルナム神殿に到着した。

フェリオは父達を出迎えるべく、神殿の入り口近くに待機《たいき》していた。

王宮から神殿までの行程《こうてい》には、ゆったりとした馬車で二日ほどを要する。旅支度《たびじたく》の手間も考えれば、この到着は比較的に早いものと言えた。

父のラバスダン王は長身痩軀《そうく》で、温和な顔立ちの国王だった。まだ五十歳ながら、老人のように老《ふ》け込んでおり、顔の皺《しわ》も深く全体に生気が薄い。

貧相《ひんそう》な王ではあったが、しかし善良な王でもあった。やや気弱ながら、公平で思慮《しりょ》深いために、臣下からの信頼には厚いものがある。

その斜め後ろを歩く皇太子のウェイン王子は、その父の若い頃《ころ》に生き写しの姿をしていたが、性格は母親に似ていた。

すなわち猜疑心《さいぎしん》が強く、貴人《きじん》である誇りを精神の支えとし、常に他者を見下《みくだ》している。その性格が表情にも出てしまうために、彼は父のラバスダン王とはまた違った意味で老けて見えた。こちらは三十代で、フェリオよりもだいぶ年上ではある。すでに妻子ある身で、ラバスダン王が引退すれば、すぐにも王座につくことが決まっていた。

フェリオは神殿の広い入り口に膝《ひざ》をつき、頭《こうべ》を垂《た》れたまま父と兄を迎えた。周囲には、他《ほか》の神官《しんかん》達も畏《かしこ》まっている。フェリオの隣には、騎士団長のウィスタルもいた。門から王を先導してきた神師《じんし》のレミギウスが、フェリオの前で立ち止まった。

頭の上から、父であるラバスダン王の声が降ってくる。

「フェリオか。ここでの生活には慣れたか？」

温和な声に、フェリオは跪《ひざまず》いたまま、顔をあげずに応《こた》える。

「はい。神殿の方々には、便宜《べんぎ》をはかっていただいてます」

「そうか」

王は鷹揚《おうよう》に頷《うなず》き、ウィスタルに視線を移した。

「ウィスタルも、使者殿の護衛の任、ご苦労だった」

「は」

初老の剣士は野太い声で短く応じ、こちらも頭を上げようとはしない。それが王に対する作法である。

兄のウェインは、フェリオにもウィスタルにも一言もよこさず、その前を通り過ぎていった。

フェリオは、彼と話をしたことさえなかった。いないものとして無視されているのである。

そのフェリオに肩入れするウィスタルもまた、ウェインの覚《おぼ》えはよくない。

ウェインがフェリオを嫌う理由には、母親の事情もある。正妃《せいひ》である彼の母は嫉妬心《しっとしん》の塊《かたまり》で、他の側室《そくしつ》達を快《こころよ》く思っていなかった。特に若く美しかったフェリオの母は目の敵《かたき》にされ、その息子《むすこ》であるフェリオにも、正妃は険《けわ》しい態度をとり続けている。

そんな母親の気質が、兄には確かに受け継がれていた。

遠ざかっていく王とその一行の足音を聞きながら、フェリオはじっと膝をついていた。

やがて、周囲がばらばらと立ち上がり始める。

ウィスタルがフェリオに手を差し伸べた。

「フェリオ様。我々も参りましょう」

「ああ」

頷《うなず》いて、フェリオはその手をとって立ち上がった。

「——やっぱり慣れないな。こういう雰囲気は」

「私も苦手《にがて》です」

ウィスタルは笑いながら言った。

王達は御柱《ピラー》に接する祭殿に向かっていた。数日前にリセリナが出てきた、あの部屋である。

ウィスタルがフェリオを見下ろし、小声に呟《つぶや》いた。

「私はこのまま王の警護につきますが、フェリオ様はいかがなさいますか」

「参拝が終わるまでは俺《おれ》も付き合うよ。他《ほか》にすることもない」

フェリオはそう答えた。

ウルクもウィータ神殿からの使者として、王の参拝に同席する予定となっていた。式典が終わらなければ、彼女とも会えない。リセリナも、今日はクゥナの授業を受けている。

周囲を見回したフェリオは、王の行列についていくウルクの背を見つけた。

その数歩先を、彼女と共にウィータ神殿から来たらしい二人の神官《しんかん》が歩いている。

どちらも若い。

一人はやけに鋭《するど》い眼差《まなざ》しの青年で、もう一人は冷徹《れいてつ》な印象の漂う娘だった。どちらも中央の神官らしく高潔《こうけつ》な雰囲気をまとっていたが、同時に近寄りがたい気配もある。田舎《いなか》とされるフォルナムの神官達からは、明らかに浮いていた。

フェリオは、ウルクから聞いた二人の名前を思い出した。男の方はカシナート・クーガ、女の方はヴェルジネ・ラティアスという名だった。

クーガの姓《せい》に関しては、政情に疎《うと》いフェリオでさえ聞いたことがある。ウィータ神殿の要職《ようしょく》を務《つと》める家系で、歴代のウィータの神師《じんし》にも、その姓を持つ者は多かった。

若くして司教《しきょう》の地位を得ているそのカシナートという青年は、まさにその家系のエリートに違いない。その立ち居振る舞いも凛々《りり》しく、一見して辣腕《らつわん》という印象を持った。

フェリオはウィスタルやその部下達と共に、行列の後尾からついていった。

傍《かたわ》らに立った知人の騎士が、そっとフェリオに耳打ちする。

「うちの皇太子様は相変わらずですか。あれが次の王かと思うと、ぞっとします」

二十代半《なか》ばの若い騎士、ライナスティが、大仰《おおぎょう》に肩をすくめて呟いた。中肉中背、取り立てて目立つところのない、短い金髪の青年である。彼は若い頃《ころ》からの騎士団員で、フェリオとも長い付き合いがあった。顔つきはやや頼りない印象を漂わせているが、それでもウィスタルの愛弟子《まなでし》の一人である。

「こら、ライナスティ。王家の方《かた》に対して無礼だぞ」

そのライナスティの軽口を聞き咎《とが》めた女の騎士が、小さな動きで拳《こぶし》を振るった。頭を殴《なぐ》られたライナスティは、情けない顔で同輩の女騎士を見る。

こちらはきりりとした顔立ちの細身の娘で、つやのある浅黒い肌《はだ》をしていた。南方の血を引いている。

ばっさりと短く切り揃《そろ》えた髪は漆黒《しっこく》で、浅黒い肌《はだ》によく調和していた。その容姿《ようし》には、山鹿《やまじか》を連想させるしなやかな美しさがある。

「ディアメルだって、この間はそう愚痴《ぐち》っていたじゃないか」

「……場所を弁《わきま》えろと言っている。ここは安酒場じゃない」

女騎士のディアメルは、声を殺してまたライナスティを軽く殴《なぐ》り、きっと険《けわ》しく辺りを見まわした。使者の護衛をしてきた他の騎士達は、ウィスタルを含め、そのやりとりににやにやと笑っている。神官《しんかん》達には聞かれなかったらしい。

フェリオは馴染《なじ》みの騎士二人に苦笑を送り、こちらも小声に囁《ささや》いた。

「聞こえたら大変だぞ、ライナスティ。出世《しゅっせ》に響く」

「俺《おれ》らはどうせ平民の出ですからね。どんなに出世したって、たかが知れてます」

ライナスティはそう応《こた》えて、

「第一、中途半端《ちゅうとはんぱ》に出世なんかしたら、団長みたいに苦労する羽目《はめ》になる。俺はできるだけ気楽に生きることを、人生の目標に掲《かか》げているんです。この神聖《しんせい》かつ崇高《すうこう》な目標を達成するためになら、俺はどんな苦難にも耐えてみせますよ」

胸を張り、そうのたまった。

女騎士のディアメルが鼻で笑う。

「不敬罪《ふけいざい》でいっぺん処刑《しょけい》されろ、この馬鹿《ばか》」

女騎士の毒舌《どくぜつ》に、ライナスティは肩をすくめる。

「わかんないかなぁ。この諧謔的《かいぎゃくてき》な反骨《はんこつ》精神が？」

「貴様《きさま》のは場当たり的な利己《りこ》主義というんだ」

ディアメルの返す刃でばっさりとやられて、ライナスティはフェリオに苦《にが》い笑みを見せた。

おっかない、とでも言いたげなその顔に、フェリオも苦笑を送っておく。

ディアメルとライナスティの掛け合いは、いつもこんな調子だった。それでいて二人共に、騎士達の間では頭一つ分抜けた実力者でもある。団長であるウィスタルを補佐《ほさ》する若き両翼といってもいい。

王達の行列を追って、フェリオ達は神殿の階段をのぼっていった。宙《ちゅう》に浮く御柱《ピラー》に接した祭殿は、神殿の四階に位置している。

神官や騎士達の多くは廊下に残り、フェリオとウィスタルは祭殿の中にまで入った。

窓のない御柱《ピラー》の祭殿は、昼でも暗い。その暗い中に、多数の燭台《しょくだい》が並び、王の参拝を迎えていた。

フェリオは改めて、その祭殿の広さを実感した。面積で見れば、貴族の屋敷が丸々一つ収まってしまいそうな気もする。

司祭《しさい》達の囲む中、長衣《ローブ》をまとった王と皇太子とが、ゆっくり御柱《ピラー》に向かって歩いて行った。

蠟燭《ろうそく》に照らされたその光景は、毎年の慣例ながら、荘厳《そうごん》な雰囲気を漂わせている。

フェリオは静かに、その光景を後ろから見守った。

父と、そして兄は、いつもこうした祭典の主役だった。幼い頃《ころ》には疎《そ》外感《がいかん》を感じたこともあったが、今ではすっかり慣れている。前にいる二人とは、血のつながりはあるものの、住む世界が違うのだとわかっていた。

それは、貴族と平民ほどの隔《へだ》たりではないかもしれない。しかし、自力では埋めることの適《かな》わない溝《みぞ》ではあった。

傍《かたわ》らのウィスタルが、そっとフェリオの肩に手を置いた。

フェリオは何も言わない。

ふと——

視界に映る燭台《しょくだい》の火に、変化が起きたような気がした。

フェリオは軽く眼《め》を擦《こす》り、薄暗い室内の様子を確認しなおした。

燭台の火は、わずかな風で揺らめきながら、王達の顔の近くを橙色《だいだいいろ》に照らしている。

その灯《あか》りを通り越すようにして、フェリオは御柱《ピラー》を凝視《ぎょうし》した。

心なしか——燭台の橙に混じって、別の明かりが混ざっているような違和感《いわかん》を覚えた。

肩に置かれたウィスタルの手に、わずかな力が籠《こ》もった。

フェリオも再び、眼を凝《こ》らす。

それは、ごく微弱な変化だった。

御柱《ピラー》の中央付近、王と皇太子とが近づこうとしている正面に、ぼんやりと薄い光の塊《かたまり》があった。燭台の明るさに掻《か》き消されてまともに見えないが、意識してよくよく観察すれば、確かにその辺りだけ、柱の他の部分と色が異なっている。

フェリオは咄嗟《とっさ》に身を固くした。

小さな弱い明かりは、少しずつこちら側に近づきつつある様子だった。

王達の脇《わき》には、コウ・シェルパ司教《しきょう》の姿もあった。そのコウ司教が、不意に王から眼を逸《そ》らし、柱に視線をやる。

フェリオは背に嫌な汗を感じた。

「フェリオ様――私の、気のせいでしょうか。柱の色が――」

ウィスタルが小声に呟《つぶや》く。

コウ司教が片手をあげ、王を制止しようとした、その時――

御柱《ピラー》に、異変が起きた。

ウェイン・アルセイフは、アルセイフの王であるラバスダンの長子として生を享《う》けた。

幼い頃《ころ》から皇太子として育てられ、母親やその縁戚《えんせき》、また周囲の官僚達の期待を一身に受けながら、今ではもう齢《よわい》三十を超えている。

父のラバスダン王は、もうじきに隠居《いんきょ》する意向を示していた。

アルセイフに限らず、王が死ぬまで王であることは少ない。大概《たいがい》は、ある程度の歳《とし》に達したところで、後嗣《こうし》にその座を譲《ゆず》る。それは王位を巡っての無用な争いを避ける知恵でもあったが、ラバスダン王はまだ五十代と、隠居するには早い年齢だった。

特に病《やまい》を抱《かか》えているわけでもないのに、その父が玉座《ぎょくざ》を譲りたいと言い出した時、ウェインが抱いたのは、喜びよりも懐疑《かいぎ》だった。

何故《なぜ》、と問いかけるウェインに対し、ラバスダンは応《こた》えた。

〝王でいることに疲れた〟と。

実の父ながら、何を不甲斐《ふがい》ないことを、と、ウェインは憤《いきどお》った。同時に、そんな弱くなった父王に、国を任せておくわけにはいかないとも思った。

退位の日取りはまだ確定していないが、この参拝が終わって王宮に戻り次第《しだい》、詳細《しょうさい》を詰めることになっている。

この神殿にやってくるなり、ウェインは跪《ひざまず》く弟の姿を見つけた。彼は、アルセイフの第四王子ということになっている。しかし彼のことを、弟だと思ったことはない。フェリオが生まれた時、ウェインはすでに分別《ふんべつ》のつく年頃《としごろ》であり、その第四王子が〝望まれない〟ものであった

 こともよく知っていた。

その母親は、顔が美しいだけのとっくに零落《れいらく》した貴族で、しかも子供を生んですぐに命を落とした。

本来なら、王の側室《そくしつ》に加わるような家柄ではなかったのだ。しかも、他の貴族が求婚していたのを、王が無理矢理に脇《わき》から入って側室としたのである。

おとなしいはずのラバスダン王がとったその行為は、当時、さまざまな人間から非難された。横取りされた貴族のほうもそれなりの実力者で、しばらく王宮にはぴりぴりとした空気が漂っていたのを憶《おぼ》えている。

正妻であるウェインの母や、第二王子、第三王子の母達も、それぞれに腹をたてていた。王の寵愛《ちょうあい》を奪われた女の嫉妬《しっと》は、生まれたその子供に向けられた。

その子供のことを、ウェインは決して〝弟〟だと思わなかったが――しかし一人の子供としては、多少は気《き》の毒《どく》にも思っていた。生まれながらにして、爪弾《つまはじ》き者《もの》にされる運命が確定していたからである。

その子供も、十五、六にまで成長した。正確な歳は把握《はあく》すらしていない。

ウェインが正式に王となれば、彼は臣籍《しんせき》に下ることだろう。

それならそれでいい。適当な閑職《かんしょく》を与えて、どこか眼《め》に入らぬところに置いておけばいいのである。この神殿の親善特使の任なども、まさにうってつけと言えた。

実力者のウィスタルが後見人のような立場にいることは気に食わなかったが、少なくとも臣《しん》籍《せき》になれば、王位継承権《けいしょうけん》からは遠ざかっていく。

ウェインは御柱《ピラー》の祭壇を前にして、ぼんやりと父の背を見ていた。

ラバスダン王は、フェリオに甘《あま》かった。正妻や他の側室《そくしつ》達に憚《はばか》って、態度にはあまり出さないが、機会があると声をかけている。

父が思っていることは、ウェインも推察していた。

ウェインには、猜疑心《さいぎしん》が強く決断力に欠ける側面があった。それは自分でも自覚しており、またその性格が、父に好かれていないこともわかっている。

第二王子のレージクは放蕩癖《ほうとうへき》がひどく、また性根《しょうね》が酷薄《こくはく》で、臣下を惹《ひ》きつけない。彼の元には、忠誠ではなく利得絡《りとくがら》みで集まる輩《やから》ばかりである。とても健全な施政は期待できない。

第三王子のブラドーは、気弱で病弱で、とても王たる資質《ししつ》を持っていない。寝台《ベッド》とバルコニーを行ったり来たりの生活である。

そして、王位からもっとも遠いはずの第四王子のフェリオは——母から受け継いだ容姿《ようし》も端《たん》麗《れい》で、しかも剣聖《けんせい》ウィスタルから仕込まれた剣腕《けんわん》をもっていた。まだ子供っぽい部分は目立つが、それでも、王たる資質をうかがわせるほど立派《りっぱ》に成長しつつある。

分別がつく年頃《としごろ》になった最近では、徐々《じょじょ》に一部の家臣達をも惹きつけ始めていた。そのために、臣下の信望が集まることを恐れた母達は、わざわざ彼を親善特使の任につけて追《お》い払《はら》ったのだ。

彼がそんなふうに育ったのは、明らかにウィスタルが施《ほどこ》した教育のせいだった。

もし、このまま彼が家臣達を惹きつけ、その力を背景として王位をうかがうようになったら
――そう考えると、ウェインは寒気《さむけ》を感じた。

父のラバスダンは、内心ではそれを望んでいるのかもしれない。しかし、下手《へた》をすれば国を割ることになる。

口にはしなかったが、そうした諸々《もろもろ》のことを鑑《かんが》みて、父は早めの退位を考えたに違いない。

ウェインは、フェリオが成人して危険な火種《ひだね》になるよりも早く、王として磐石《ばんじゃく》の体制を整える必要を感じていた。そして彼を封《ふう》じ込め、内乱の憂《うれ》いを断たねばならない。

ウェインは父の背を追い、御柱《ピラー》の前に立った。

燭台《しょくだい》の森に照らされたフォルナム神殿の御柱《ピラー》は、黒曜石《こくようせき》に似た光沢《こうたく》を放っていた。

その柱は、アルセイフ領内にあるものの、アルセイフの所有物ではない。自治権を持つフォルナム神殿が管理し、貿易商人達を介《かい》して大陸中の各国に輝石《セレナイト》を流通させている。

アルセイフは、その輝石《セレナイト》の購入に関して優遇《ゆうぐう》措置を受けていた。国にとっては大事な利権の一つである。

そのためか、ウェインの眼《め》に御柱《ピラー》は、〝神聖《しんせい》なもの〟というより、たんに金の成る木として映っていた。

その金の成る木の、黒光りする表面が——心なしか、ごく薄く発光しているように見えた。燭台《しょくだい》の火が反射して、そんな具合に見えたのだろうと思い、ウェインは特に気にしなかった。

しかし、傍《かたわ》らにいたシャジールの民の司教《しきょう》が、わずかに反応を示す。

「——これは——」

澄んだ小声で呟《つぶや》いた司教は、袖《そで》のゆったりとした片手をあげ、王とウェインを制止しようとした。

その直後のことだった。

正面に位置する柱の一部が透き通り、何か大きなものの影を映した。

ウェインは眼《め》を疑いつつ、瞬間の判断で身を引く。

柱の中から、〝なにか〟が、飛び出してきた。

その〝なにか〟が駆け抜けるや、目の前にいたラバスダン王の体が崩《くず》れ落ちる。そして次の瞬間にはそれがウェインに肉薄《にくはく》していた。

獣《けもの》じみた速さのそれを、ウェインは真正面に見た。

彼は人に似ていた。

目鼻の開いた南瓜《カボチャ》のようなものを頭に被《かぶ》り、やけに細い手足を奇妙な形に折り曲げて飛びかかってくる。

その手元に光った何かが、ウェインの視界を制圧し——

そして彼の視界は閉ざされ、その一瞬を境《さかい》に、全《すべ》ての思考《しこう》が途切《とぎ》れた。

✦

「陛下《へいか》！　殿下《でんか》！」

悲鳴じみたレミギウスの声が、祭殿に大きく響きわたった。

柱から飛び出してきた何者かに、フェリオは素早く反応した。駆けつけようとした矢先に、その何者かが、王と皇太子の傍《そば》を駆け抜けた。

燭台《しょくだい》に照らされた祭殿に——皇太子の頭蓋《ずがい》の、眼《め》から上が離れて舞った。

血と脳漿《のうしょう》が飛び散り、神官達《しんかん》が一際《ひときわ》に大きな悲鳴を上げる。

皇太子より先に倒れた王の安否《あんぴ》もわからないまま、フェリオは腰の細剣《レイピア》を抜き、不意の襲撃者に向けて奔《はし》った。

その男は、南瓜《カボチャ》に似た緑色の被《かぶ》り物《もの》を頭に嵌《は》めていた。極端に細長い手足とあいまって、ひどく頭でっかちなシルエットをしている。

その手に武器は見えない。しかし、確かに何かがウェイン皇太子の頭を刎《は》ね切った。頭蓋を真っ二つにするほどの、恐ろしい切れ味を生む〝何か〟である。

襲撃者の次の攻撃は、すぐ近くにいた神官に加えられた。

司祭《しさい》の幾人かが、その見えない刃の餌食《えじき》となる。

悲鳴の形に開けられた口もそのままに、いくつもの首がまとめて宙《ちゅう》に舞った。まるで石ころか何かが投げられただけのように、ぼとぼとと人の首が落ちていく。

フェリオは激昂《げっこう》した。

薄暗い中を、付近の燭台の火が消えるほどの速さで駆け抜け、細剣《レイピア》の先をかぼちゃ頭に向けて突き入れる。

渾身《こんしん》の一突きは、獣《けもの》じみた動きにするりとかわされた。

かぼちゃ頭の顔には、にやけた形に目鼻と口が刻《きざ》まれていた。

嘲《あざけ》るようなその顔が、フェリオの眼前に突き出される。

咄嗟《とっさ》にフェリオは腰を落とし、その場に身を低くした。頭のすぐ上を、かぼちゃ頭の腕が風を切って通り過ぎた。

「フェリオ様！」

気迫《きはく》とともに声を張ったウィスタルの剣が、そのすぐ上を通過した。かぼちゃ頭はそれを避けるために、ひょいっと背後へ数メートルほども飛ぶ。

その動線上にいた神官達の首が、またくるくると宙に舞う。

たった一瞬で、いくつもの命が消えた。

フェリオは悲鳴に近い声を張った。

「早く逃げろ！　外へ！」

腰の抜けて立てない数人を残し、神官達《しんかんたち》が雪崩《なだれ》をうつように出口へ殺到《さっとう》した。入ろうとする衛兵達と衝突《しょうとつ》して、一瞬の渋滞《じゅうたい》が生まれたが、それはわずかな間のことだった。もともと、祭殿の内側にいたのは高位の司祭《しさい》と衛兵達だけである。

神師《じんし》のレミギウスは、腰を抜かして座り込んでいた。その彼をコウ司教《しきょう》が助け起こし、どうにか動き始める。ウルクと他《ほか》の司祭達は、それを見届けてから逃げる足を速めた。

フェリオはかぼちゃ頭の注意をひくために、再度、細剣《レイピア》を掲《かか》げて突進した。

その細剣《レイピア》の一撃を見越してか、かぼちゃ頭がまた跳ねた。

消えたかと思った瞬間に、頭の遙《はる》か上を通過し、反対に回りこまれる。

振りかえったフェリオは、離れた位置にかぼちゃ頭の背を見た。その腕は、今度はコウ司教達を狙《ねら》っている。

追いかけても間に合わない距離に、フェリオは不覚《ふかく》を悟《さと》った。ウィスタルもフェリオの援護に回っていたため、剣が届かない。

しかし、コウ司教達とかぼちゃ頭の間には、まだ立ちはだかる者がいた。

「面妖《めんよう》な——いったい、何者ですか」

剣を構えた険《けわ》しい声の主は、カシナートという名の例の司教だった。携帯に向く細剣《レイピア》を掲げ、かぼちゃ頭を威圧《いあつ》するように見据《みす》える。

カシナートとフェリオ、ウィスタルとで、ちょうど三角形の形に、かぼちゃ頭を囲んでいた。

かぼちゃ頭は、素早く周囲を見まわした。その隙《すき》に、コウとレミギウスは出口へと急ぐ。

室内用の短槍《たんそう》で武装した衛兵達も、徐々《じょじょ》に集まりつつあった。

フェリオはかぼちゃ頭に剣先を向けながら、その視界の先に倒れていたラバスダン王の体を見据えた。

倒れた燭台《しょくだい》の火が、王の衣《ころも》に引火し、少しずつ燃え始めていた。しかし王は、少しも反応を示さない。

その周囲には、どす黒い水溜《みずた》まりが広がっていた。

出血の量からして——治療が間に合う傷ではない。あるいは、すでに息絶えているか——フェリオは唇《くちびる》を噛《か》み、かぼちゃ頭をきつく睨《にら》んだ。王の安否《あんぴ》を確かめたくとも、目の前の敵に隙を見せれば、たちまちに命取りとなる。

かぼちゃ頭が、不意に天を仰《あお》いだ。

その隙を突いて、カシナートが細剣《レイピア》を突きこむ。かぼちゃ頭は真上に跳ねて、その一撃を悠々《ゆうゆう》と避けた。

高く高く、石造りの天井付近にまで飛び上がる。

フェリオはその姿を眼《め》で追ったが、天井にまでは燭台の火も届かず、その辺りは闇《やみ》に閉ざされていた。

——かぼちゃ頭は、落ちてこない。

周囲に警戒しながら、フェリオは声を張った。

「こんな暗い場所じゃ不利だ！　全員、注意しつつ外に出ろ！」

衛兵達はその指示に反応して、足早に廊下へと出て行く。フェリオ達も、ゆっくりとその後に続いた。

視界では、王の体が炎《ほのお》に包まれつつあった。

助け出したいが、もはや担《かつ》いで逃げることもままならない。血溜《ちだ》まりはいよいよ広がり、その命は絶望的だった。

ウィスタルが咆哮《ほうこう》をあげた。

「降りて来い、曲者《くせもの》！　陛下《へいか》の、陛下の仇《あだ》を討《う》ってやる！」

ウィスタルの形相《ぎょうそう》は、鬼《おに》のそれに転じていた。そこまで荒れるウィスタルを見るのは、フェリオにとっても初めてのことだった。

かぼちゃ頭は、まだ落ちてこない。どういう形でかはわからないが、天井に張り付いているとしか思えなかった。

祭殿から退《ひ》きざまに、フェリオはまた柱がぼんやりと光るのを見た。

その光が、今度はやけに大きい。

気をとられたその一瞬に、かぼちゃ頭が降ってきた。

フェリオは半《なか》ば転げるようにして身をかわす。

すとん、と軽い音と共に着地し、かぼちゃ頭は細長い両手を大きく広げた。

その腕に――リセリナがつけていたのとよく似た腕輪《うでわ》が、揃《そろ》って嵌《は》められていた。

腕輪からは薄い光が伸び、かぼちゃ頭の手をくまなく覆《おお》っている。その光が刃となって、神《しん》官《かん》達の首を刎《は》ね、国王と皇太子を殺したらしい。

廊下から駆けつけてきたウィスタル配下の騎士達と神殿騎士達とが、揃って祭殿の入り口を塞《ふさ》いだ。

女騎士のディアメルが甲高《かんだか》い声を張る。

「フェリオ様！　ウィスタル様！　早くこちらへ！」

神殿騎士団の団長ベリエも、負けじとばかりに声を張った。

「カシナート、そいつはこっちにまわせ！　あんたは外に出ろ！」

声を荒げながら、ベリエは突っ込んできた。

かぼちゃ頭がひょいひょいと跳ね回り、柱の傍《そば》にまで身を退《しりぞ》かせる。

柱に浮いた大きな光の主も、ちょうどその時、姿を現そうとしていた。

新手《あらて》の出現に、一同が緊張をもって様子を見守る。

柱をゆっくりと通り抜けてきたのは、見上げるばかりの巨漢《きょかん》だった。黒い全身鎧《ぜんしんよろい》のようなものを身にまとっており、鳥に似た奇妙な兜《かぶと》で顔を隠《かく》している。

かぼちゃ頭がゆらりと動き、黒い巨漢《きょかん》の肩に乗った。

巨漢の腕が、かぼちゃ頭の細い足を引っ摑《つか》む。

ぶん、と風を切る音と共に、その腕が振り回され、放れたかぼちゃ頭の体が燕《つばめ》のように滑空《かっくう》した。

その射線にいた衛兵、騎士達が、体を切られて悲鳴をあげる。中には運よくかすり傷ですんだ者もいたが、ある者は首を刎《は》ねられ、またある者は腕をもっていかれた。

向かいの壁に着地するようにして止まったかぼちゃ頭は、そこに槍《やり》が殺到《さっとう》するよりも早く、再び天井近くに跳ね上がった。気づいた時には、すでに巨漢の肩に戻っている。

状況の不利を再確認したフェリオは、祭殿の外に逃げながら、再び声を張った。

「鉄扉《てっぴ》を閉めて奴《やつ》らを閉じこめる！　その間に弓を用意しろ！」

その号令に、カシナートが声を重ねた。

「神殿騎士団も、神鋼《しんこう》の武具《ぶぐ》を用意しなさい。あれは、まともな人間ではありません」

かぼちゃ頭が再び飛ぶよりも早く、フェリオ達は廊下に逃げ切り、騎士達と衛兵が力を合わせて素早く鉄扉を閉じた。

祭殿の壁は、一方は御柱《ピラー》に接しているが、その他は頑強《がんきょう》な分厚い石壁である。鉄扉を閉じてしまえば、脱出は不可能なはずだった。

脇《わき》の潜《くぐ》り戸《ど》は、腰を低く屈《かが》めねば通れないほど小さなものである。黒い巨漢はそもそも通れないだろうし、かぼちゃ頭にしても、そこから無理に出ようとすれば槍の的になるしかない。

廊下では、神師《じんし》のレミギウスが青ざめた顔で立ち尽くしていた。

「あ、あれは——あれは、一体——」

コウ司《し》教《きょう》が悲痛な声で応《こた》える。

「来訪者《ビジター》——のようです。ただ、今までに来られた方々《かたがた》とは明らかに違う——獣《けもの》のように危険な者達のようですが——」

血の匂《にお》いが辺りに立ち込めていた。

さきほどのフェリオの指示を受けた衛兵達が、弓を求めて走っていく。神殿騎士達も、一時的にその姿を消した。

彼らには、ウィータ神殿から支給される貴重な〝神鋼〟の武具がある。鉄よりも遙《はる》かに強靱《きょうじん》なそれらの金属は、神殿騎士団の強さの要《かなめ》でもあった。

残った者達は、ウィスタルの指揮に従い、鉄扉の前に陣《じん》を組み始める。

フェリオは肩で息をしながら、額の汗を拭《ぬぐ》って辺りを見回した。

やや離れた位置に、ウルクがいた。かくかくと震えながら、逃げ損ねたように少女は立ち尽くし、フェリオを見つめている。

フェリオはその傍《そば》に駆け寄った。

「ウルク、ここは危ない。君は安全なところへ逃げていろ」

言い聞かせると、ウルクは頷《うなず》きながらも、その場に膝《ひざ》をつきそうになった。

フェリオは慌《あわ》ててその軽い身を支える。

「しっかりしろ。気分が悪いのか？」

「だ、大丈夫です。歩けます」

ウルクは力のない声で返事をした。

目の前で、あれだけの人間が殺されたのだ。無理もないと思う。フェリオ自身、初めての経験に吐きそうになりながら、それでも気迫《きはく》で堪《こら》えている状態だった。

フェリオは、ウルクの身を両手で抱《かか》えあげた。

驚いたウルクは、きゃっ、と小さな声をあげる。

軽いその身は、小刻《こきざ》みに震えていた。

「ウルク、少し急ぐよ」

耳元に囁《ささや》いておいて、フェリオは彼女をしっかりと腕に抱き、足早に歩き始めた。

衛兵達と騎士達が右往左往する中を横切って、階下に降りる。

やがて自室の前を通り過ぎ、フェリオはリセリナの部屋に立ち止まった。

その間、ウルクはフェリオに抱えられたまま、じっと固まっていた。

勢いづけて扉《とびら》を叩《たた》き、フェリオは声を張る。

「リセリナ、クゥナさん、いますか！」

「フェリオさん？　はい、いますよ」

返事はすぐに返ってきた。リセリナの声である。

フェリオはウルクを降ろして扉を開け、室内に入った。

小さな机に、クゥナとリセリナが隣り合い、一冊の本を眺めていた。

リセリナの教師役をしていた施療師《せりょうし》のクゥナが、驚いた顔でフェリオを見た。

「フェリオ様、そんなに慌ててどうされました？」

「大変なことが起きました。すぐにここから逃げてください。それとこっちの子も、安全なところへ——」

リセリナが戸惑《とまど》いの表情を浮かべた。

「フェリオさん、何が——」

フェリオは手短《てみじか》に要点を答える。

「柱を通って、また来訪者《ビジター》が来たんだ。ただ、今度の連中は問答無用で襲い掛かってきて——父上が殺された。兄上や、神官《しんかん》達も——今、上は大混乱の只中《ただなか》だよ。多分、すぐに避難の指示が——」

フェリオが話すうちに、鐘楼《しょうろう》から非常事態を知らせる鐘《かね》が鳴り響いた。

クゥナとリセリナの顔がさっと青ざめる。

「フェリオ様の、父上って――こ、国王様が?」

クゥナの声が裏返《うらがえ》った。

リセリナも、椅子から立ち上がって声を張る。

「来訪者《ビジター》って――ど、どんな人なんですか? 教えてください!」

フェリオは眉《まゆ》をひそめながら応《こた》えた。

「かぼちゃみたいな頭をした奴《やつ》と、全身が黒い鎧《よろい》に覆《おお》われた大男だ。どっちも、衛兵じゃ歯が立たない」

リセリナの眼《め》が、大きく見開かれた。

「……パンプキンと、ガーゴイル――あ、あ……」

呻《うめ》いて、リセリナはその場に膝《ひざ》をついてしまった。フェリオはその傍《そば》に駆け寄って、背に手を置く。

「リセリナ、そいつらを知っているのか?」

「わ、私を――私を追ってきたんです、きっと……どうしよう。なんで、そんな――」

リセリナが両手で顔を覆った。

「……追ってきた? 君を?」

フェリオの問いに、リセリナは泣きそうな顔で頷《うなず》いた。

「ごめんなさい、私の――私のせいです!」

リセリナが駆け出そうとした。その行動を予期していたフェリオは、すかさずその腕を引っ摑《つか》む。

「落ち着け！　連中、普通じゃない。いきなり襲い掛かってきた。対処法《たいしょほう》があるなら、教えて欲しい」

リセリナは激しく首を横に振った。

「無理です、こっちの世界の人たちじゃ、あの二人には勝てません！」

「リセリナ」

フェリオは静かに名を呼んで、真《ま》っ向《こう》から彼女の眸《ひとみ》を見つめた。

「知っていることを話してくれるだけでいい。今のまま、君を行かせるわけにはいかない」

リセリナは、フェリオから眼を逸《そ》らした。

「……いきなり襲い掛かってきたのなら、多分、この間の私みたいに、我を失っている状態なんです。あの二人は拠点《きょてん》の制圧《せいあつ》を目的とした、完全な実戦型で——識別票《しきべつひょう》を持たない人間を全員、殺すように指示されているはずですから——」

リセリナは早口に言った。フェリオは首を傾《かし》げる。

「……識別票？　なんだ、それは？」

「特殊な電磁波《でんじは》を発生させる——いえ、要するに、襲っちゃいけない味方を見分けるためのものです。それを持っていない以上、彼らはきっと、無差別に人を殺し続けます。だから——」

「それで、君が行けば、どうにかなるのか？」

やや厳《きび》しい声でフェリオが問うと、リセリナは口を噤《つぐ》んだ。

「無理なんだろう？　その腕輪《うでわ》——君は武器になるって言っていたけれど、もう使えないとも言っていた。パンプキンて奴《やつ》は、それと同じ物を使っていたよ。でも、君のはもう使えない」

フェリオはリセリナの肩を強く握り、その顔を自分に向かせた。

「君は逃げろ。あいつらは、俺達《おれ》でどうにか——」

「無理です！　あの二人が来たってことは、ひょっとしたら、他《ほか》にも——」

リセリナは震えながら叫んだ。

他にも——

他にもあんな化《ば》け物《もの》じみた者達が出てくるとしたら、対応どころではない。

フェリオは背に冷《ひ》や汗《あせ》を感じながら、リセリナの肩を握る手に力を込めた。

「今はその二人を、祭殿に閉じ込めてある。あの鉄扉《てっぴ》はそう簡単には破られないし、周囲には弓兵も配置した。それじゃ不十分か？」

リセリナは頷《うなず》いた。クゥナとウルクは、呆然《ぼうぜん》としてフェリオと彼女のやりとりを聞いている。

「黒い鎧《よろい》のほう——ガーゴイルには、弓くらいじゃ通じません。もう一人のパンプキンは、体は生身《なまみ》ですけれど、動きが速くて——憶《おぼ》えてはいませんけれど、私の傷も多分、あの人にやられたんだと思います」

フェリオは、リセリナが御柱《ピラー》から出てきた直後のことを思い返した。彼女は確かに、腹部に傷を負っていた。傷口こそ塞《ふさ》がっていたが、その服には大量の血が溜《た》まっていたのを憶えている。

「あの人たちが来たのなら、特殊部隊の他の人たちもきっと——フェリオさん、逃げてください！　それに神殿の人たちも——みんな、殺されちゃいます！」

リセリナは眼《め》に涙を溜めながら必死に訴《うった》えた。

フェリオは、その背をぽんぽんと軽く叩《たた》く。

「リセリナ、落ち着け。あいつらを閉じ込めた鉄扉は閉じているし、祭殿の周囲は石壁だ。出られなければ、数日で衰弱……」

「だめ！」

リセリナが、ぱっと顔をあげた。その顔には焦燥《しょうそう》の色が濃い。

「鉄なんか、少し時間があればいくらでも切り裂けます！」

「——え？」

フェリオが耳を疑うのと同時に、階上から轟音《ごうおん》が響いた。

測《はか》ったようなタイミングに、脇《わき》にいたクゥナが肩を震わす。

「い、今の、音——」

「クゥナさん！　リセリナと、そっちの子——ウルクを頼みます！　ひとまず神殿の外へ！」

フェリオはそれだけ言い置いて、素早く走り出した。残した者達の制止する声が耳に入ったが、それを聞くつもりはない。

階上には、まだウィスタル達がいるはずだった。

行きがけに、フェリオは自室に走りこみ、少ない荷物の中から一振りの剣を取った。

柄《つか》がやや長めに造られた、細身の剣である。

携帯用の細剣《レイピア》ではない。〝刀《かたな》〟と呼ばれる、北方の民が好んで扱う剣だった。

刃は繊細《せんさい》で欠けやすく、騎士達が一般に扱う大剣などとの打ち合いには決して向かない。しかしその分、切れ味には優《すぐ》れ、達人《たつじん》ともなればそれこそ鉄を斬《き》ることさえできた。

フェリオが持つその刀は、かつてウィスタルが使っていた品でもあり、刃の部分に〝神鋼《しんこう》〟を用いている。鉄を斬ってもなお欠けない、刀としては最上級の業物《わざもの》だった。

使い慣れたその得物《えもの》を携《たずさ》え、フェリオは階上に急いだ。

石段を駆け上がるたびに、上から振動が伝わってきた。何かが大暴《おおあば》れをしていることは嫌でもわかる。

三階の部分で、退却《たいきゃく》してくる衛兵達の波とすれ違った。口々に怒声《どせい》か悲鳴を発しながら、雪崩《なだれ》のように駆け下りてくる。

「道を開けろ！　上に通せ！」

声を張ったフェリオは、彼らを掻《か》き分け、階上に走った。

祭殿のある階にあがると、そこは強い血の匂《にお》いに満ちていた。

狭《せま》い廊下に、ウィスタルを陣頭《じんとう》にした王宮騎士団が陣取り、扉《とびら》から出てきた二人の敵を挟撃《きょうげき》の形にしていた。

フェリオのいる側では、ライナスティとディアメル達が黒い巨漢《きょかん》を相手取り、反対側ではウィスタルがかぼちゃ頭の相手をしている。その周囲には、すでに息絶えた騎士や衛兵の死体が多い。

神鋼の武具《ぶぐ》を取りに行った神殿騎士達は、まだ戻ってきていなかった。

ウィスタルは、たった一人でかぼちゃ頭と互角《ごかく》に渡り合っていた。決して剣を無闇《むやみ》に合わせず、光に包まれた相手の手刀《しゅとう》を避けては、剣による反撃を加えている。そのたびにかぼちゃ頭は身を引かされる羽目《はめ》となり、結果的に一進一退の攻防が続いていた。

ウィスタルの流れるような剣捌《さば》きと体捌きは、ある意味で芸術的ですらあった。往年《おうねん》の剣聖《けんせい》は、初老を迎えてなお衰《おとろ》えていない。

かぼちゃ頭は、そのウィスタルを相手にひどくてこずっていた。

窓のある明るい廊下で見ると、その姿は道化師《どうけし》のようにも見える。服は、リセリナが着ていたような上下のつながった長袖《ながそで》に長ズボンだったが、足元にはいびつな金属製のブーツを履《は》いていた。

一方で、黒い巨漢を相手にするライナスティ達の側も、二人から三人が一組となり、狭い廊下で攻めては退《ひ》きを繰り返していた。

黒い巨漢《きょかん》は、明らかにその動きが鈍重《どんじゅう》だった。武器ももたず、黒く装甲《そうこう》された拳《こぶし》だけで戦っている。その拳の一振り一振りで周囲を威圧《いあつ》していたが、当たらないハンマーを振り回しているようなもので、あまり効果的な攻撃とはいえない。

その動きには、あまり知性といったものが感じられない。ただ何も考えず、がむしゃらに戦っている——そんな印象が強い。しかし、硬《かた》い鎧《よろい》をまとった彼の体にはまともに刃が通用せず、そのために騎士達も苦戦している。まるで全身が盾《たて》のような男だった。

戦いの場に近づいたフェリオは、鉄扉《てっぴ》の閂《かんぬき》が真っ二つに切断されているのを見た。切ったのはおそらく、かぼちゃ頭の力に違いない。人の頭蓋《ずがい》を分断する切れ味を侮《あなど》ったわけではなかったが、鉄扉の分厚さを思うと、斬鉄《ざんてつ》がどうこうという域《いき》を超えている。

フェリオは駆けた。

駆け抜けざまに、刀の柄《つか》を握り込み、身を低くして騎士達の隙間《すきま》をすり抜ける。

ディアメル達がその姿に気づいたが、フェリオの意を察してか、気づかぬ振りを通した。

ライナスティが、巨漢の注意を惹《ひ》きつけていた。槍《やり》を用いて、距離を保ちながら巨漢を翻弄《ほんろう》している。

その隙に、フェリオは巨漢の死角となった横側に一足で飛び込み、気迫《きはく》を込めて刀を鞘《さや》から疾《はし》らせた。

左手に握った鞘《さや》で切り込みの角度を調節し、一息に腰を回して刃を引く。

抜刀、一閃《いっせん》――

それこそ鉄を斬《き》るつもりで、フェリオはその一撃を放った。

きん、と耳障《みみざわ》りな甲高《かんだか》い音が一瞬だけ鳴り、ぶつりと重い感触が手首に伝わった。

刃を振り切ったフェリオは、そのまま後ろへと大きく跳ねる。

振り終えた刀は、もう仕事を果たしたとでも言わんばかりに鞘に納まっていた。

確かな手応《てごた》えはあった。フェリオにとっては〝嫌〟な手応えでもあったが、致命傷《ちめいしょう》のはずだと思う。

黒鎧《くろよろい》の巨漢《きょかん》が、ゆっくりと向き直る。その体が不自然に揺らぎ、脇腹《わきばら》から鮮血が溢《あふ》れた。

地響きをたて、膝《ひざ》をつく。

獣《けもの》が唸《うな》るような声を漏《も》らし、黒い装甲《そうこう》の男はフェリオに向けて手を伸ばそうとした。

しかし、フェリオはもうその手が届く距離にはいない。

かぼちゃ頭が振りかえった。

決着のつかないウィスタルの相手を切り上げ、バッタのように跳ねて巨漢のすぐ傍《そば》に飛ぶ。

フェリオは迎えうつために、刀の柄《つか》に手を添《そ》え、腰を低く構えた。

目の前にいるかぼちゃ頭の男は、まるで獣のように見えた。ちょうどリセリナが、夜の森で放ったのと近い気配を醸《かも》している。

そして——フェリオは、かぼちゃ頭とは別の方向から、不意の殺気を感じた。

「フェリオ様！」

ディアメルの悲鳴じみた声が響き、フェリオは咄嗟《とっさ》に身を後ろへ滑《すべ》らせた。

数瞬《すうしゅん》前まで頭のあった箇所《かしょ》を、見えない〝何か〟がかすめていった。

その〝何か〟は、廊下の石壁にあたるや、白くまばゆい閃光《せんこう》を放つ。

一瞬、その光に眼《め》を奪われそうになった。

すぐにかぼちゃ頭へ注意を戻しつつ、フェリオは〝何か〟の飛んできた元——祭殿の奥に視線を送った。

フェリオは、そこで硬直《こうちょく》した。

そこにはここ数日で見慣れた〝少女〟の姿があった。

細身の体に、艶《つや》やかな黒髪をもった、フェリオと同じ年頃《としごろ》の少女である。

フェリオは息を呑《の》み、次の行動に迷った。

彼女は——〝リセリナ〟だった。その姿は、鏡に映したようにまるで同じである。

しかし、本人かと疑ったのはごく一瞬のことだった。

フェリオの知るリセリナは今、階下で神官衣《しんかんい》に身を包んでいる。しかし目の前の彼女は、初めて会った時のリセリナが着ていたのと同じ、上下のつながった奇妙な服を着ていた。

そしてもう一つ。

少女は、リセリナとは異なり、黒髪を短く切り揃《そろ》えていた。

その少女の背後——そびえる御柱《ピラー》から、さらにいくつかの人影が現れようとしている。

フェリオはわずかに頬《ほお》を引きつらせながら、その光景を見守った。

転《ころ》げ出るようにまず一人——

まだ背丈《せたけ》の小さな、十にも満たない金髪の少女が現れ、リセリナに似た少女の足元に走り寄る。

続いて一人、真っ白な肌《はだ》をした細身の青年が石床《いしゆか》に降り立った。その眼差《まなざ》しには感情がなく、彫像《ちょうぞう》のようなひどく冷たい印象を漂わせている。

次の一人は、筋骨《きんこつ》たくましい禿頭《とくとう》の大男で、背中に大きな荷を背負っていた。眼《め》の全体が黒い板状のもので覆《おお》われており、まるで目隠《めかく》しをしているようにも見える。

そして最後に——見えない〝何か〟が現れた。足音と気配、そして影はあるにも関《かか》わらず、肝心《かんじん》の体が見えていない。こころなしか、周囲の空間が水中のように歪《ゆが》んで見えた。そのことが、そこに〝何か〟の存在を印象づける。

リセリナの予感が、悪い方向に的中したことをフェリオは察した。

かぼちゃ頭が跳ねた。味方の増援《ぞうえん》に気づいたのか、いったん祭殿に退《しりぞ》き、新手《あらて》と合流を果たす。

それとほぼ同時に、御柱《ピラー》とは逆の廊下側から、大勢の足音が駆けてきた。

神鋼《しんこう》の装備で身を固めた神殿騎士団である。

ときの声を上げて祭殿に突入しようとする団長のベリエを、フェリオは慌《あわ》てて呼び止めた。

「待て！　敵の人数が、増え――」

「止めるなよ、久々《ひさびさ》の、手強《てごわ》そうな相手なんだ。俺《おれ》の唯一《ゆいいつ》の楽しみを奪う気か？」

ベリエが、黒い兜《かぶと》の下でにやりと笑っていた。その不敵《ふてき》な顔に、フェリオは寒気《さむけ》を覚えて立ちすくむ。

団長の後ろから、副団長のリカルドも声をよこす。

「貴方《あなた》がたはもう結構です。ご苦労でしたね」

その嘲《あざけ》るような声に、フェリオの脇《わき》にいたディアメルが眉《まゆ》をひそめた。

さらに続けて、ベリエが不遜《ふそん》な口調で呟《つぶや》く。

「後はそこで、俺達が国王陛下《へいか》と皇太子の〝仇《あだ》〟をとるのを見ているがいい」

その言葉に、王宮の騎士達は激しく色めきたった。

ざわめきを、ウィスタルが大喝《だいかつ》で制する。

「騒ぐな！　陛下の仇は、我々がとる！」

猛《たけ》るウィスタルの声には、自責《じせき》と無念の響きが滲《にじ》んでいた。いかに唐突《とうとつ》な出来事だったとはいえ――守るべき国王と皇太子を、目の前でむざむざと殺されたのである。その心中を慮《おもんぱか》ると、フェリオも息苦しさを感じた。

この件は、間違いなく尾を引く。

ウィスタルが、王と皇太子をわざと見捨てた――

フェリオが、あるいは神殿が、王と皇太子を暗殺すべく罠《わな》にはめた――

そんな噂《うわさ》が世間に流れることが、今から予想できた。

だが、そんな後のことよりも、今は目の前の敵に対処《たいしょ》しなければならない。

柱から現れたリセリナに瓜《うり》二つの少女は、胡乱《うろん》な眼《め》つきで辺りを見回していた。

そこに、祭殿の入り口から神殿騎士達が突撃していく。

ウィスタルの号令を経て、王宮の騎士達とフェリオもそれに続いた。

敵の中には、ごく小さな子供が一人、混じっていた。さすがにその子供を死なせるのは気がひけて、フェリオはまず、その子供に向けて走る。できればリセリナに似た少女と合わせて、保護するつもりだった。その子供だけは、他の面々と異なり、怯《おび》えているようにも見える。

神殿騎士達は、大量の松明《たいまつ》を手にし、臨時の明かりとしていた。明かりさえあれば、狭《せま》い廊下よりも広い祭殿の方が数の利を生かせる。

そして――薄暗い祭殿に、乱戦が始まった。

✦

少女は、戸惑《とまど》っていた。

そこは初めて見る場所だった。

壁に囲まれた薄暗い広間には、血の匂《にお》いが満ちている。すぐ足元には、いくつもの死体が転がっていた。

ここは、どこだろう——

そう思いながら、辺りを見回す。

識別票《しきべつひょう》の反応があった。

味方がいる。

前方、数十メートル——味方は疲労した体を休めながら、武器を構えた少年と睨《にら》みあっていた。

援護のつもりで、少女は腕輪《うでわ》を少年に向け、そして構成した小さな〝スフィア〟を飛ばした。

ひとまずは、牽制《けんせい》としての一撃である。

攻撃はかわされたが、案《あん》の定《じょう》、少年は身を退《ひ》かせた。その隙《すき》に、少女の存在に気づいた仲間が傍《そば》にまで跳ねてくる。

ここは、どこだろう——

少女は——イリスは、もう一度、よく考えた。

ここには、〝彼女〟の匂いを感じた。嗅覚《きゅうかく》として捉《とら》えたわけではない。わかるのだ。

〝彼女〟は自分の分身だった。その気配を、獣《けもの》じみた感覚で把握《はあく》する。

そう——少女は、彼女を追うように命じられている。追って、見つけて、捕えて——殺すようにと。その過程で、識別票《しきべつひょう》を持たぬ者に関しては、殺していくようにとも命じられていた。

それが自分に課せられた使命だということは、よくわかっていた。他《ほか》の仲間達も同じはずである。

ここがどこだかはよくわからない。しかし、使命に変更がない以上、すべきことは一つだけだった。

識別票を持たない人の波が、目の前から殺到《さっとう》してくる。

見れば特殊兵器どころか、一般的な銃器の類《たぐい》さえも携帯していない。そんな状態で向かってくる敵がいることに、イリスはやや戸惑《とまど》った。

あり得ない——死にたいだけの人々だと、そう結論づける。

振りかえると、イリスに続いて、他の仲間達も奇妙な壁を通り抜けてこの場所にやってきた。

足元に、金髪に琥珀色《こはくいろ》の眼《め》をもつ子供、〝シア〟がすがりつく。

両脇《りょうわき》に、白皙《はくてつ》の貴公子《きこうし》〝バニッシュ〟と、強力無双《むそう》の〝ムスカ〟が控える。見えない刺客《しかく》〝カトル〟もまた、その傍《そば》にいた。そして、離れていた〝パンプキン〟も合流する。

一足先に戦っていたらしい〝ガーゴイル〟は、広間の出口付近でその動きを止めていた。

完全な活動停止か、それとも動けないほどの怪我《けが》なのか、遠くからでは判別がつかない。

ひとまず彼のことはほうっておき、少女は向かってくる敵への対処《たいしょ》を始めることにした。

手にした腕輪《うでわ》から、浮遊する小さな銀色の球を四つ作り出す。拳《こぶし》大のそれを、イリスは三《さん》角錐《かくすい》の形になるように目の前に飛ばした。

球が頂点の役目を果たし、一辺が二メートルほどの三角錐の空間ができる。

そこに敵が突進してくるや、イリスは〝領域の力〟を発動させた。

銀色の球で形成された三角錐の空間――その中でのみ、まばゆい白色光を伴《ともな》う爆発が起きる。

それは少女にとっては、ごく見慣れた普通の光景だった。知らないうちに三角錐の中に突入していた男達は、軒並《のきな》みその内部で肉塊《にくかい》と化す。

悲鳴と怒号《どごう》とが交錯《こうさく》した。

少女はすぐに、銀色の球――スフィアを展開しなおす。

敵の動きの質が変わった。イリスはそこに、敵の戸惑いと恐怖を見出す。

両脇に控えた仲間も動き始めた。

彼らも与えられた力を用いて、次々に目の前の敵を屠《ほふ》っていく。

その手指に摑《つか》んだ部分を、文字通り〝消失〟させる〝バニッシュ〟――

人智を超えた怪力を駆使し、摑んだ相手を振り回しては敵に叩《たた》きつける〝ムスカ〟――

見えない体を踊らせるようにして敵陣に切り込み、刃で急所を刻《きざ》む〝カトル〟――

それぞれが得意《とくい》とする戦い方で、襲い来る大量の敵を的確に壊《こわ》していく。

その行為は動物的な快感を伴っていた。一つの命を奪うたびに、狩《か》りが成功したような喜悦《きえつ》が脳を痺《しび》れさせる。そうなるように造られたことを承知《しょうち》で、それでもその魅惑《みわく》には抗《あらが》い難かった。

スフィアの囲んだ領域が爆発し、再び敵の幾人かが目の前で吹き飛ぶ。

少女はぞくぞくと身を震わせた。

すぐ足元にいる子供、シアは、また別の意味で震えている。幼い彼女は、まだ狩《か》りが怖《こわ》いのだ。琥珀色《こはくいろ》の眼《め》に涙を浮かべて、かくかくと足を震わせていた。

彼女は任務の手伝いをすることが目的ではない。彼女自身が任務に慣れるために、同行させられただけのことだった。

お守役を任されたイリスにとっては鬱陶《うっとう》しかったが、かつては自分にも、この子供と同じような頃《ころ》があったようにも思う。

それはしかし、遠い昔のことである。

パンプキンが、背後で身を休ませていた。一瞬の攻防を制する質の強襲要員だけに、持久力には欠けるタイプだが、よほどに激しく戦ったらしい。

スフィアの領域が展開され、また爆発を起こす。広間の中に続けて起きた爆発は、相手の戦意を挫《くじ》くのに充分な効果を持っているはずだった。

ところが、敵は怯《おび》える様子を見せながらも、決死の形相《ぎょうそう》でなかなか退《ひ》こうとしない。

イリスの目の前に、紫 色《むらさきいろ》の髪をした少年が飛び出してきた。

〝領域〟を展開しようとして、しかし少女は一瞬の躊躇《ためら》いを置く。

血の匂《にお》いに混じって、少年の体からは、何やら懐《なつ》かしい匂いがした。

〝彼女〟の匂い――

すぐに少女は、そのことに気づいた。殺すべき相手の匂いである。

彼女が、この近くにいる――イリスはその確信を強くした。

少年の体に移った匂いは微弱なものだったが、間違いなく彼女の匂いである。

このまま殺すか、それとも囮《おとり》に使うために、生かして捕えるか――

少女は一瞬の迷いを経て、後者を選んだ。

殺すことはいつでもできる。なにはさておき、〝彼女〟を始末《しまつ》しないことには任務が終わらない。目の前の少年は、その居場所を知っているかもしれないのだ。

イリスはスフィアによる領域《りょういき》を展開し、少年の周囲を囲んだ。

殺さない程度に爆発の威力を調節し、発動しようとした、その矢先――

少年の右手が閃《ひらめ》き、思いも寄らぬ速さで鞘《さや》から刃が引き抜かれた。

少女は獣《けもの》の動きでそれを避けようとしたが、少年の動きが速すぎる。刃の切っ先が胸元をかすめ、服を切り裂いて肌《はだ》に血の筋をつけた。

その直後に、スフィアが発動した。

目の前で、これまでよりも遙《はる》かに威力の弱い爆発が起きる。スフィアのつくる〝領域〟に阻《はば》まれて、少女のところには爆風さえも届かない。

少年は、その場で崩《くず》れるようにして倒れた。

少女の心臓は、瞬間的な恐怖のために早鐘《はやがね》を打っていた。

あと、もう少し深く切り込まれていたら——そう思うと、冷《ひ》や汗《あせ》が止まらない。

「フェリオ様⁉」

怒声《どせい》が響いた。

やたらに体つきのいい老人が、その体に似ぬ速さで駆けてくる。少女はその周囲に、スフィアを放とうとした。

しかし——球が出ない。

焦《あせ》って手元を見ると、要《かなめ》となるはずの腕輪《うでわ》が真っ二つに割れていた。

イリスは戦慄《せんりつ》した。

少年が抜き打った刃が、腕をかすめていたらしい。狙《ねら》って斬《き》ったとは思えなかったが、偶然《ぐうぜん》にしては出来すぎている。

スフィアが出せなければ、あとの武器はその身軽さくらいしかない。

その危難《きなん》を察して、パンプキンが前に出た。

突貫《とっかん》してくる老《お》いた戦士を前に、パンプキンの腕輪から伸びた光の刃が踊る。

信じ難いことに、戦士は片手の剣でその攻撃をあしらいながら、少年の体を一方の片手で拾い上げた。

「撤退《てったい》！　撤退だ！　一時退《ひ》くぞ！」

その戦士が素晴らしい大音声《だいおんじょう》を張った。何を言っているのか、しかし少女には理解できない。少年を抱《かか》えた老戦士が退くや、その退路《たいろ》を守ろうと、別の戦士達がパンプキンの前に立ちはだかった。

短い金髪の男と、浅黒い肌《はだ》の女だった。

二人してパンプキンに牽制《けんせい》の剣を突き込みつつ、彼らも徐々《じょじょ》に退いていく。武器は恐ろしく原始的だが、その動きは戦う者として洗練されていた。

見渡せば、辺りには新しい死体が増えていた。もっとも、バニッシュの腕に摑《つか》まれた者はその部位を失って悶絶《もんぜつ》し、ムスカに投げられた者達は衝撃《しょうげき》で立てなくなっているだけで、死者ではない怪我人《けがにん》の数も多い。

イリスは、このあたりが好機と見た。

各人の腕輪の力は、永久に発揮《はっき》できるものでもない。乱用すればそれだけエネルギーを消費するし、補給がないことには戦えないのだ。

この辺りに〝彼女〟が潜伏《せんぷく》していることはわかった。

一時、戦線を離脱して本隊と合流し、補給を経たうえでもう一度攻める――

敵が退きかけている今は、その機会でもあった。スフィアを発生させるための腕輪も壊されては、これ以上、ここにとどまるのは危険でもある。

イリスは、自分達がやってきた奇妙な壁の側を振り返った。跳ねて近づいてみると、硬質《こうしつ》な壁は少女を拒絶した。入り口も出口もなく、自分達がどうやって

首を傾《かし》げて、仕方なく別の経路《けいろ》を探る。

正面に出口があった。やや敵は多いが、突破するだけならば問題はない。ちょうどいいことに、そこにはガーゴイルもおり、その生死を確かめてから脱出することができそうだった。

少女は退却《たいきゃく》の合図に口笛を吹いた。

ムスカとバニッシュが先頭となり、その勢いに恐れをなした敵が割れる。

イリスは幼いシアを抱《かか》えて、その後に続いた。カトルとパンプキンがその護衛として左右を守る。

広間を出てすぐの廊下に、ガーゴイルがぐったりと倒れ伏していた。意識がないらしく、傷も深い。

ムスカがその体を軽々と抱えあげたが、しかしすぐに降ろしてしまった。

——もう死んでいる——

そう察したイリスは、仲間の身を諦《あきら》めて廊下を走り、近くにあった窓から外に飛び出した。

途中の壁や窓に軽く手足を引っ掛けながら、たちまちに四階の高さを落ちるように下る。

抱えたシアが悲鳴をあげたが、少女は風を切る感覚に酔《よ》っていた。

敵の戦士達が騒ぐ声を背に聞きながら、少女とその仲間達は、見知らぬ土地を一散《いっさん》に駆けて行った。

本隊がどこにあるのか——イリスには、わからなかった。

しかし、自分達がここにいるということは、ある程度の近くに潜《ひそ》んでいるはずである。

撤退《てったい》を知れば、指示の信号弾《しんごうだん》くらいは上げてくれるだろう——

そんな期待を抱いて、少女は奔《はし》って行った。

✢

暗い世界に、少年は独《ひと》り、寝そべって夜空を見上げていた。

星が見えない。

まるでインクを流したように、空の色はべったりと黒かった。

（嫌な空だな——）

少年は感覚的にそう思った。

見ていて心が休まることもない。むしろ不安にさせる暗さである。

すぐ背後に、人の気配がした。

起き上がろうとしたが、体がやけにだるい。おまけに火照《ほて》っているようで暑苦しく、少年はそのまま寝転《ねころ》がっていた。

空には変化がない。

これは夢なんだろうな、と、ふと思った。

「そう、夢さ」

頭の上から、涼《すず》やかな女の声がした。

この声、誰《だれ》だったかな――少年は考える。

「〝現実〟と〝夢〟の境《さかい》を知っているか？」

女の声が響いた。

「起きている時が〝現実〟、寝ている時が〝夢〟――これは間違いだ。寝ている時でも、現実はすぐ傍《そば》にある。本人が寝ているから、それを知覚できないだけの話だ」

女の声は続く。フェリオはぼうっと声を聞いていた。それは、どこかで聞いた話の繰り返しだった。

「では起きている時は〝現実〟か？ いや、これも怪《あや》しい。現実を無視して逃避《とうひ》する者もいるし、なにより、現実を錯覚《さっかく》すれば、それは夢とも言える。つまり、夢も現実も、その境はひどく曖昧《あいまい》なのさ。いや――境なんて、ないのかな。全《すべ》ての現実は夢と隣接《りんせつ》し、全ての夢は現実と隣接している。人はそれを区別する力を持っているけれど、この二つは表裏《ひょうり》一体と言ってもいい」

女は呟《つぶや》くように言い、フェリオを見ていた。しかしフェリオには、その顔が思いだせない。

「夢と現実――こんな言い方をすると奇妙に思われるかもしれないが、どっちも現実であり、どっちも夢であると言っていいんじゃないかと私は思う。どちらかが夢でどちらかが現実だというのではなくてね。主観の持ち方次第《しだい》で、現実と夢はその境界《きょうかい》を変えるとも言える」

独り言《ひとりごと》じみた声で、女は言葉を紡《つむ》ぎ続ける。

「さて――それじゃあ、〝この世界〟と〝別の世界〟との関係はどうか」

女が問う。少年には答えられるはずもない。

「その子にとって、ここは別の世界。貴方《あなた》にとって、ここは貴方の世界。その子にとって、向こうは自分の世界。貴方にとって、向こうは別の世界――」

その子――そう言われて、少年は一瞬だけ戸惑《とまど》った。

ふと重い体を見ると、そこにはいつのまにか、一人の少女がいた。

白い肌《はだ》と黒い長髪の対比が美しい。彼女は少年の身にすがりつくようにして、くうくうと寝息をたてていた。

「貴方は、彼女のいた世界を別の場所だと思っている。私達も便宜上《べんぎじょう》、確かにそう呼んでいる。しかしこの考え方は、正しいようで少し間違っているんだ。ここも向こうも、視野を広く持てば、一つの世界の中に在《あ》る。しかも、両者は密接に関《かか》わっている世界だ。ただ――ある一点で、大きく異なっているんだな」

女は溜《た》め息《いき》を吐《つ》いた。

「それは、〝御柱《ピラー》〟の存在——彼女のいる場所には、それが一本しかない。そしてここには五本もある。これが何を意味するのか？　その真理を追究することが、即《すなわ》ち私の〝錬金術《アルケミー》〟だ」

黄金《おうごん》を作り出すことが目的ではないのかと、少年は問う。

女は笑った。

「黄金とはなんだと思う？」

問いの意味をはかりかねて、少年は首を傾《かし》げた。

「黄金とは錆《さ》びない金属。黄金とは、時の経過に強く耐える金属。錬金術《アルケミー》は本来、確かに〝黄金〟を目的の一つとしてきた。その他《ほか》に、個人の研究内容によって種種雑多な側面を持ち、そのほとんど全《すべ》てが安易《あんい》に錬金術《アルケミー》として一括《いっかつ》されていることも事実だろう。しかし、我々の思う正統な錬金術《アルケミー》とは、〝時の流れ〟、その相関関係を解き明かすことにある。ほら、昔から、〝時は金なり〟というだろう？」

女の言葉が冗談《じょうだん》なのか本気なのか、少年には判別がつかない。

「時間——これが、この二つの世界を関連づける、一つの要点になっている。今はこれ以上は言えないし、話しても理解できないだろう。その娘と貴方の間に信頼が生まれるようなら——その時は、続きを話してあげてもいい」

女はそう言って、顔を見せないまま背を向けた。輝く銀髪《ぎんぱつ》が揺れ、フェリオはようやく、彼

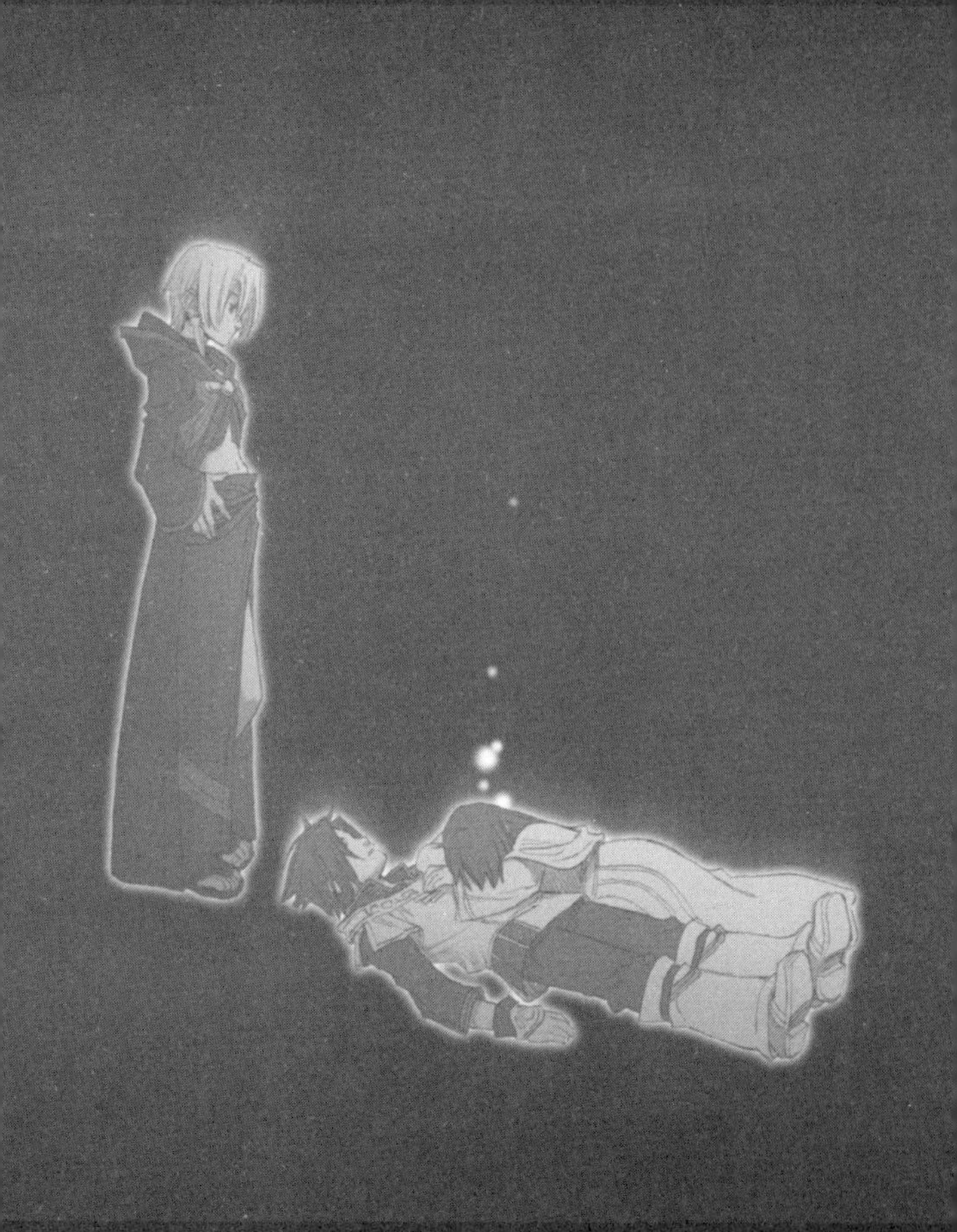

女の名前を思いだす。

なんのことはない、これはほんの数日前の記憶の反芻《はんすう》だった。

「シルヴァーナ――難しくてよくわからなかったけれど、その続きの話って、大事なことなのか？」

少年は問いかけた。女は小さく首を傾《かし》げた。

「私にとっては、興味深い問題ではある」

「じゃあ、この子にとっては？」

女は薄く笑った。

「ただ生きるだけなら、知識は必ずしも必要ない。最低限の知識があれば充分だ。そして私の研究している知識は、他人にとっては無用の長物《ちょうぶつ》かもしれない。ただし」

女が歩み去る。

「その子が将来、このことを知りたいと思う可能性は、それなりにあると思う」

呟《つぶや》きながら、女は遠ざかって消えた。

少年は、真っ暗な空を見上げる。

胸元に少女の体温を感じた。

別の世界から来たという彼女は、しかしどこが違うということもない。多少、傷の治りが早かったり、身体能力が高かったり、得体《えたい》の知れない腕輪《うでわ》をもっていたりということはあるが、それほど異質な存在だとは思わなかった。

彼女は泣き、そして笑うことができた。それだけで、人としては充分だろうとも思う。

少年は真っ暗な夜空を見上げながら、そこに星を探した。

明かりが欲しい。

たった一つでいい。

照らすものがあれば、あるいは目指すものがあれば、それは少年の求める答えにつながるような気がした。

夢の中、少年は暗い空から、眠る少女に視線を移す。

その体が、ほのかに青白く光を発していた。

探している星は、手の届かない空ではなく——ごく、身近にあった。

✦

低く呻《うめ》いて、フェリオは長い眠りから目を覚ました。

重たい瞼《まぶた》を開けると、ほのかに暗い部屋の天井が視界に入る。

何があったのか、記憶はやや曖昧《あいまい》になっていた。だが、父王と皇太子が殺された瞬間のことは、しっかりと憶《おぼ》えている。

その後、柱《ピラー》から出てきた者達と争い、そして——その後から記憶が途切《とぎ》れている。おそらく何らかの攻撃を受けて、気を失ったのだろう。

起こそうとした体が重い。力を入れられずに、フェリオは太い息を吐いた。

特に胸が重い。

熱をもっているのか、やや暑くも感じた。

視界をゆっくりと天井からずらしたフェリオは、重さと暑さの理由にやっと気づいた。

黒髪の少女が、毛布にくるまったフェリオを枕《まくら》に、ぐっすりと眠っていた。

体は傍《そば》の椅子に座っており、頭だけがフェリオの胸に乗っている。

部屋を見まわすと、壁際《かべぎわ》でエリオットも眠っていた。

ベッドのすぐ脇《わき》では、護衛のつもりか、騎士のライナスティとディアメルも寝息をたてている。

誰《だれ》も起きていないじゃないか、と、フェリオは内心で苦笑した。

——それだけ、昨日の戦いとその処理に手間《てま》取ったということかもしれない。

ウルクやクゥナ、それにウイスタルらの姿は見えなかったが、リセリナやディアメルらがここで寝ているということは、おそらくは無事なのだろうと思う。ウルクの場合、立場が立場だけに、フェリオの看病につくわけにもいかないはずだった。

レミギウスやコウ司教《しきょう》、その他のさまざまな人々の安否《あんぴ》も気にかかった。じきに周囲が起きれば、そのことも教えてもらえるだろう。

寝起きのまだ冴《さ》えない頭で、フェリオはぼんやりと考えた。

事態がどう動くかは推測しにくかったが、このまま無事に収まるとは、どうしても思えなかった。

国の後継者を巡って、アルセイフでは内乱が起きる可能性も高い。

国王と皇太子とが、同時に亡《な》くなったのだ。やっと、その実感が湧《わ》いてくる。

現状で考えられる王位継承《けいしょう》の候補者は三人いた。

第二王子のレージク、第三王子のブラドー、そして、死んだ皇太子の幼い息子《むすこ》——

それぞれに問題を抱《かか》えている。

継承の候補者に、フェリオは含まれていない。まず貴族達が認めないし、そもそも第二王子と第三王子が共に健在である。フェリオはこの中の誰かに支持を表明し、付き従うことになるはずだった。

先のことを考えながら、フェリオは昨日の被害についても思い返した。

いったい、何人が亡くなっただろう——死の光景が脳裏《のうり》に広がり、暗然たる思いに駆られる。

殺された中には、フェリオの顔見知りの司祭《しさい》や神官《しんかん》、衛兵、騎士達も多いはずだった。

突然の惨事《さんじ》で、まだ哀《かな》しいという実感も湧いていない。昨日のこと全《すべ》てが、まるで夢だったかのようにも感じられる。

〝これからだ——〟

しかし、王の死も皇太子の死も、夢ではない。

もし、このまま内乱にでもなれば、もっと多くの人命が失われる——それだけは避けたかった。

そのために、自分に何ができるのか、そして何をすればいいのか——フェリオには、まだわからない。

フェリオは、溜《た》めていた息を大きく吐いた。

その肺の動きが伝わったのか、リセリナがぴくりと反応する。

「……ん——」

かすかな声を漏《も》らして、少女はごしごしと眼《め》を擦《こす》った。

「おはよう」

エリオット達を起こさぬよう、フェリオは小さく声をかけた。

びくっと身を震わせて、リセリナが大仰《おおぎょう》に眸《ひとみ》を見開く。

「……フェリオさん……？」

「おはよう。無事で、よかった」

フェリオは呟《つぶや》いて微笑を浮かべた。

父や兄、そして多くの死から感じた衝撃《しょうげき》は、決して小さくなかった。だが一方で、彼女や仲間達の無事に安堵《あんど》したのも確かである。

顔をあげたリセリナの眸に、たちまち涙が溜まった。

「あぁ……フェリオさん……よかっ……よかった……気がついて……私、不安で……」

ぽろぽろと涙を零《こぼ》しながら、リセリナはそれでも安堵の笑みを浮かべていた。昨晩も泣いていたらしく、その頰《ほお》は赤く腫《は》れている。

起きようとしたフェリオを、リセリナの手が押さえつけた。

「あ——まだ、寝ていてください。起きちゃだめです」

制しながら、リセリナは心底《しんそこ》から安堵したように、じっとフェリオの顔を見つめていた。

朝日が昇り、窓の外からわずかな光が差し込み始める。

日の光が少女の黒髪を照らし、滑《なめ》らかな輝きを宿した。

フェリオはまだ寝惚《ねぼ》けた頭で、その姿を見つめる。

——いきなり国のことをどうこうしようと考えても、その問題の大きさに、どうしたらよいのかわからない。起きてから周囲と相談して、じっくりと考えていくしかないだろう。

だから、今は——

ひとまずは、この世界での彼女が、不幸にならぬように——

フェリオは当面の目的をそう定め、目の前の〝星〟に、心の内で誓いを立てた。

——続

あとがき

次は戦記物っぽいファンタジーでどうか、と、昨年末に担当氏から提案された際、確か開口一番に「えー……」とごねたような記憶があります。

ワガママいってごめんなさい。でも正直、あまり好きなジャンルではありません。いえ、読むのは好きなんですが、読むのと書くのとでは大違いです。蕎麦《そば》を食べるのは好きですが、作るのはあんまり好きじゃないのと一緒《いっしょ》です。もう一例あげれば、どんなに牛肉が好きな人でも、「じゃあ自分で一から牛を育てろ」といわれたら、大概《たいがい》は二の足を踏むと思います。

……例えが明後日《あさって》の方向にズレてる印象はありますが、そんなこんなでしばらく駄々《だだ》をこねてはみたものの、「そっちの方が向いている！」と力強く説得《せっとく》され、根が単純なものですから「そうなのかなあ」といつのまにか納得《なっとく》もしてしまい、しばらく時間を戴《いただ》いて、ここ一年ほど色々と練《ね》っていました。

最初のうちは慣れなくて、ひたすら書いては没《ボツ》、書いては没の繰り返しでしたが、それでも慣れていくにつれて違和感《いわかん》もなくなり、なんとか形にできました。

当初は、もっといかにも〝ファンタジー〟っぽいものも視野に入れて考えていたのですが——議論と試行錯誤《しこうさくご》の末、方向性を何度かいじって、最終的にはこういう形に。紆余曲折《うよきょくせつ》は経たものの、とにもかくにも一巻目をこうして無事にお届けできたこと、とても嬉《うれ》しく思います。根気よく背中を押してくださった峯さんに感謝。

しかも挿絵に関しては、今回、以前からファンだった岩崎美奈子先生にお願いして、描いていただくことができました。お忙《いそが》しい中、ありがとうございました。

さて——この物語の世界には、龍《りゅう》も魔法も出てきません。（多分）

最近流行《はや》りの「錬金術《れんきんじゅつ》」という単語は出てきますが、一般にいう錬金術からは、多少、ずれた解釈になっていそうです。

背景は今のところ欧州的なようでいて、これから先は必ずしもそうではないかもしれません。植物が喋《しゃべ》ったりするほど奇妙な世界ではありませんが、どことなく「あれ？」と、首を傾《かし》げてしまう箇所《かしょ》もあるかと思います。

たとえば——「セレナイト」というのは、現実にも存在する鉱石です。石としては弱く、ちょっと砕《くだ》けやすくて、それほど高価でもない鉱石です。「透石《とうせつ》コウ」ともいいます。

ただし、作中に出てくる輝石《セレナイト》は、名称が同じというだけで、まったく別のものです。

物語は、まだはじまったばかり——

これから長い目で、見守っていただけますと幸いです。

2003年　秋　渡瀬草一郎

◉渡瀬草一郎著作リスト

「陰陽ノ京」（電撃文庫）
「陰陽ノ京　巻の二」（同）
「陰陽ノ京　巻の三」（同）
「陰陽ノ京　巻の四」（同）
「パラサイトムーン　風見鳥の巣」（同）
「パラサイトムーンII　鼠達の狂宴」（同）
「パラサイトムーンIII　百年画廊」（同）
「パラサイトムーンIV　甲院夜話」（同）
「パラサイトムーンV　水中庭園の魚」（同）
「パラサイトムーンVI　迷宮の迷子達」（同）

本書に対するご意見、ご感想をお寄せください。

■

あて先

〒101-8305　東京都千代田区神田駿河台1-8　東京YWCA会館
メディアワークス電撃文庫編集部
「渡瀬草一郎先生」係
「岩崎美奈子先生」係

■

電撃文庫

空《そら》ノ鐘《かね》の響《ひび》く惑星《ほし》で

渡瀬《わたせ》草一郎《そういちろう》

発行
二〇〇三年十二月二十五日　初版発行
二〇〇六年二月二十日　八版発行

発行者　久木敏行

発行所　株式会社メディアワークス
〒一〇一-八三〇五　東京都千代田区神田駿河台一-八
東京YWCA会館
電話〇三-五二八一-五二〇七（編集）

発売元　株式会社角川書店
〒一〇二-八一七七　東京都千代田区富士見二-十三-三
電話〇三-三二三八-八六〇五（営業）

装丁者　荻窪裕司（META＋MANIERA）

印刷・製本　旭印刷株式会社

落丁・乱丁本はお取り替えいたします。
定価はカバーに表示してあります。

ISBN4-8402-2487-0 C0193

電撃文庫創刊に際して

文庫は、我が国にとどまらず、世界の書籍の流れのなかで〝小さな巨人〟としての地位を築いてきた。古今東西の名著を、廉価で手に入りやすい形で提供してきたからこそ、人は文庫を自分の師として、また青春の想い出として、語りついできたのである。

その源を、文化的にはドイツのレクラム文庫に求めるにせよ、規模の上でイギリスのペンギンブックスに求めるにせよ、いま文庫は知識人の層の多様化に従って、ますますその意義を大きくしていると言ってよい。

文庫出版の意味するものは、激動の現代のみならず将来にわたって、大きくなることはあっても、小さくなることはないだろう。

「電撃文庫」は、そのように多様化した対象に応え、歴史に耐えうる作品を収録するのはもちろん、新しい世紀を迎えるにあたって、既成の枠をこえる新鮮で強烈なアイ・オープナーたりたい。

その特異さ故に、この存在は、かつて文庫がはじめて出版世界に登場したときと、同じ戸惑いを読書人に与えるかもしれない。

しかし、〈Changing Time, Changing Publishing〉時代は変わって、出版も変わる。時を重ねるなかで、精神の糧として、心の一隅を占めるものとして、次なる文化の担い手の若者たちに確かな評価を得られると信じて、ここに「電撃文庫」を出版する。

1993年6月10日
角川歴彦

電撃文庫

パラサイトムーンⅥ 迷宮の迷子達
渡瀬草一郎
イラスト／はぎやまさかげ
ISBN4－8402－2275－4
ついに動いた沈黙の山之内。すさまじい異能を持つ彼は、遠く欧州の地でカーマイン派の領袖と対峙した――。甲院をめぐる闘いに終止符！ 新・神話第6弾!!
わ-4-9 0758

陰陽ノ京《みやこ》
渡瀬草一郎
イラスト／田島昭宇
ISBN4－8402－1740－8
時は平安、一介の文章生である慶滋保胤のもとに安倍晴明が訪ねてきた。彼の依頼は最近都に現れた外法師の調査であったが…。第7回電撃ゲーム小説大賞〈金賞〉受賞作！
わ-4-1 0525

陰陽ノ京《みやこ》 巻の二
渡瀬草一郎
イラスト／洒乃 渉
ISBN4－8402－2033－6
人の命の二つの要素――〝魂〟と〝魄〟。その片方を盗まれた貴族を救うため、保胤と晴明が動き出す！ 第7回電撃ゲーム小説大賞〈金賞〉受賞シリーズ第2弾。
わ-4-5 0633

陰陽ノ京《みやこ》 巻の三
渡瀬草一郎
イラスト／洒乃 渉
ISBN4－8402－2098－0
降りしきる雨――それはかつて陰陽寮が総動員で封印した巨大百足の復活の予兆であった……。第7回電撃ゲーム小説大賞〈金賞〉受賞シリーズ第3弾！
わ-4-6 0668

陰陽ノ京《みやこ》 巻の四
渡瀬草一郎
イラスト／洒乃 渉
ISBN4－8402－2377－7
転がり込んできた時継と一つ屋根の下で暮らすことになってしまった保胤。だがその一方、保胤の友人にして陰陽寮の一員でもある住吉清良に異変が……！
わ-4-10 0789

電撃文庫

空ノ鐘の響く惑星《ほし》で
渡瀬草一郎
イラスト／岩崎美奈子
ISBN4－8402－2487－0

鐘の音を鳴らす月、謎に満ちた御柱、そしてそこから現われた謎の少女……。全ての歯車がかみ合い、第四王子フェリオ・アルセイフの運命が動き出す――。

わ-4-11　0849

ウィザーズ・ブレイン
三枝零一
イラスト／純　珪一
ISBN4－8402－1741－6

物理法則すら操る科学の申し子、《魔法士》の少年・錬は、愛する少女のため、最強の《騎士》に挑むが……。第7回電撃ゲーム小説大賞〈銀賞〉受賞の近未来アクション！

さ-5-1　0527

ウィザーズ・ブレインⅡ 楽園の子供たち
三枝零一
イラスト／純　珪一
ISBN4－8402－2012－3

自らの肉体を変化させて戦う特殊な魔法士《龍使い》――対《魔法士》の切り札と言われる少女たちに秘められた秘密とは……。人気シリーズ第2弾登場!!

さ-5-2　0626

ウィザーズ・ブレインⅢ 光使いの詩
三枝零一
イラスト／純　珪一
ISBN4－8402－2191－X

破壊活動を続ける謎の遠距離攻撃型魔法士《光使い》を追う少年の前に現れたのは、最強の《騎士》黒沢祐一だった……。新たな展開で送るシリーズ第3弾！

さ-5-3　0722

ウィザーズ・ブレインⅣ 世界樹の街〈上〉
三枝零一
イラスト／純　珪一
ISBN4－8402－2273－8

謎の《人形使い》の少年を助けた錬とフィア。彼らの前に現れた追手は、《HunterPigeon》を駆るヘイズとファンメイだった……。新たな出会いが運命を呼ぶ！

さ-5-4　0756

電撃文庫

シックス・ボルト
神野オキナ
イラスト／緒方剛志
ISBN4－8402－1993－1
異星人からの一方的な宣告を受け、地球の存亡を賭けて戦うことになったのは、17歳の高校生達だった…。神野オキナ×緒方剛志で贈る第1作。
か-9-1　0630

シックス・ボルトII
神野オキナ
イラスト／緒方剛志
ISBN4－8402－2516－8
正体不明の敵〈権利者〉との「絶滅戦争」で、〈聖痕者〉として覚醒した真永見。だが彼を待っていたのは、上層部の過酷な要求と、敵に再生された恋人・氷香だった…。
か-9-2　0865

シックス・ボルトIII
神野オキナ
イラスト／緒方剛志
ISBN4－8402－2547－8
人類と異星人の凄惨な闘いが続く中、街では異星人により再生された人間の元兵士達による叛乱が企てられていた！　2巻から続くもう一つの戦場の物語、完結。
か-9-3　0875

ルナティック・ムーン
藤原 祐
イラスト／椋本夏夜
ISBN4－8402－2458－7
少年は〈月〉を探していた。機械都市バベルの下に広がるスラムの中で…。そして少年が少女と出会うとき、異形のものとの戦いが始まる…。期待の新人デビュー！
ふ-7-1　0841

ルナティック・ムーンII
藤原 祐
イラスト／椋本夏夜
ISBN4－8402－2546－X
〈稀存種〉としての力に目覚め、機械都市バベルでケモノ殲滅のための生活を始めたルナ。そんな彼の許に現れたのは「悪魔」と呼ばれる第二稀存種の男だった……。
ふ-7-2　0874